2024中国年选系列

2024年
中国小小说精选

秦俑　选编

长江出版传媒　｜　长江文艺出版社

图书在版编目（CIP）数据

2024 年中国小小说精选 / 秦俑选编. -- 武汉 ： 长
江文艺出版社，2025. 1. --（2024 中国年选系列）.
ISBN 978-7-5702-3874-3

Ⅰ. I247.82

中国国家版本馆 CIP 数据核字第 2024RT0145 号

2024 年中国小小说精选

2024 NIAN ZHONGGUO XIAOXIAOSHUO JINGXUAN

责任编辑：田敦国　刘秋婷　　　　责任校对：程华清
封面设计：胡冰倩　　　　　　　　责任印制：邱　莉　王光兴

出版　长江出版传媒　长江文艺出版社
地址：武汉市雄楚大街 268 号　　邮编：430070
发行：长江文艺出版社
http://www.cjlap.com
印刷：湖北画中画印刷有限公司

开本：680 毫米×980 毫米　　　1/16　　　印张：16.75
版次：2025 年 1 月第 1 版　　　　2025 年 1 月第 1 次印刷
字数：274 千字

定价：35.00 元

目录

卖花汉子

刘心武

　　我和卖花汉子小关相识有十年了。刚认识的时候，他是个抱着一纸箱子切花在小区门外兜售的游商。看得出，他纸箱里的那些鲜花应该都是花卉市场淘汰的。不过他很会搭配，把几种零散的花朵扎成一束，要价很低。因此我们小区的住户多有买他鲜花的，我尤其喜欢他拿来的花，特别是初春他自称从城中村附近旷地里采来的大束紫罗兰，那是正规花店极少见的。夏秋季他会特别为我从同一旷地采来野生的多头雏菊。他笑称，这样的花白送给一些人人家也不会要。我接过花，付他钱，他拒收，说能结交到我这么个不嫌弃他的大叔，是福气。

　　后来小区门口不见他了，原来他在离小区几里路远的综合市场一层的花卉区，租了一个大约十平方米的摊位。那样的摊位一连有五六个。我每次去买花，只在他摊位买，他每次见到我都很高兴。后来我年纪渐老，腿脚不便，每次花瓶花瓮要换插花，就给他打电话，他都会兴冲冲地给我送来。

　　再后来他自己在我们附近的小街上开了个独立花店。前些年一个夏天，我晚餐后遛弯儿，路过他那小花店，只见门上安装着"鲜花礼品"字样的小霓虹灯，一闪一闪，营造出一种温馨的氛围。我从花店门外朝里望去，几层待售切花摆放得齐整美观，最高两层的大瓶子里全是百合。记得他跟我说过，百合的摆放期相对长一些。在花卉架一角，一个小姑娘，应该是他女儿，上小学了吧，正伏在小课桌上写作业。他呢，大概是因为天气太热，也估计不再有什么顾客光临，就脱掉T恤衫。只见他光膀子后，竟显露出一身结实的肌肉，线条极好，连腹肌也清晰可见。啊呀，把"穿衣显瘦、脱衣有肉"的说法，演绎得活灵活现。他在店里望见门外的我，就招呼我"大叔"。我就进店去，他要再把T恤衫穿上，我摆手说不必，问他最近生意怎样。他说还凑合，不过最近一周，除了给我送过十几枝向日葵，只有零散的顾客来买过红玫瑰和白百合，显得清淡。他媳妇，一个胖胖的眉眼显得还挺年轻的妇人，从花架后转出来，也叫我"大叔"，并且让闺女叫我爷爷。我就顺便问："你除了卖鲜花，还卖礼品，都是些什么礼品啊？能赚到钱吗？"他就指着靠那边墙的一个货架，告诉我附近中学放学以后，会有学生来买点儿，女学生居多。我一时看不清是些什么，他媳妇就跟我说明，原来是些看上去非常漂亮其实用料非常廉价的小挂件、小摆设、小贴纸、小发夹、小钱包、小电子表、顶部有动物造型的圆珠笔、异形香橡皮……销得很不错，需要随时补货，利润虽然不多，日积月累，进款也足够应付日常的油盐酱醋。卖花汉子还特别拿起几样带镜框的干花工艺品，说是媳妇最近试着制作的。店里的摆设切花失了鲜怎么办？原来只好扔掉，如今大部分干燥后，都由他媳妇巧手制作成这样的工艺品。我见其中一个作品是用几种颜色的玫瑰花瓣拼成的凤凰展翅，很有情趣，就买下了。两口子都很高兴，他媳妇说："连您这件，已经卖出八件了。"

　　每到春末夏初，我会让小关给我送芍药花来。我对芍药花情有独钟，写芍药花的散文也发表过很多篇，在园林里对花写生过，在家里也画有不止一种芍药花的静物写生。我每次会让他送来100枝，用5个大小不一的花瓶和两个陶瓷，加上临时动用的带把塑料大杯，分装后分别放置在客厅、书房、卧室、飘窗，尽情享受芍药花的色、香、美、韵。小关知道我这一癖好，每年都会从批发商那里提前为我预订，而且精挑细选，把花蕾大、能绽开的，包成几大束给我送来，使我能成为京城中率先供养芍药的雅人。芍药花品种很多，花形、色泽各异。今年春末，小关跟我打招呼，有种桃红色的大花芍药，花形特殊，有些个像荷花，美丽非常。他进价20元1枝，往外卖25元1枝，优惠我23元1枝，问我买不买。我想自己已经82岁了，还能赏花几年，立马订下20枝，不用优惠。他就跟我实话实说，此种芍药往往只能在花瓶中鲜艳两天，第三天就会变颜色，第四天会完全变成白色，到第五天花瓣就会落。我听了仍不犹豫，《红楼梦》里说得好："明媚鲜妍能几时？""春梦随云散，飞花逐水流。"美好的事物，如青春，如初恋，如初吻，如初婚，如初得婴儿……其甜蜜都是随着时间流逝而渐远渐淡的，人生在世，就应珍惜当下之美！小关果然给我送来了桃红大芍药，我那几天天天欣赏，眼见它艳丽，眼见它褪色，眼见它变白，眼见它落瓣……花虽陨落，给予我的审美欢愉，以及哲理启示，却具有永恒的魅力！

我跟小关预订了24枝郁金香，他罕见地没有按时送来。昨晚忽然门铃响，开门一看，是小关。他把手里的郁金香递给我，满脸绽放出如花的幸福。他说他是特意来告诉我，他们生二胎了，是一对龙凤胎。我赶紧祝福，同时心里不免嘀咕："就靠那么个鲜花礼品店，他们两口子要把三个孩子拉扯大，难啊……"小关仿佛听见了我的心音，竟用一种宣誓般的语气跟我说："不管今后有多难，我们一定要把他们都养大，都培养成大学生！"望着他，我心里一热，眼睛有点儿湿了。

有烂砖，没烂墙

乔　叶

　　爷爷读过几年私塾，用奶奶的话说，有一身好文化。他会写一手好字，还打得一手好算盘。因为这一身好文化，他年纪轻轻就到山里一家煤矿当了账房先生，被老板的族亲相中，把独生女儿许给了他，这就是我奶奶。八路军过来时也相中了爷爷的好文化，他就参了军。虽是四处打仗，但其实也没走多远，兜兜转转，一两年间总能回来一两趟。父亲之前，奶奶还怀过两胎，但都没养成。她说过那两个早夭的孩子：一脸皱纹，小身子跟只大老鼠似的，男人一只鞋就能装得下。得的都是四六风，一个是第四天，一个是第六天，孩子的胳膊腿儿就开始抽抽，咬牙瞪眼。我一看就知道这又不中了……后来才知道这叫脐带感染。不会消毒呀，多傻。

　　兵荒马乱的年月，村里的帮派此起彼伏，有人当红军，有人参加国民党军队，有人当汉奸，也有人是小打小闹地偷摸，还有人当土匪去明目张胆地抢讹。在第一次解放和第二次解放期间的几年间局势更乱，奶奶勤谨恭敬地侍奉着公婆，提心吊胆地候盼着爷爷，日子过得如履薄冰。外人且不说，其他两支族人就没少来欺负。很多个夜晚，奶奶透过窗纸上的小洞看着那几个熟悉的身影背走挂在墙上的玉米辫子，摘走刚刚变红的枣子，拿走垛得整整齐齐的柴火。她屏住呼吸，大气儿都不敢出。有一年没收成，奶奶在坟地的间隙种了一点儿红薯，也被他们刨得精光。

你咋知道是他们刨的？

看他们家小孩儿端的饭碗就知道了。吃红薯屁也多，那些天他们家净放红薯屁。没种红薯，哪放得出红薯屁。

你咋知道是红薯屁？

又多又臭，那还不是红薯屁？放屁时上头也会打嗝儿。

每当听奶奶讲这些陈年旧事时，我都会气得脸红脖子粗，吼叫着我要报仇我要报仇！奶奶看着我的样子，笑得不行。挑起了我的火，她又开始灭，说都是过去的事了，老账不能算。再大的仇气，也都是姓地的。有烂砖，没烂墙。唉。

多年之后，我才多少有些明白了奶奶的这声叹息。以彼时的情况，作为家族的弱势存在，只要人家不是大白天来你家抢劫，这就是留了余地。以彼时的状况，你没有实力扑上去和对方撕个高下，就只能容留甚至珍惜这种余地。只有这样，当受到更蛮横的外来侵犯时，你就尚处于一个家族的整体性中。哪怕只是暂时的整体性，也能让你在这个整体性中获得些微宝贵的安全感。而亲这个字，似乎天然就意味着一笔糊涂账。这笔糊涂账，自古至今没多少人能算得清。当然，算不清也不妨碍总有人前赴后继地要去算，各有各的账本，各有各的算法，各有各的盈亏。或许也正因为算不清，才算得更有意思？

父亲是中华人民共和国成立一年后出生的。他快一岁时，爷爷回家了一趟，住了几天就跟着队伍开拔了。奶奶问，不是说都太平了吗？咋还要走？爷爷说，大面儿已经稳了，还有些零星火要灭一灭，很快就能料理妥当。到时候我就回来，再也不走了。咱们好好过安生日子。壮的官名就叫解放吧。

爷爷走后两个月，奶奶发现自己又怀了孕。怀孕五个月时，她收到了爷爷寄来的第一封也是唯一一封信。又三个月过去，消息传来，爷爷在解放大西南的一仗里中枪而亡，和几个战友一起被埋在白水河边的一棵树下。

奶奶哭了两个月，直到叔叔出生时，才止住泪。

哪能光顾着哭，还得养孩儿哩。她说。

泪也哭干啦。她说。

叔叔的小名儿叫宽，官名叫胜利。三岁那年得了小儿麻痹症，后来落下了残疾，奶奶又给他改名叫老鳖。顶个贱名好成人，名贱人不贱。奶奶说。

没过多久，村里定成分，我家被定成了贫农。闹得最厉害时，村里有几个富农连命都稀里糊涂地丢了。奶奶说，你爷是用他自己这条命来保佑咱全家哩。

我家大门的门楣上被钉上了一个长方形小木牌，用红漆正楷写着"光荣烈属"。日子好起来后，每年春节村里都会送来两斤五花肉。很久之后我才发现，用这两斤肉做的菜，奶奶从来没有动过筷子。从来没有。

匠器街

聂鑫森

　　湘山镇是个很大很热闹的镇子，嵌在湘东的云阳山中，纵横交错的街道，店铺一家挨着一家，亲亲热热的。此中的匠器街最让我流连忘返。

　　老金和我曾是一家报社的老同事，他退休后回老家颐养天年，就住在湘山镇。他常用手机召唤我，来湘山镇"吸新鲜空气，看乡村美景"。老金告诉我：簇拥湘山镇的四乡八村，收成好不好，生活富不富，就看乡村的工匠忙不忙。仓中有粮、口袋有钱的农民，要建新房的找大木匠，要打造新家具的找细木匠，要置办新棉絮、新棉袄的找弹花匠、缝衣匠，要红红火火办寿宴、喜宴的找杀猪匠、司厨匠，要贴新窗花的找剪纸匠，要挂漂亮灯笼的找扎灯匠……这匠器街生意兴旺，足以证明乡村生活的富裕、幸福。

　　我曾在一个春雨潇潇的午后，跟着老金去匠器街造访一家门脸儿不宽的裁缝店。满头银发的店主也是缝衣匠，她和两个女徒弟，正忙着为顾客量身定款式、剪裁各种花色的布料、踩着缝纫机缝制衣裳。老金和店主是老熟人，客气地说："这么忙啊。我想定制一件夏天穿的中式短褂，插个队行不行？"店主说："如今农民也讲究了，都来定制合身合体的衣着，说走出去才有个看相！插队可不行，不论亲疏，我得一视同仁。"老金说："好！"当晚，我写了一首《浣溪沙·乡村老裁缝》："量体裁衣计寸分，轻衫厚袄任疏亲。机声轧轧白头人。宽窄胸襟濡汗土，短长领袖系寒温。寻常刀尺慰乡邻。"

白雪红梅，呈现一派祥和的景象。小寒过后，春节就指日可待了。老金让他儿子开车把我接到湘山镇，让我感受乡村春节前浓浓的喜庆气氛。我没料到采买年货的农民这么踊跃，提篮挑筐，争先恐后。肉食店、鱼虾店、禽蛋店、炒货店、南杂店、首饰店……到处摩肩贴背，笑语纷飞。

老金说："过会儿我们去匠器街。每个店铺都有好故事，你肯定感兴趣。"

我记得中秋节前夕，老金陪同我参观一家名叫"金剪红花"的剪纸店。一个四十来岁名叫禾英的农妇，店主、店员、剪纸匠兼于一身。墙上挂着她的作品，参加市展、省展的荣誉证书和奖状，耀人眼目。她的祖母和母亲，是这一带有名的剪纸匠，禾英自小耳濡目染、衣钵相传。成家后的禾英因体质弱，干不了耕土耙田的重活儿，壮如牛牯的丈夫对她颇为不屑。家里大小事都是丈夫说了算，每当看见她剪纸开口就骂。湘山镇成为乡村文化旅游的打卡地后，镇政府动员禾英来镇上开店，还可以三年不交租金。正好她儿子在镇中学读初中，她憋着一口气就来了，如今生意还真不错。

老金问禾英："你丈夫如今待你怎么样？"

"他有死力气，可我有好技艺，赚的钱比他多。他如今也懂得尊重我了，凡事都与我打商量，有点儿民主作风了。真是扬眉吐气啊！"

这件事让我很感动，乡村脱贫致富，还改变了许多旧观念，使弱势群体有了自尊、受到尊重。我耐不住写了一首《浣溪沙》，请写得一笔好字的老金书之以赠禾英："剪短日光剪月圆，鱼虫花草倍鲜妍。绣衣皓腕纸当田。大丈夫尊堂上客，扬眉女献治家言。鸡声梦影鹊桥边。"

年前的匠器街，果然人来人往川流不息。老金领着我游览专卖文旅产品的店铺，我没想到剪纸、灯笼、工艺油纸伞、年画、草编挂件、传统玩具居然如此行销。我一时兴起，也买了几张可以用来送朋友的剪纸和年画。

我们走向一家灯笼店，店门口围着不少人，里面传出激烈的争吵声。走近一看，宽敞的店堂里，悬挂着各式各样的灯笼，都是竹篾作架、外敷彩纸、纸上画着喜庆图案，金鱼灯、瓜果灯、宝塔灯、龙凤灯、百花灯、走马灯，还有火箭灯、飞机灯、宇航船灯、破冰船灯，可说是奇思妙想、巧夺天工。

柜台里站着一位和颜悦色的老人，柜台外站着一个声高气粗的中年人。

　　"赵爷，你家的灯做得好，我要四十盏，价钱我给你双倍，你怎么不肯？我家闺女头次领姑爷从京城来娘家过年，我得让我的山庄夜夜灯火通明！"

　　"刘老板，你是做农业加工的企业家，假如客户定了货随时会来取，因另一客户多付钱，就能把货取走吗？那是失信于人，自己砸自己的招牌！"

　　"这些灯难道都有主了？"

　　"当然。家里在做的灯，也是有订单的。你不信，可以坐在这里看。"

　　"唉。"刘老板叹了一口气。

　　老金从人群中挤了进去，先向赵爷拱拱手，说："赵爷吉祥！我来帮刘老板说个情。你赵家是大家族，男男女女都有做灯的好手艺，何不多赶几个夜工，把这几十盏灯做出来？何况他姑爷是外地人，刘老板不能不撑出个好脸面。这也是对湘山镇的一个宣传。"

　　赵爷说："他财大气粗，又是名人，哪肯这样说话？"

　　刘老板赶忙上前鞠一躬，说："赵爷，金爷，谢谢你们的宽谅。我这好张扬的坏脾气，一定改。"

　　赵爷说："刘老板，五天后你来这里提货，少一盏灯，我一个铜板都不收。"店里店外响起热烈的掌声。

　　走出灯笼店，我对老金说："匠器街这名字真好！匠人有匠心也有器识。"

　　老金忍不住哈哈大笑。

赵鸿胪

侯德云

老赵是个文史学者。业余的。他本想当一个专业人士，比方说，到博物馆工作，或者文化馆工作。他觉得在这样的单位做事，才算专业人士。可是他的顶头上司，根本没把博物馆啥的放在眼里，故而老赵，用他自己的话说，叫"半生情志不遂"。

他还年轻的时候，曾跟他的科长提过调离的想法。这事本来不归科长管，可是科长做出非他点头不可的样子，瞪着眼睛问，你真是这么想的？他点头，嗯哪。科长咧开嘴，从无声到有声，从有声到爆响，笑得肩膀一抖一抖、手指头也一抖一抖。科长的手指头上夹着一支香烟，也跟着抖。烟头上的火炭掉下来，掉到科长的裤子上。科长的裤子冒了烟，他惊叫一声，才惊住科长的笑。

他想赔科长一条裤子，科长摆手。他用一桌酒席给科长压惊，科长没反对。科长在酒桌上猛拍他的肩膀，说，小赵，这辈子你哪儿也别去，就跟着我写材料，保你前程远大。科长说完又拍拍自己的老婆，说，我就喜欢小赵这样的实诚人。

他老老实实跟着科长写材料。科长升一级，他跟着升一级。他后来升到副主任，还是写材料。

他当了副主任才醒悟，科长当初笑成那样，是为他好。

他写过的材料大致分两种，一种叫公文，一种叫文史。前者是给公家写的，后者是给自己写的。不论给谁写，都写得一丝不苟。

他在副主任职位上退休了，从此不写公文。可是文史这块，还在继续。

他的文史叙事，大多围绕脚下这片名叫旅顺口的区域。"一座旅顺口，半部近代史"嘛，分量不可谓不重，写写，应该的。

他写过的文史材料，后来辑成三本书，一曰《旅游指南》，二曰《览胜》，三曰《走遍》。说他是旅顺口的活地图，不过分。

他的文史叙事里，有一篇是关于鸿胪井的。说的是唐玄宗开元元年，"遣郎将兼摄鸿胪卿崔忻"，意思是把那个名叫崔忻的官员，从四品提拔为从三品，让他远赴东北牡丹江流域的震国，册封其首脑大祚荣为渤海郡王。大祚荣据此将震国改称渤海国，不再使用靺鞨名号。归途，崔忻路经都里镇，也就是旅顺口，凿井两口，刻石为念。后人便以崔忻的官职命名那两口井。

唐朝的规矩，册封官无论出使何方，都必须在途中留下纪念物，立碑、建亭，都可以。崔忻凿井，别出心裁。

鸿胪井的遗迹至今尚存，一口在黄金山北麓，一口在东麓。北麓那口，旁边立有石碑，"鸿胪井之遗迹"，坐落在军事管制区，老赵是托了关系，才进去看过两回。东麓这口，无碑，有亭，周边辟为小公园，取名鸿胪井遗址公园。

老赵的住宅离此不远，退休后，几乎每天都来公园里溜达，不惧风，也不惧雨。每次都要到石亭里坐坐，眼珠子直愣愣，瞅那口井。

红砖砌成的井沿，高出地面半米，上面压着水泥井盖。这有什么好看的呢？

小公园里游人不多，大多跟老赵一样，是周边的居民，时不时来溜达的。

偶有中老年男女，站在亭子边上，冲那口鸿胪井发呆。老赵一见便主动搭话："你知道这口井的来历吗？"

十有八九不知道。太好了，老赵立马开口，把井的来龙去脉讲一遍。从崔忻出使讲起，一庞大使团，播鼓扬旗出了长安，一路马蹄嘚嘚，嘚到山东半岛的登州港，过渤海海峡，到旅顺口，沿黄海海岸蜿蜒北行，逆鸭绿江而上，至某地，弃船登陆，嘚嘚嘚，一直嘚到震国首都。礼成，原路折返，至旅顺口，留下这珍贵的遗迹。

说到这里，老赵抬起右臂，张开食指和中指，将其余手指圈起，在空气中连捣两下，叹道："老崔他们一伙儿，来回走了两年，遭老罪啦。"

倘若听者还有兴趣，老赵会接着讲讲渤海国的简史：先秦两汉叫"肃慎"，东汉魏晋叫"挹娄"，南北朝叫"勿吉"，南北朝末期叫"靺鞨"，至唐代，靺鞨到达全盛期，这才有了渤海国。

说来说去，到了，老赵总要说到"其大如驼"的那块刻石。石上的二十九个字"敕持节宣劳靺鞨使鸿胪卿崔忻井两口永为记验开元二年五月十八日"，他每每脱口而出，一字不差。

在这块天然巨石上，崔忻的题刻四周，还有六块题刻，一块模糊不清，其余都是明清的刻痕。

此石现存于日本皇宫建安府院内，日方宣称是"日俄战争的战利品"。

1908 年，日本海军中将富冈定恭出任旅顺镇守府司令官，是这厮把石刻偷走的。

一提此人，老赵便要破口大骂，骂得五官变形。

时间久了，老赵名声渐起，人送雅号赵鸿胪。

老赵多次给日本天皇写信，强烈抗议当年的盗窃行为，要求无条件归还刻石。

他在每封信的末尾都写上一句："刻石不归，死不瞑目。"

这事，很多人都知道。有人竖起大拇指，也有人不置可否。

一家酒厂看到商机，造出一款鸿胪酒，欲请老赵做代言人。酒宴上的话题，当然要以鸿胪井和石刻为核心。老赵成为众人注目的焦点，边喝边谈，喝得开心，也谈得爽快。酒至半酣，年轻的厂长不知是调侃还是诚心，问他一句："刻石真能要回来，卖给我好不？"

老赵闻言瞪大眼睛，用筷头点了厂长几下，说："凭你？你买得起吗？你买得起石头我信，可你买得起唐朝吗？"

言罢，老赵像当年的科长一样咧开嘴，从无声到有声，从有声到爆响，笑得肩膀一抖一抖、手指头也一抖一抖。

厂长让老赵抖得脸色铁青，代言人云云自此不提。

日后老赵再去鸿胪井遗址公园，动辄失笑，笑得抖啊抖。

每回都有人围着他看稀罕。

我所能告诉你的一切

于德北

　　星期天，我给一个孩子补课，讲《西游记》里"龙宫取宝"一段。他突然对我说："我们去动物园吧？动物园正举办'西游秀'，唐僧师徒以及各种妖精都在，他们会从不同的角落里突然冒出来，拉着你拍照，还会送给你一件法宝。"停下，歪着头半晌，"小孩子们对这个都感兴趣。"看他满脸期待的样子，我沉吟一下，答应了他。他很高兴，问我："孙悟空是哈萨克斯坦人吗？"我以为他是因为兴奋而胡说，就回答他以滑稽。我说："不是，他是亚的斯亚贝巴人。"他眼睛一亮，说："不对，猪八戒才是。"我好奇心大增，反问："亚的斯亚贝巴？"他点头，又强调说："孙悟空是哈萨克斯坦人，沙僧是布宜诺斯艾利斯人。"我当他胡乱说，就点头表示同意。

　　他说："那我们去动物园吧。"

　　我点头。

　　我们就手拉手去动物园，走一段繁华的路。

　　我和那个孩子走在繁华的路上，看见女儿国的国王正在卖酒。她的酒坊里摆满了各式各样的外国酒，其中以法国葡萄酒和俄罗斯伏特加最多。她养了一只狗，刚刚生下四只小狗。初做母亲的狗戒备心很强，看见有人来，远远地龇牙，还发出低低的嘶吼。

女王用脚踢了它一下。

它竟然把女王的鞋带扯开了。

接下来，我看见沙僧领着自己的女儿从动物园西门走过来。他们一路说着外语，似乎在争执一个亟待解决的问题。女儿笑逐颜开，沙僧却一脸严肃。那女儿五六岁的样子，每说一句话都先喊一声"爹地"，之后眨着眼或倒退着表述自己的观点。不知为什么，那个女儿走到酒坊门口就把外衣脱掉了，只穿着一件单衫在风里站立，良久不动。

我对沙僧喊："孩子会感冒的!"

沙僧冲我摆摆手，大声回答："No!"

那女儿就开始奔跑，手里举着一根随便拾来的无花果的枝杈。

沙僧绝望地看了女王一眼。

女王又用力地踢了一下她的狗。

我身边的孩子应该是同龄孩子中最乖巧的，他无论提什么要求，都会胆怯地、深深地凝视你太长时间。他的神色让人心疼。我注意到他的瞳仁有时是绿的，有时又是蓝色的。比如，他对我说"我可以去动物园吗"时，我敢肯定，那瞳仁是蓝色的。今天有点儿反常。当他看到沙僧的女儿的时候，显得有些兴奋、躁动，似乎在他的心目中已不存在冒犯这类事情。他挣脱我的手，向那女孩跑去，并且也像那女孩一样迅速地脱去外衣。绿色的外衣——他的，红色的外衣——那个女孩的，两件外衣，那么和谐地飘落在雪地上，极力地彰显着自己的本色。

女王的狗要去叼那两件外衣，被女王呵止了。

"怎么办呢?"沙僧向我走来，并说。

他告诉我，动物园正在举办一场拍卖会，拍卖的物品有唐僧的袈裟、他的月牙铲、猪八戒的钉耙，当然还有孙悟空的金箍棒。游客云集，把拍卖现场围了个水泄不通。有一队从蒙古国来的游客和一对从土耳其来的夫妻打了起来。他们竞价，把金箍棒的价钱一寸一寸地抬高。

还有一些人坐在石头的洞穴里，体会着沉默的快乐。

"怎么办呢?"沙僧又一次说。

我说："喝一杯怎么样?"

沙僧是那么绝望地看着我。

沙僧和我讲述"西游秀"的事情。他们师徒四人被请到这里，每天与烟火相伴。他们原本和妖精们是对立面，现在却要同台演出。这是多么滑稽的事情。比如孙悟空耍棒——说到耍棒，他列举了《水浒传》里武松耍棒的例子。原文如下："约莫酒涌上来，恐怕失了礼节，便起身拜谢了相公、夫人，走出前庭廊下门前。开了门，觉道酒在腹未能便睡，去房里脱了衣裳，除了巾帻，拿条哨棒来厅心里，月明下耍十几回，打了几个轮头。仰面看天时，约莫三更时分。"沙僧背诵了这一段。他接着打比方，比如孙悟空耍棒，却要七个蜘蛛精来伴舞，这真是让人看着别扭。又比如动物园里要请女儿国国王去当演员的，可她称自己要尊重内心的情感，此事不可儿戏，便只在动物园西门外开的这家酒坊卖些散酒及瓶装的外国酒与过往客人。

他指着女王的那只狗说："知道那是谁的狗吗？"

我摇头。

他小声说："二郎神的哮天犬知道吧？哮天犬的媳妇儿，生了四个孩子，如果不能得到二郎神的认可，也许就此流落民间。"他又压低声音，"据说动物园已经要签合同，请求女王至少卖给他们一只神犬的后代，宣传出去，怎么说都是看点儿。"

我问："女王怎么说？"

沙僧斜睨了一下女王，未置可否。

我用力去看那狗，它的影像却变得越来越模糊。

那边，两个孩子在热烈地说着各自的梦。他们的梦如此相同。在他们的梦里，孙悟空是哈萨克斯坦人，也可能是印度人，更可以和猪八戒同乡。因为在他们的梦里，猪八戒出生在亚的斯亚贝巴。女孩儿说："我来自布宜诺斯艾利斯，那里有一个瞎眼睛的作家，编了许多有趣的故事。"这个时候我才真正明白，我身边的那个孩子为什么说沙僧来自阿根廷。他们的梦太自由了，自由到可以乱点鸳鸯谱，并迅速得到对方的认可。这在我们是多么不可思议的事情。

沙僧指着那个女孩说："不知为什么，她叫我爸爸，而我也死心塌地地认为她是我的女儿。你知道，我是不应该有女儿的。"

我开心地笑了。

现在，那两个孩子开始说病毒，说感冒，说冷热与疾病的关系。他们又除了裤子，只穿制式短裤——当然，女孩是短裙——围着一棵刚刚种下的无花果树苗舞蹈。他们唱着只有他们自己才能完全听懂的歌谣，用快乐涂抹万里无云的天空。

女王把一片纸巾顶在自己的头顶。

她的狗去给自己的孩子喂奶。

我则向沙僧讲起动物园里锦鲤炸毁堤坝的故事，以及我曾在一片丛林中奇遇恐龙的经历；风车自行在外太空伫立，一只蚂蚁勇敢地爬上了火星。

沙僧说："我得回去了。一会儿他们找不到我，又该发脾气了。"

他向女王打招呼，可是，女王没有看见他。

他喊那个女孩，女孩大声告诉他："爹地，你回去吧！接我回家的飞机马上就要来了！"

我迅速地考量自己。一个年过半百的小说家，中等身材，圆脸，豹子眼，络腮胡子，婚姻美好，却有一个割舍不下的情人。以前每周烂醉七天，因为胃出血住过三次医院，最后一次被医生下了病危通知书。

那个孩子问我："你是回家，还是陪我去动物园？"

我把脸转向沙僧的背影，他消失在一片喧闹的热浪里。

我说："我陪你去动物园吧。"

那个孩子说："你不必为私生子的事情担忧。"直视我的眼睛，"回家吧。"

文大傻子

阿 成

　　文兄文大傻子，忽一日从我的朋友圈里看到我要去 H 县。他说："你去 H 县正好经过我住的地方。我在那儿有房、有院子，院子里还种了不少玉米和蔬菜。如果你来的话还可以在我这儿住，走的时候再带点儿我种的蔬菜和玉米。"我说："好啊，你给我发一个定位，我回来时争取去你那儿看看。"

　　回来的时候，按文大傻子发的定位找了半天也没找到。迷途中彼此通了好几次电话，他说他已经站在公路边上等我了。按照他说的位置显然我已经走过了，再掉头往回开，终于看到站在公路边的他了。多年不见，文大傻子已白发苍苍、迎风飘逸，已然是一副苍老的样子了。

　　从公路上下来，走的是一条极少有车辆和行人通行的路，他指着路面上的那些碎石解释说："过去这儿是养路段的材料场，前面是他们的家属宿舍。不过现在没人住了。"他揶揄地说，"修路工就像吉卜赛人一样居无定所，到处迁移。"我问："你这儿有房子呗，像陶渊明似的归园田居。"他说："我住的是朋友的房子。这小子跑到非洲修路去了，我在这儿住等于是免费给他看房子。"

　　这是一片简陋的 20 世纪六七十年代建的老式平房，每家都有一个木板围的院子，挺入画的。只是这里已经人去屋空，每家的院子都上着生了锈的锁，很聊斋的模样。

文大傻子说："这里平时就我一个人住。你来了，随便住哪家都行，我有他们的钥匙。"我说："明白了。"

文大傻子"家"的院门开着。是啊，这人迹罕至的地儿没必要锁院门。进到院子里一看，俨然 20 世纪 60 年代寻常百姓之生活场景的话剧舞台。院子里有两三只鸡，一些杂乱的盆盆罐罐散放在院子的一角。北面有一个开放式的棚子，里面是一个土灶。显然文大傻子就是在那个地方做饭，自然这儿也是这一趟房子唯一炊烟升起的人家。院子的一隅堆放着几个小南瓜、几枚土豆、几根茄子和玉米，感觉还没有完全成熟，在明媚的阳光下静静地候在那里。不消说，这是他给我准备的，这反倒让我有些不忍心了。我原以为他至少有一两亩地，像有钱人那样休闲地种点儿玉米、花、蔬菜之类，主要用于观赏或者送人，包括发微信朋友圈拍照用。

院子当中有一张旧木桌，上面放着几本线装的古书和笔记本儿。看得出这哥们儿平时就是坐在这儿看书、做笔记、写古诗词。是啊，文人就是文人，无论怎样差的环境也无法改变他们作为一个文人的本质。然而，让人匪夷所思的是，在房子的外墙上居然挂着一幅巨幅的、比真人还大的外国时髦女郎的彩色招贴画。这一下子就把这里那种 20 世纪 60 年代的环境气氛提升到了 21 世纪的今天。

我问："夫人呢？"他说："回娘家啦。"

我知道回娘家的这个女人应是他的第二任夫人。能跟他生活在这样的环境里面该是怎样的一个女人呢？

我说："兄弟，让我进屋参观参观呗。"

他似乎有些不是那么情愿。可我毕竟是远道而来，咫尺的拒绝自然不礼貌。进到屋里，我发现屋里面依然是 20 世纪 60 年代的陈设，大花被、老式的炕琴，包括用砖铺的地面，所有的一切都是纯粹农舍的样子——而且是 20 世纪农村家居的模样。心想，我如果要住在这儿只能睡火炕了。

我们坐在院子里聊了起来。文大傻子似乎看透了我的心思，一脸严肃地跟我说："人活着，就三件事非常重要。第一阳光，你看我这里有阳光；第二水，你看我周围的水都是纯净水，可以直接饮用；第三空气，这里的空气没有污染。阿成大哥，人除了这三样还奢求什么呢？没了呀。对不对？"我点头说:"有道理。你天天就坐在这儿研究学问呀。"他说:"这不是很好吗?"我说:"是个读书的好地方,有点儿像闭关修行的样子。"他说:"读书就是修行。"我听了不觉一愣。说实话,近年来我没少听关于读书是为了什么的话题,但是唯有文大傻子的回答最为精辟。

过去文大傻子在杂志社工作的时候是工人编制。本来他有机会转为国家干部的,可他没把这件事当成一件大事,天天看书写评论,所以同人们给他起了一个"文大傻子"的外号。我依稀记得他的第一任夫人经营一家个体印刷厂,承印信封、贺片儿、档案袋和稿纸之类的东西。两口子的生活显然是很好的。那么是什么促使——或者说逼迫他们二人分开的呢?

我问:"你平时吃饭怎么整啊?"他说:"每天早上我到村口去打羊奶,新鲜的,相当好。"我又问:"这是什么村?"他说:"过去叫阴阳屯儿。西头先前是一大片坟地,都是无主坟。现在叫桃花村。"我说:"哦,是个有故事的地方。你要是回城里怎么办?方便吗?"他说:"方便。就到公路我接你那个地方,往那儿一站,长途汽车来了,招手就停,上去就完了。回来也是如此,非常方便。"

看来我面前的这个文大傻子、我的文兄,是依旧坚守君子固穷、又乐天知命的一个文人了。

我在文大傻子这儿逗留了半小时左右。不知为什么,临走的时候忽然从心底升起一片莫大的惭愧来,用鲁迅先生的话说,要榨出皮袍下面藏着的"小"来。觉得丢人丢丑的不是文大傻子,而是我。

黑　脸

刘建超

　　老街地处中原，盛产小麦。老街上做饮食买卖的也多是开面铺。陕西臊子面、北京炸酱面、四川担担面，老街人对吃面来者不拒、多多益善。在琳琅满目的面铺中，老街人当家的面还属本地的烩面和浆面条。

　　但也有例外，东街大石桥旁的黑脸刀削面馆也是老街人常去的地方。老街人亲切地称呼面馆老板"黑脸"。

　　黑脸五十出头，肤色黝黑，面馆起名黑脸真的是名副其实。

　　黑脸年轻时外出打工，在山西大同学习刀削面手艺，多年后携妻带子返回老街，在大石桥旁租个铺面，开了馆子。

　　现在的面馆和面都用机器，省时省力。黑脸却一直坚持手工和面，他说面也是有灵性的，和面就是与它亲近，以手揉搓，它才给你上筋道。

　　黑脸左手托举面团，眯缝着本就不大的眼睛，像被催眠了一般；右手拿弧形刀，浸入削面状态中。削出的面叶形似柳叶，中厚边薄，棱锋分明。面片飞起，欢舞着跃入热水翻滚的大铁锅内，捞起入口，外滑内筋，软而不黏。

　　黑脸的汤料和牛肉也是一绝，牛骨汤炖得柔滑如玉；酱牛肉用的牛前腱，肉里包筋，筋内有肉，层次分明。

每天饭点，黑脸的铺子拥满了食客，等待吃面的长队成了一道风景。

不管是生人熟人，一碗面六块酱牛肉，每块肉似鹌鹑蛋大小。

黑脸两百碗面卖完就打烊。有人说还有不少顾客，多做点儿多赚点儿嘛。黑脸眯缝着眼睛也不说话。老街人知道黑脸厚道，这是给别人留生意做。

黑脸的儿子谈了个女朋友，长相甜美俊俏。

儿子也是显摆，热闹的饭点带着女朋友来店里吃面。

面端上来，碗里也是六块肉。

儿子说，惠惠爱吃酱牛肉，你给多添点儿肉。

黑脸说，在店里吃，就这样。

女朋友惠惠噘起了粉嘟嘟的小嘴。儿子的脸上也挂不住，回家就和黑脸争辩。

黑脸说，家里有家里的说法，铺子有铺子的讲究。给你的碗里多加肉，让其他顾客怎么看？亲朋好友就多加多添，咱铺子还有没有诚信？惠惠爱吃酱牛肉，到家里来管吃管拿，你带她到铺子里显摆啥？

黑脸老婆拿着包好的酱牛肉塞到儿子手里，去，给惠惠赔个不是。

儿子低头不言语了。

老街饮食协会要搞美食评选，评出老街人最喜爱的十大美食，还要授牌匾、登报纸、上电视。

邻居老马来给黑脸传递消息，说是顾客投票环节已经结束了，竞争很激烈呢。下一步是评委暗访、品尝环节，不少店铺都带着礼物去打点评委了，你黑脸是不是也该有所表示啊？

黑脸眯缝着眼睛说，打点啥？咋打点？说来说去还不得是手艺地道吗？如果靠歪门邪道评上个牌子，老街人吃了不是那么回事，那不是让人戳脊梁骨嘛。这事，呵呵，我不干。

周六中午，面铺里正热闹着。邻居老马进来，指着靠门口的一张桌子，悄悄地对黑脸说，瞧见那三个人没有？那是来暗访的评委，悠着点啊。

面捞上，汤加好。黑脸老婆迟疑了一下，从木桶里打出酱牛肉放入碗里。

三碗面刚刚端上桌子，就见黑脸手中拿着勺子筷子跟了过来，他把面中多打的肉块捡了出来，说，对不起啊，上错了。

急得一旁的老马直拍大腿。

让邻居老马没想到的是，黑脸刀削面还真的评上了老街十大名吃。

开了春，老街突降大雨，水淹了整条街，店铺都关门了。

那天，歇了几日的黑脸刀削面馆又忙乎起来，黑脸和媳妇揉面、熬汤、做酱牛肉。

黑脸左手托举面团，眯缝着本来就不大的眼睛，像被催眠了一般；右手拿弧形刀，浸入削面状态中。削出的面叶形似柳叶，中厚边薄，棱锋分明。面片飞起，欢舞着跃入热水翻滚的大铁锅内。

黑脸的老婆守着盛酱牛肉的木桶，给每碗面添肉。

儿子和女朋友惠惠把面封装打包，开车送到了清淤开渠的志愿者手中。

大家听说是黑脸送的刀削面，很是惊喜。打开饭盒，清香扑鼻，面里还是六块酱牛肉，只是每块肉比鹌鹑蛋大了一倍。

闭口不谈

非 鱼

她的脸像一只漫不经心的厨师做出来的大包子，因为有许多深浅不一的雀斑，使得这只包子看起来浮皮潦草。

因为胖，总是鼓鼓囊囊弄不妥帖，因而她走起路来一忽闪一忽闪，人是向前走着，而胸脯却在努力向上冲。

对，韩笑茗。就是这样一个人，分贝很高语速很快地说话时，给人喘不过来气的感觉。加上最近又新烫了毛烘烘的头发，本来就有点儿大的脑袋看起来更硕大无朋，多看几眼就会发急、焦躁。

韩笑茗说的话经常没有多少实际意义，更像一篇水分过多的年终总结，看似一件事接一件事，仔细听又没有多少沟通和交流的必要性。她并不以为意，讲起话来眉飞色舞、兴致盎然。如果不让她讲，准确地说不让她说些闲话、废话、没有意义的八卦，她准会憋得发疯。

她是我多年的同事，不但在一个单位，还在一间办公室，我不得不和她成为"知己"——只知道彼的知己。她的履历，她的婚姻，她的女儿，她的老公，她的婆婆，她家的家具，她做的饭菜，她家头一天晚上与女儿与老公的鸡飞狗跳，甚至她女儿每次期末考试的成绩是进步了还是后退了：我都一清二楚。每天从进办公室到打扫卫生这一二十分钟时间，就是她"汇报工作"的时间。

在一个周一的早晨，韩笑茗很意外地没有热烈地"汇报"周末的"工作"，也没有擦桌子，而是坐在自己的办公桌前，沉着脸敲打键盘。我没有问她，这样多好啊。毛线团好不容易自己待着了，我决不能主动去扯那个线头。

可她敲完了，在打印机上打印出来了一张纸，还是没有说一句话。我看着她拿起那张纸，看了看，然后出了办公室。

她再回来的时候，只留给我一句话：家里有点儿事，我请几天假。

我顺口说，啥事？

按照以往的韩笑茗，她应该是先从这件事的来龙去脉讲起，经过了七弯八绕，才落到她与这件事的必要关系上。可这次，她只说了两个字：小事。

就在我脸上诧异的表情还未收回时，她已经关了电脑，拿着她那只夹在腋窝下的小包走出了办公室。

没有了韩笑茗的办公室，听不到她聒耳朵的声音，了解不到她热闹繁杂的"生活细节"，还挺寂寞的。三天之后，我开始想念她。我以为的"请几天假"，也不过是三五天，可两周过后，她依然没来。

我问领导韩笑茗请了多长时间假，领导说三个月。我这才意识到，韩笑茗的"小事"不小。

我给她打电话想问她到底有什么事，需不需要帮忙，可她的手机不是关机就是无人接听。发微信，也没有回。

一个热气腾腾大包子一样奔涌向上的韩笑茗，突然间就"消失"了。

在她"消失"的这段时间里，我接手了她的工作，一边工作一边想念她，揣摩着她遇到的"事"：她老家的母亲生病了，她要回去照顾；她即将高考的女儿住校不习惯，她要去陪读；她公公在康养中心和小护士又吵起来了，非要回家，没有护士愿意接手，她得照顾这个时而清醒时而糊涂的老爷子；她老公出问题了，跟哪个大姑娘小媳妇又搞暧昧了……可这些，她以前是最喜欢和我"汇报"的，包括她老公和谁谁的暧昧细节，她都叙述得眉飞色舞。如果是这些事，她完全没必要不接电话啊。

三个月之后又一个月，韩笑茗终于来上班了。

我一进办公室，她就在桌子前坐着，吓了我一跳。我几乎是扑过去，捶打着她的胳膊，这么长时间，你死哪儿去了？

她淡淡一笑，家里有点儿事。

啥事不能给我说一声，打电话也不接，发微信也不回，你真是的，火上房了还是老牛把嫩草吃嘴里还嚼嚼咽了。我噼里啪啦一堆，像极了之前的韩笑茗。而她，依然是淡淡一笑，真没啥大事。水烧好了，我这儿煮了养生茶，你喝啥？

韩笑茗带了一把养生壶，煮着一堆片状的东西，正上下翻滚。喝水的时候，我才仔细打量韩笑茗：她瘦了，头上那堆毛烘烘的卷发不见了，整个人看起来精神、利索了许多。最主要的是，她连说话的语速也放慢了，她的声音不再聒耳朵。

我很不习惯。

很多次，我试图问她这四个月到底干吗去了，家里发生了啥事，她总是在我刚一开口，就岔开了话题。

慢慢地，韩笑茗又开始像一只热气腾腾的大包子一样，聊起了家长里短、八卦闲话。只是，她对"消失"的四个月里的细节，闭口不谈，从不在话题之中，好像这四个月的时间压根儿不曾存在过。

后来，有人隐隐约约地说有亲戚在省城肿瘤医院看到过她老公，可能是她去做手术了。

我设想了无数种可能性，却没想到、也不敢想是她的身体背叛了她。

想起在寮步参观沉香文化博物馆时讲解员的一句话：树遇伤结香。那些神秘、高贵的沉香，无不是在经历了虫吃鼠咬、刀砍剑劈后才会结香。

韩笑茗，一个女人，应该也是在闭口不谈后开始慢慢结香。

于是，我也将那四个月从我的时间段里剔除，好像什么都没发生过。

闭口不谈。

放一只羊的老人

安石榴

深秋的时候，我想走得再远些，到完完全全的野外去采一束芦苇带回家——夏季开始，我总是从大自然那里撷取一点儿美带回家，而我又不想伤害市民们美的愿望，我并不在多数市民可及的地方采撷野花野草。每当我要换花瓶里的花草，就要走得更远些。到荒野去，到护卫城市的江坝结束的地方去。我不知道有多少人知道江坝是如何结束的。

江坝钢铁长龙一般逶迤出城，缓缓收束，一条大江便舒舒服服平卧在大地上了。这里有一条路，十分漂亮的路。无人、干净、颜色纯正。

用颜色纯正来描述一条普通的沥青路，这可能是一种奇怪的观察或偏好。我不知道，也不会深想。在我的视角下，它就是这样的。很少能看到这样的沥青路——它们大多数都灰扑扑的。颜色本身就是美，没有差异的美，只是不要蒙上脏东西。这是颜色的真相吗？

那么我就可以说，此刻养我眼的，就是这样一条路。一条双向单车道，漆黑的路面带着一条雪白的隔离线奔向远方。它衬在东北秋季高远壮阔的湛蓝苍穹之下，两边可以淹没牛羊的茂盛荒草之中。

就在这里，我看见一只羊在昂头吃草。是的，昂头。我一秒便明白"风吹草低见牛羊"的时候，它们也必定是昂头吃草。

这只白色的母羊可能吃了很久了，它周边蒿草鲜嫩的顶尖部分只剩下光秃秃的茎秆。这时候，夕阳正浓，一丛芦苇穗儿发散着如淡紫色绸缎一般的光泽，轻柔地微微摇摆。它们不是羊的菜。我走进荒草中去折它们，不经意看到母羊那只饱满的粉色乳房。它真美啊，还非常干净。整只羊都很干净。那洁净显然不是有人上心经管的结果，这只羊可能天性爱干净。打理和天然的分别是什么？我自己也说不清。反正就像路边停着的一辆微型三轮车一样，不像有人上心照顾它，但它看起来还行，没有经历太多摧残。

一个老头儿躺在车斗里，或者说躺在浓烈的夕阳中。我猜他紫色的脸膛就是这么来的。

"你的羊？"

"对呀。"

"就一只？"

"对呀。"

"怎么只有一只？"

"就一只。"老人并不说原因。

"多养几只嘛，多养几只，现在一只羊可以卖一千块了吧？"

"两千块。"老人说。

"一只是放，十只也是放，那你一次就可以赚两万块。"我知道这样聊天很蠢，但谁也保不准不说这等蠢话呀。

"我不需要，我只需要一只。"老头儿钩起头来，看了看站在几米外等我啰唆的我的丈夫，夕阳把丈夫映衬得比真实的他高大魁梧。我是个热爱荒野又害怕荒野的人，丈夫站在那儿，我才有胆量在野外和陌生人说话。

老头儿把头又落下来，枕在一个不知道装着什么东西的袋子上。

"我猜你家里还有一只猫、一条狗。"

"是。"他语气平淡。这些都是乡村家庭的日常。

"你的猫和狗相处得可还行？"

"见面就干。猫扇狗的嘴巴子，扇得啪啪响。"老人坐起来了，盘上腿。他很有兴趣谈这些。

我哈哈大笑。

"你的猫白天在家吗？"

"嘿，它才不，在外头野，天黑透了才回家。天暖和了，我给它留个窗缝儿；天冷，它就直接钻狗窝了。"

我又哈哈大笑起来。同时脑补两个场面，一个，猫狗战斗大戏；一个，狗子夹着尾巴委委屈屈让出地盘。

那么，老人家还会有五六只鸡、三四只鸭、一只鹅——通常不会养很多鹅。这些都归老太负责。闲暇时，老太会就着簸箕搓些玉米粒撒给它们吃吃。

他们还应该有几个儿女，已经自立门户，或者在城市打工、安家。一般来说，接下来顺理成章就会聊到这些。

我那时笑得有点儿大，眼睛本来有点儿小，笑大了眼睛就给挤没了，眼前有一阵儿乌漆墨黑。我睁开眼睛，见老人已经恢复了仰躺，还把小臂横放在眼睛上，嘴唇闭得紧紧的。

这是个拒绝的姿态。

看起来，老人知道接下去会聊什么，他不想聊那一部分。

风雪除夕夜

陈应松

    烧大柴燃大火的除夕夜，是神农架漫长冬天的暖。这一年，饶家更暖。但祸起于这年的除夕夜，乐极生悲。

    爹将大柴堆着放进火塘里，屋里就跟夏天一样，衣裳都得脱了。爹一个劲儿地说："大饶，你烤火呀！大饶，你吃米子糖！"大饶喝了些酒。喝酒的时候爹也劝："大饶，你多喝点儿，这酒可是我存了两年的'地封子酒'，又不打头。也不知部队里准不准许喝酒，你以后想喝咱神农架的苞谷酒，也难喝到了。你只有探亲回来喝，爹给你存上两坛……"

    大饶已经喝得找不准方向，头在飘，而身子在火塘边暖和，想打盹儿。他就打着盹儿，结果梦见自己穿着军装，守卫在天安门的金水桥上，看到一队儿童唱着《我爱北京天安门》从他面前走过，他站得笔直一动不动……

    在神农架山区，春节前后的"立春"还在很深的冬天里挣扎，山上壅着厚厚的积雪。那雪像人来疯，越下越大，时不时有一个滑着雪橇的人从山林里驶过；而野兽绝迹，鸟声消失。门前公路上，一天没见几辆汽车，这公路，跟兽道一样，显得诡谲安静。没有汽车的轰鸣，鹞子岩就是与世隔绝的深山。漫天大雪的夜晚，鹞子岩上的鸦子叫得好生奇怪。这些鸦子——大嘴乌鸦、秃鼻乌鸦、寒鸦……它们的叫声对冬天来说，是那么阴暗，加剧了冬日的寒冷，使山冈更加颓靡，仿佛风雪会埋掉所有的日子，世界再也无力爬起来。

冬天，好消息却降临在十八岁的大饶头上，而且是非常好的消息：他被批准入伍，到北京，当的是警卫战士。北京是我们国家的首都，说不定会在天安门和中南海站岗哩。报名参军的很多，全村只有大饶被录取了。他形象好，个子高，帅气亮堂，成分又好，还有文化。村里多少人羡慕。还没出发，说亲的就上门了，好几个俊女孩，都表示可以与他处对象。在神农架深山老林，村里人连宜昌都没去过，甭说去北京了。这是大饶在家过的最后一个春节，离3月启程只有不到一个月了。

家人们在他耳边说了许多祝福的话，甚至说到这个家族就靠他了，等他到了北京，到时把老爹接去看看天安门、看看长城。大饶在醉乡里隐隐约约听到爹和嫂子说话，迷迷糊糊地应诺着。在火塘边守岁到午夜十二点，大饶听到远远近近"出行"的爆竹声里，有一声声鸦子的叫声，觉得很蹊跷，以为是梦。惊醒过后再听，分明是真实的鸦子的叫声。他心里说，这个晚上着实奇怪。

准备上床睡觉的大饶，突然听到坐在火塘边抽烟的爹对他说："……幺儿，鞭放完了，不是还有两颗炸弹吗？你把它们甩了。"

大饶懵怔：什么炸弹？爹提炸弹干啥？

"甩了，不要那东西了。你一走，那玩意儿放家里危险。"

大饶清醒后想"炸弹"这事儿，想起来家里好像从兴山县买来了两颗炸野猪、狗熊和护秋驱兽的土炸弹，当时神农架没禁山。

"让我拿炸弹做啥哩？"

"甩了，甩了……"

爹说的是，家里没有鞭炮，为图个热闹，干脆将土炸弹当炮仗扔了。他明白之后，看到爹到处翻箱倒柜，甚至爬上了存放洋芋和杂物的木楼，还是没有找着。大饶想，真得找着，炸弹可不是开玩笑的，威力大，不知放哪儿，以后谁若是碰着了，那得炸死，真得扔了。大饶想起都害怕，就凭记忆去找，在木楼上，在一个角落里还真的找到了那两颗土炸弹。他一手拿一颗，开了门准备去甩。

门外风嚣雪猛，黑漆漆的山野，一片混沌。一股阴冷的旋风几乎将他扑倒，像是一伙人推他，阻止他不让他出去。半夜的鸦子叫得像幻觉。但他还是一脚踏出门。哪知夜里大雪冻凌，踏出门就滑了一跤，跌落地上，炸弹就在手上爆炸了。只听"轰"的一声，那声音又闷又狠，震得屋子都在摇晃。大饶没有反应过来，更没有在摔跤的时候及时把炸弹扔出去，大饶在爆炸声里感觉自己四分五裂，整个人都被炸飞了，魂都被炸没了，疼痛窜入全身。那是过后的事，当时的意思是：人没了。是自己吗？接着就是疼痛。而疼痛一回来，大饶知道自己的一生完了。周围的鸦子在爆炸声中像是炸弹的碎屑，飘落下来，哇！哇！哇！哇……他爹跑过来，他的意识还清醒，对他爹绝望地喊："爹，你把我一辈子害完了！"

疼痛感越来越强烈，大饶觉得他的双手没有了，炸光了。爹跑过来想扶起他。大饶挣扎着爬起来，因为疼痛，在屋场的雪地上跑，围着屋场跑了一圈又一圈，边跑边喊："爹，你害了我呀！你干脆拿点儿毒药给我喝了呀！……"

从村里到镇上，一路下坡，有十多公里路。就爹和二嫂在家，哥团年后回兴山上班了。爹去叫公路上道班的人，借了他们的板车，将大饶拖到镇医院，已是早上六点多钟，走了足足五六个小时。没膝深的大雪，苦了父亲和二嫂。大饶已疼得昏死过去。寒冷的镇医院，找到外科医生，血压只有20/18mmHg，心脏跟停跳没啥两样。医生说，再晚来五分钟，就没命了。手术做了十多个小时，医生将十只断掉的指头接了四个，也全是桩桩头头。

"我算运气不好，医生们春节都回家去了，仅有几个值班的。"大饶回忆起那时候，主治医生姓吴，副手姓张。是用带子给他止血，六个小时了血还没止住。上了手术台，医生将他的颈子用铁架子夹着，把他的眼睛蒙上，给他的鼻子里灌麻药。张医生问："还疼不疼？"又问，"你的手是怎么搞的？"大饶说是土炸弹炸的。当时镇医院没有血浆，让他吞食一种强行养血丸。他吞下了许多丸子，医生又让他数数字，一、二、三、四……后来他就麻过去了。醒来是晚上八点钟，他看到包扎的"手"，没有指头，便号啕大哭。医生给他打吊针，他已经没有血管，只好在脚上切开一条口子进针。他不配合，用另一只脚将吊针蹬掉，绝食，只求一死。后来，他被医生五花大绑在病床上，不让他动弹。

五天过后，他平静了，但家人喂给他的食物他会吐掉，一直用注射葡萄糖维持了半个月。家人与医生苦口婆心地劝他。他清楚地记得，住院一百四十八天，花费三百多元，这在当时是天文数字，全是二哥付的。二哥说：

"弟呀，以后你讨不到吃的，有我们照顾。你若不吃饭，我老远来照顾你，你良心上也过不去呀。"

他便开始进食。林区武装部的唐部长也来了，他发现大饶没有去部里报到，来后一看，十分惋惜地说："这娃子已经终身残疾了，不能去了。"

北京对他来说，已遥不可及。唐部长一走，大饶哇哇地大哭了一场。

相 见

陈力娇

    天安的酒店前，有一位妇人坐在那里两天了。每逢酒店开门，她就来；每逢酒店关门，她就走。天安很纳闷儿，对小茹说："去给她送点儿吃的，问她到底要做什么。"收银员小茹特意给她煮了一盘饺子，又拿了一瓶饮料，送了出去。

    妇人见到吃的喝的如获至宝。小茹问她："你在这里是等人吗？"妇人说："是等人啊。我的儿子，和家里生气了，出来上学三年多没回过家。以前他在镇上的中学上学时，每次回家，我的手心就提前痒。可是这几年，一次也没痒。前天就在我走到你们酒店前时，它又痒了。我就断定，他肯定在你们这里，或是就要来你们这里。"

    小茹说："那我回去给你问问，哪个是你的儿子。"妇人把她儿子的名字告诉了小茹，小茹回去问了一圈，没有人承认是她的儿子。倒是有一个服务生，告诉小茹一个信息，说："那天陪教授吃饭的六个学生中，有一个提过他每逢回家，他妈妈的手心就提前痒，会不会是他？"

    小茹想起了服务生说起的那个人，付款时，他抢着交钱，有着一头黄色的头发。小茹还清楚地记得，他的眉心上长了个高粱米大小的瘊子，由于位置长得居中，小茹特意多看了他两眼。

天安听了小茹的汇报，从抽屉里拿出一张名片，递给小茹，说："你去这个地方找，准能找到。"小茹很吃惊，说："你们认识？"天安说："是老头儿走前给我的。和老头儿接触过的人，老头儿都有记录。老头儿说，他的油画具备大师的潜力。"

小茹半信半疑地走了。半小时后，小茹的电话打了进来，她告诉天安："找到了。可是我怎样和他说呢？"天安说："就说我请他们来酒店吃饭，那天吃饭的六名学生，一个都不能少。"

会餐安排在晚上，六名大学生高兴极了。

他们先是参观了教授的纪念馆——是天安特地腾出的一间八十平方米的屋子，把教授生前用过的物品，喜欢的小摆设、书籍、古玩、发表的论文等，全部陈列到架子上。天安说："以后你们就把这里作为学习场所吧，我免费为你们提供服务。这不是我的意愿，是你们教授的意愿。我每天都梦到他，他每天都嘱咐我对他的学生们多关照。不管怎样，他都与我们在一起。"

小六闻听哭了起来，八角见小六哭也抹起了眼泪。天安就安慰他们："你们都是大学生，都学过庄子吧？"他指了指小六，"由你来说，庄子死了妻子，他的表现是什么样的？"

小六哽咽着说："庄子叉腿坐着，敲瓦盆而歌。惠子问他，你的妻子死了，你不哭也罢，干吗还要唱歌？庄子说，她死了，我很感慨。想一想人最初本来没有生命，不仅仅没有生命还没有形体，不仅仅没有形体还没有元气；夹杂在草木之间，变得有了元气，由元气又变得有了形体，有了形体又有了生命，现今又变为死，这就和春夏秋冬四季更替一样。人都安然就寝于天地之间了，我为什么要栖栖遑遑守着她哭呢？为什么去惊扰她呢？"

小六的回答天安很满意，小六的泪也就不流了。

接下来晚宴就开始了，是天安引进的内蒙古肥羊。这种羊自由放养，随心觅食，空气又好，水质又纯，不论谁吃都赞不绝口啊。

音乐骤然响起，一队蒙古族风格打扮的大妈，把烤熟的全羊送了上来。她们戴着红色三角帽，穿着蓝色带白点的紧腰衣服，扎着雪白的围裙，化着妆，神态可亲，一副草原地域特有的风情。小六率先鼓起了掌，南奇坐在小六的身边也鼓起了掌。南奇对小六说："那个胖胖的，走道有点儿小跑的大妈，多像我的妈妈。一晃我都三年没回家了。我不是不回去，是我没有钱回去。我做梦都想挣到第一桶金，然后回家。"

八角说：“我是不愿和我爸妈在一起，在外面租了房子，毕业就搬过去住。我想宁静，不想听他们唠叨，不想看他们每天被疾病折磨的样子。”

小六又眼泪汪汪了，说：“你们都有爸妈，可我什么都没有。我现在才明白，房子不是家，妈才是家；没有了妈，就没有了家。”

小六的话，让八角和南奇都陷入了沉思。南奇沉默了一会儿，径自站起身，去了酒店外面，找了个僻静的地方，给妈妈打电话。有三年没联系了，他都有点儿不好意思了，电话直接打到了妈妈的手机上。他说：“妈，你好吗？我在挣钱，挣到钱就回去看你和我爸。你们别想我，我不会做坏事，每天都在学习本领。我的油画画得才好呢，已经有公司聘请我了，挣到钱我会往家里寄，你和我爸就可以安度晚年了。”

电话那边一直都是妈妈的啜泣声。南奇问：“妈妈你在听吗？”

妈妈回答：“在听在听，你好好用功，我和你爸都盼着你成才呢。”

南奇这才说：“妈，那你多保重啊，我忙去了。”

小茹站在南奇妈妈的身旁，为她擦拭着滚滚溢出的眼泪。

钟声与大海

方英文

　　小镇街道冷冷清清，一条老狗木呆呆地溜达着。一家木板店铺前，矮矮的竹靠椅上，端坐一位老头儿，双手袖在袖筒里，晒太阳。

　　走到两条街道交会处，便是镇政府。挂了五个牌子，两个牌子红字，三个牌子黑字。门口停了三辆小车，两名妇女走出来，身后一名干部送行。听其对话，是来咨询生三孩有没有补助。

　　那干部见我是异乡客，满面笑意邀我进去喝茶。我合掌回礼说谢谢，不敢叨扰。心想无事不入官府，鱼安水安，你好我好。从另一条街道往出走，循着什么敲打声，就到了河边。

　　河对岸的缓坡上，一座不大不小的寺庙。庙建在河川，又如此靠近集镇，少见。

　　河水不小，河床里间隔不远地分布着石头，有大有小。阳光晃得河水冒汽。一个汉子挽着裤腿，挥舞一柄铁锤，敲打一块大石头。

　　走到近前才发现沙滩上一只木盆，盆里一条二寸长的鱼有气无力地摆着尾巴。那块大石头蹲在水潭里，与水接合部位的石皱纹上一圈青苔，下面是水草招摇。那汉子五六十岁吧，脑袋上小下大，像个憨粗的大红薯。

　　"你这是——"

"——砸鱼嘛。"

砸鱼? 闻所未闻! 见我面露疑惑, 红薯笑道: "一砸石头, 潭里鱼就给震晕了翻上来, 捡就是。"

原来盆里那小鱼, 是他方才砸的。请他继续砸, 他说这阵没情绪了, 铁锤一撇, 摸出一支烟点着。吸了三口, 才问我吸烟不。同时弹出一支递我。

"谢谢, 戒烟五年了。"

"嚯, 把烟都能戒掉, 狠人, 不可深交啊!"

"这说法厉害。" 我也 "嚯" 一声。

"你去逛庙吧?"

离开河岸, 刚爬上去就见一个和尚立在舒缓的台阶下。目光远远地相遇, 和尚就合掌动唇, 近了颔首说欢迎先生莅临小庙。

法号无心, 仪表堂堂, 四十来岁, 遗憾腿有点儿瘸。礼让我先上台阶。每上十来级, 身后的无心便叹息一声。回首一看, 圆口布鞋白袜子, 难怪如猫爪落地般悄无声。他弯着腰, 左手托着右膝盖旋摩着。

"弄点儿膏药贴贴?" 我也没问这腿疾是如何造成的。

"噢, 人一辈子嘛, 只有挨过一两次打, 才能明些事理。"

更不宜追问了。

猛一抬头, 门楣三个草书字惊得我差点儿跌倒——欲壑寺。

"看先生表情, 很懂书法的。"

我不置可否。跨进门槛, 是个小院子。先看右手厢房, 是宿舍, 墙上一台风扇, 床上的牡丹花被子也没叠, 未脱贫的样子。出来再看左厢房, 厨房, 煤炉子上一口带耳锅, 案板上黄瓜青菜之类, 反衬得一个辣椒特别红。

然后三级台阶, 上了正堂, 相当于大庙里的大雄宝殿吧。

这时一声咣当传来。几秒钟后, 又听得一声咣当。看来河里的红薯汉子情绪好转, 又开始砸鱼了。

正殿供奉着如来, 两边是菩萨矮像。请教菩萨二字究竟何意, 无心法师说: "若菩萨有我相、人相、众生相、寿者相, 即非菩萨。" 佛学玄奥, 自然没听懂。考虑面子, 我还是点点头, 以手击额, 给无心一个醍醐灌顶的神情。

庙外又传来一声咣当。

我掏出一张百元钞, 双手插进功德箱, 跪下, 叩了三个头。

"施主太大方了，意思下就行。"钱让我由先生变成施主了。

我说我这是替我母亲我祖母上奉，她们一生持斋信佛。

"噢，施主不信佛？"

"不能说信，也不能说不信。"

"阿弥陀佛！"

转身欲别，无心说别急。要我到后面敲钟。

"不用了吧，我是敲过钟的。"

"那可不行，"法师说，"我母亲经常叮嘱我不可欠人情债，施主并不信佛，那我就该请施主敲钟，回报个答谢。"

只好从命，心里哭笑不得。

佛像后面有个小门，一出门就听得无数的蝉鸣。方才怎么没有蝉鸣？土台上一个亭子，护着一口钟。无心拉开钟槌，推到我手上。

我轻轻撞了一声，蝉鸣迅速消失了。

"再撞两下，用点儿劲儿。"

我就使劲撞了两槌，钟声苍老浑朴漫溢四周，直上天空弥合了云朵。

"先生是个好先生啊。"不叫施主，恢复叫先生了，说明一百元三槌钟，两清了。

原路返回河里，红薯汉子的木盆里，七条鱼，皆一拃来长。三条鱼仰着白肚皮，三条鱼游着，一条鱼正侧身翻扭。红薯说你看吧不一会儿全苏醒了，放生掉。

把鱼砸晕，捞进盆里，再放生，图啥？

"不图啥，就感觉好。"

也是，无目的本身，也是个目的。只是我不明白，这莫名其妙的"砸鱼术"是怎么得来的？

"我在东海舰队服役过八年。知道声音在水里的传播速度吗？每秒一千五百米，冲击力很强啦。"

"你这是在怀念水兵生活？"

红薯汉子答非所问："放生要选择在钟声里，就像军号响起，仪式感。"停了停，又说，"活着要有仪式感。"

金三儿

范子平

桃花顺子姐弟俩背了书包，蹦蹦跳跳去上学了。桃花娘锁了门，钥匙塞砖头下，急匆匆背起锄头要上工。忽觉脊背发热，一愣怔，马上明白，是金三儿！她回过头来，果然见金三儿隔着矮矮的院墙，贼溜溜地看着她。她说，三儿，又看上了俺家啥东西？金三儿说，说那话！东西在你屋，我看得见吗？我也不知道看啥，兴许是你模样俊，想多瞄一眼呗！

桃花娘没心跟他打卦聊嘴，想起是钥匙放得不对了。那时候的锁是老式狭长的黄铜锁，钥匙是一根细长铁板儿，头儿弯一点弯儿。一把锁就一把钥匙，为了自家人开锁方便，上地干活儿都不带钥匙，都是随意放屋门的近处或门槛里边——那时屋门不开锁也能往里推一大拃深的地方——或鸡窝里，或窗户下的旧鞋里等。但这些地方，金三儿都能寻摸得到。他们家在村东沿儿白马河边住，金三儿正跟他们隔壁。

俺村左不过三四百口人，人人都知道金三儿是偷儿。金三儿到地里干活儿偷地里，到村里游荡偷村里，各家各户偷了个遍。地头地脑顺点儿东西的人，不止金三儿一个，比方说裤腰里别穗玉米，抓钩齿带半拉红薯，裤兜里塞一把花生，不少社员都干一点儿。可金三儿就是家常便饭，次数特多，太经常。最恶劣的是去下蛋的老母鸡肚下摸鸡蛋——金三儿都懒得煮，随即磕开倒嘴里就生喝了。不过，小偷小摸不算贼，那个时代讲究家庭成分，金三儿往上推三代都是贫农。两岁死了爹，娘又跟人跑得没踪影，他一个人过，冷锅冷灶的也可怜，大家伙儿对他睁一只眼闭一只眼。

金三儿偷屋里东西最烦人。不过那时都穷，屋里也都没啥值钱东西。再说金三儿偷屋里也算有节制，都是趁没人，寻摸到屋门钥匙，开了门进去拿块饼或弄个烤红薯等，别的他也不拿。为此金三儿挨过骂，挨过打，但坏习惯改不了。今年中秋节前，在贵州煤矿当工人的桃花姑父过来，带来两包月饼，一包四块。桃花娘要给桃花的姥姥送一包；剩下一包，家里四口人，夫妻俩加桃花和顺子，正好每人一块。桃花娘先是去了桃花姥姥家。剩余的一包桃花娘放馍篮里，高高地挂起来。

可还是遭了贼手——那贼百分百是金三儿。其实那天上晌，桃花娘也是见到金三儿隔了墙斜眼看她。她当时就一惊，但想这次钥匙放屋门上搁板里，金三儿个子低够不着，就放心扛着锄头往地里走了。到晚上回家看看，家里啥也不少，想可能是自家患上疑心病了。全队三四十户人家，金三儿挨家挨户摸，也一个月才能轮到一次吧？到晚上全家吃月饼时，桃花娘傻眼了。包裹纸还有上边红盖头都好好的，可拆开里边，四块月饼每一块都被刀子切过，每块月饼去掉五分之一，篮子里还有些许月饼渣。看来是就着篮子当场就进肚里了。这个金三儿，不知咋想的！他还挺细心的，不偏不倚，得跟他们家每口人吃得一样多！

俗话说，不怕贼偷，就怕贼惦记。今天又被金三儿盯上，桃花娘心里烦躁。想钥匙放到哪里才能被金三儿寻到，这次不能着了他的道儿。桃花爹被队里派到外地挖渠做工，桃花和顺子放学晚，那干脆就把钥匙带身上吧。但从没在身边带过，搁大口袋里也沉沉的，不时得摸它一下恐怕丢失。

男的女的一众社员们在西北麦田里点豆饼，大家嘻嘻哈哈的。桃花娘由于身上带了个一拃长的铁钥匙，一弯腰就硌得慌，心里就不高兴，平日里的开朗活泼不见了，不住气地暗暗骂金三儿。喜梅平时爱开玩笑，就说，咋了二嫂子，俺二哥才出去几天，你就魂不守舍了？桃花娘就骂她。后半晌，一辆绿色的自行车疾驰而来，是邮局送信的，经常从村里村外过，大家都认得他。喜梅想给他来一句笑话。送信的却严肃地吆喝起来，咱这儿谁是桃花娘？人们都一愣。桃花娘赶紧说，就是俺，咋的啦？送信的说，我走出恁村时，听到有人吆喝桃花家失火了，回头看村东头有冒烟，还有人追着我车子喊，让过来给你捎个信呢！

桃花娘啥也顾不上了，起来就往家跑，跑得丧魂失魄像逃兵一样。俗话说金窝银窝不如自家狗窝，自己家从不富足，那五间房是十几年口挪肚攒才盖起来的，一柱栋檩一根椽木一块砖瓦都是自家的血汗。再说，房子烧毁了，去哪里弄钱再搭窝呢？还有屋里的方桌柳椅、床笫铺盖，要说都不值钱，可再去购置，也不是一时半会儿能拿出这笔钱的！她又想，好好的咋就失火了呢？想起来了，昨晚洗的单子没有晾干，早晨把它折叠了放在竹煴笼上去煴，煴笼放在煤火口，留的煤眼儿大了，大约火焰蹿上来了，把单子燃着了……

家里的方向还冒着黑烟。桃花娘一气儿跑进院子，腿都软了，一头栽倒在地上。有人把她拉起来，一院子人呢，都在看她。她抬起头看家里，屋门被端掉了，锁扣搭连着一扇门斜挂在一边。喂牲口的大伯王增说，桃花娘呀，你要感谢人家金三儿呀！他跟我正在牲口棚里铡草，看到你们院子冒黑烟，连说不好了，去大街上喊"救火了——"，又抢先挑起水桶往你家跑。来了好多人，可都进不去门呀！金三儿俯下腰把你家门硬端掉一扇，大家都去泼水，还算及时，没过太大会儿就扑灭了火。桃花娘强撑着精神进屋看，遍地浊水横流，煤火上煴笼连单子早烧成灰了，灶火前木头窗户烧没了，墙壁也黑一大片，房顶也有烟熏的痕迹。要不是及时救下火，后果不堪设想。想着想着目光就不由自主地寻金三儿。

金三儿其实就在她身后，头发都烧没了，满脸黑乎乎的，额头带着伤；棉袄烧掉半截，裸露的胳膊也带着伤。金三儿看桃花娘目光往他身上扫描，嘶哑着喉咙喊，桃花娘，天地良心，你家的锁我可没打开，事儿太急，真没找到钥匙呀！

桃花娘感慨万千，嘴里喃喃着"金三儿呀，金三儿呀——"。她喊道，老少爷们儿，我谢谢了，再帮点儿忙，赶紧把咱金三儿送医院救治吧！

杂技餐厅

蔡　楠

起初，高大树是同意凯利耶娃来他的杂技大餐厅上班的。他觉得一个外国女孩子来餐厅打工，能够吸引客人的眼球，能够给餐厅带来更高的人气。所以，儿子高亮跟他一说，他就爽快地答应了。

可渐渐地，高大树就看出了苗头，他看出来当厨师的儿子和当服务员的凯利耶娃关系不一般。凯利耶娃是哈萨克斯坦在吴桥杂技学校的留学生，白皮肤像云彩一样炫目，蓝眼睛像大海一样深不见底。想必早把黑不溜秋的农家小子高亮给淹没在她的奔放和热情里了。

没上客人的时候，高大树让高亮去菜市场买菜。高亮啪的一下就把独轮高车支架上了。正在洗碗的凯利耶娃飞快地把菜篮子甩了过来，高亮一脚就踢上了头顶，然后一个白鹤亮翅，中指与食指闪电一样从高大树裤子里夹出几张钞票。高大树还没回过神来，这小子早就飞出了饭店。凯利耶娃呢，手拿一把遮阳伞就跃上了厨房连接吧台的一根搭衣用的钢丝，晃晃悠悠地弹跳着，蹦下地来，拽过一辆自行车，欢笑着追赶高亮去了。那把遮阳伞就顶在了她的鼻尖上。

上满客人的时候，高大树让凯利耶娃走菜。嗬，真是有意思，那个独轮高车就成了她的走菜工具。她左手端着香芹炒牛肉，右手擎着酱烤排骨，嘴里叼着一盘红烧全鹅，头上还顶着西湖莼菜汤。菜上齐了，该喝酒了，客人的酒却没了影儿。一桌子人急赤白脸地找酒瓶子，却见凯利耶娃红色的长裙一抖，精致的小酒壶就从空而降。众人正望着红裙愣神，杯里早就酒香四溢了。客人高兴，就吃得畅快，就喊叫着加个酸菜鱼。凯利耶娃笑着跑出了雅间，把高亮给叫来了。

那高亮戴着白帽子，穿着白大褂，嘟嘟囔囔地说，都什么年代了，还吃酸菜鱼，我给你们做个活鱼两吃得了！客人就说，好，那鱼呢？高亮就接过凯利耶娃手里的钓鱼竿说，鱼？鱼就在餐桌下面呢！不信，你们看——高亮把鱼竿向餐桌底下伸去，猛地一拽，一条足有二斤重的红鲤就蹦上了餐桌。客人拍着手惊呼着，竖起了大拇指。高大树就看见高亮和凯利耶娃兴奋地抱在了一起，凯利耶娃的红唇就印在了高亮的脸颊上。

高大树看出了儿子和凯利耶娃的不一般后，就把高亮叫到了老板的办公室。他什么也没说，只是拿起早就放在凳子上的一块巴掌大的石头，运气、下蹲、扭胯、举掌。这时手掌就不是手掌了，手掌就变成了斧头。斧头下去，那块石头就有一半飞到了高亮的脚前。

高亮蹲下身来，拾起那半截石头，龇着小虎牙，平静地端详着崭新的碴口，然后又把石头扔在了地上。

高大树瞥一眼儿子，唰地把褂子脱了，露出了圆鼓鼓的肚皮。他从窗台上拿过一捆青菜和一把菜刀，仰面躺在了办公桌上。他再一运气，肚皮就不是肚皮，肚皮就变成了切菜板子。青菜放在切菜板子上，菜刀起，菜刀落，菜叶就飞满了屋子，菜汁儿就溅到了高亮的脸上。

高亮抹抹绿色的菜汁儿，探过头来说，没伤着你吧？我知道你的功夫高，伤不着你，你应该去吴桥杂技大世界舞台上表演！

高大树再也不能不说话了。他说，小子你听着，你不能找个外国媳妇。我早给你找好对象了，就是那个能蹾起半吨大缸的小桃，秋后就给你们办喜事。你要不快刀斩乱麻，我就和你一刀两断！

高亮说，我不是找，我是娶！我就娶凯利耶娃！我俩在杂技学校就好上了！

高大树说，不行！

高亮说，就行！

高大树说，你要是非娶她，我就让你过刀山下火海！

高亮说，过就过，下就下！

高亮真的过刀山下火海了。高大树在饭店的大厅里戳上了梯子，梯子一凳一刀，一共十凳十刀。梯下一口大锅，锅里炭火蓬勃成海。高亮被高大树扒掉皮鞋扒掉袜子，光着脚丫上了梯子。一凳，两凳……十凳，高亮稳稳地站在了梯子顶端，脚下锋利的刀就不是刀，就成了木头。高亮在木头上向厨房餐厅门口望了一眼，就露出小虎牙笑了。笑着，他就跳向了那口大锅。

啊——餐厅门口一阵惊叫。凯利耶娃骑着一头狮子急急地闯了进来。狮子怒吼着，冲到了梯子跟前。凯利耶娃一把将高亮拽到了狮子背上，然后一甩鞭子，雄狮就把在一旁看热闹的高大树扑倒了。高大树倒地的一刹那，看见了凯利耶娃粉色的驯狮服。小巧性感的驯狮服包裹不住凯利耶娃洁白的身体，高大树就闭上了眼睛。

高大树没权干涉儿子的婚姻，但有权辞掉厨师和服务员。他对高亮说，既然儿子强过了老子，对不起，高亮，你小子就自己去干吧！

就这样，高亮和凯利耶娃离开了杂技大餐厅。高亮没有干饭店，而是和凯利耶娃组织一帮杂技学校的同学成立了亮娜杂技团。凯利耶娃在杂技学校毕业以后，和高亮带着亮娜杂技团去哈萨克斯坦闯世界去了。

两年后，第十四届吴桥国际杂技艺术节开幕。亮娜杂技团出现在艺术节上，他们的《驯狮》一举夺得了"金狮奖"。

高大树在杂技大餐厅观看了电视直播。当看到高亮拥着一头金发的凯利耶娃上台领奖的时候，高大树一根一根揪着胡子，急急地对老伴儿说，你……你赶紧给高亮视频通话，明天就让他俩回杂技大餐厅上班。

向东您好

刘国芳

　　这天开车在乡下玩，看到一条路，路左边是河，右边是田。秋天了，左边是"秋水共长天一色"的景致；而右边，稻谷熟了，遍地金黄。那时候我经常跑步，看到这样一条好风景的路，便想跑一会儿。于是停车，换上红色跑鞋，在路上跑起来。

　　路上有人，一个人跟我打招呼："您好！"

　　我回一句："您好！"

　　又一个人也跟我打招呼："您好！"

　　我仍回："您好！"

　　还有一个人，从后面追上我，也打招呼："您好！"

　　我又回："您好！"

　　我跑得慢，追上我的人大步走着，也可以跟上我。这人说："谢谢您啦！"

　　我说："谢我？"

　　对方说："我老婆说她带我母亲去看病，一时找不到车，是您开车把她们送到医院的。"

　　我说："不是我。"

对方说："您不是向东？"

我说："我不是向东。"

对方说："您不是向东啊，我还以为您是向东。"

我问："你为什么会把我看成向东呢？"

对方说："向东经常在这条路上跑步，穿一双红色跑鞋。我看见您也穿着红色跑鞋跑步，以为您是向东。"

我说："你没见过他？"

对方说："我一直在外面做事，才回来，是我老婆告诉我的，她说向东经常在这条路上跑步。"

我说："我明白了，一个叫向东的人，经常在这条路上跑步。有一天，你老婆带你母亲去看病，打不到车，那个向东开车送她们去了医院。"

对方说："是这么回事。"

因为我不是向东，对方慢下来，不再跟着我。

不一会儿，又一个人从后面追上来，还大声喊道："向东您好！"

我说："我不是向东。"

我一说话，对方知道认错人了，便说："真不是向东。我看见一个人在这儿跑，以为是向东。"

我停下来，问对方："你认识向东？"

对方说："当然认识。他经常在这儿跑，跑完了，就在这条路上走，有时候也到我们地里玩。去年，他看我在栽晚稻，便建议我栽再生稻。"

我问："什么是再生稻？"

对方说："就是早稻收割之后，不要再栽晚稻，地里会长出再生稻。你看，这地里就是再生稻。"

我说："这再生稻挺神奇的。"

"是的。"对方说着，拐进田里去了。

我继续跑着。

跑了一会儿，看见路边有一个人在挖红薯。见我跑过来，这人说："向东，您今天带些红薯回去。"

我说："我不是向东。"

我一说话，对方也知道认错人了，忙说："看见一个人在这儿跑，以为是向东。"

我停下来，问对方："你也认识向东?"

对方说："当然认识。他经常在这儿跑，跑完了，就在这条路上走，有时候也到我们地里玩。有一次他在我地里看我挖红薯，便建议我栽紫薯，说价钱高。我今年栽的就是紫薯，果然一斤可以多卖两块钱。"

我看着一地红薯，问对方："这就是紫薯?"

对方说："是。"

我说："你以前怎么不知道栽这种紫薯呢?"

对方说："栽惯了红薯，就没想过栽别的薯。再说也不知道哪里有薯秧，还是向东带我去买的薯秧。"

我说："这个向东是哪个村的人?"

对方说："他是城里人，他说这儿风景好、空气也好，所以经常开车来跑步。"

我问："他一个城里人怎么懂这些? 刚才一个人告诉我，说他栽的再生稻也是向东让他栽的。"

对方说："不错，这事儿我知道。我也问过向东，他一个城里人，怎么懂这些。向东告诉我，他做了两年驻村干部。"

我说："难怪。"说完，我继续跑起来。仍有人跟我打招呼。

一个人说："向东您好!"

又一个人也说："向东您好!"

我不是向东，但依然回一句："您好!"

正跑着，忽然看到一个像我一样跑着的人，这人看着不像本地人，或者说不像农民，脚上也穿一双红跑鞋。我想他应该就是向东吧，于是喊了一声："向东您好!"

他回一句："您好!"

果然，他是向东。

琴　瑟

袁炳发

在那片金色麦田翻卷着最好光泽的时候，他和妻子告别了故乡、告别了爹娘，去省城寻找生命中另一片金色的麦田。

临行的前一天晚上，他对爹娘说，我们去外面闯一闯，闯好了，回来接你们去城里过幸福快乐的好日子。

爹说，折腾个啥！家里种地也挺好的，咱们也不缺吃少穿的。

他说，爹，春播秋收的日子，我厌烦了，趁着年轻得出去闯一下。

爹不再劝，娘为他们收拾行装。

到了省城，他和妻子在郊区租了一间平房，买了一辆脚蹬的三轮车。他们每天凌晨两点起床，蹬着三轮车去北市场批发蔬菜，把批发的蔬菜用三轮车运回南市场卖。趁妻子卖菜的时候，他回家补觉。到了午间，他起床做好饭，自己吃过，把给妻子备的一份饭菜放在锅里，就蹬着三轮车到市场，把妻子换回去吃饭补觉。两口子日复一日年复一年，重复着这种艰苦的生计。

在南市场附近开澡堂子的汤爷，经常到夫妻俩这菜床子里买菜，时间久了，彼此间就熟了。

汤爷对夫妻俩说，知道我为什么总在你家这儿买菜吗？

夫妻俩摇摇头。

汤爷说，你们夫妻俩仁义啊！卖出的菜从不缺斤短两。

他听后拱着手说，谢谢汤爷夸奖！

一日，汤爷到菜场里买完菜没走，和夫妻俩聊起天来。

汤爷说，我看你们两口子很勤奋，又舍得出力气，不如到我那澡堂子去搓澡，准比在这儿卖菜挣得多。夫妻俩听后互相看一眼，拿不准主意。

汤爷就说，先不着急回答，想去随时找我。

后来两口子就在汤爷的澡堂子当了搓澡工。一个月下来，两口子拿到的钱，确实比在南市场卖菜挣得多。

两口子的心踏实了起来，在汤爷的澡堂里，像伺候庄稼一样勤奋。

几年下来，他们有了一些积蓄。

汤爷认准了这夫妻俩是好人，就鼓励他们自己出去开个澡堂子。但明确说，不能在南市场开，去北市场可以。

夫妻俩动心了，便在北市场租房子，招兵买马，妥当之后，"腾云浴堂"开业了。

两口子聘汤爷当顾问，事无巨细，都要向汤爷汇报请示。

汤爷心下暗想，看这两口子做事的认真劲儿，将来准能干出名堂来。

果不出汤爷所料，两口子真的干出名堂来了。十年后，"腾云浴城集团公司"旗下的连锁浴馆，在省内十几家。

经过奋斗，他们夫妻现在是有钱的人了。

但他从不拿自己当有钱人，家里家外从不错花一分钱，衣着俭朴，妻子也不穿金戴银。这一切都因为他们没有忘记自己当初是贩卖蔬菜的穷人。

已经是富翁的他，无意中丢了一分钱或一角钱再或一元钱，那么，他必须回忆这一分钱或一角钱再或一元钱，在什么地方丢失的；总结丢失的教训，告诫自己下次一定要注意。

妻子熟知他的这种性格，也从不轻易去花毫无意义的钱。

朋友们曾当着他们夫妻的面，开玩笑说，你们这样节俭过日子，将来肯定会成为世界级的大富豪！

夫妻俩听了只是笑一笑。

有一天他回到家里时，脸色特别难看。

妻子见状便问，发生了什么事？

他不语。

妻子又问。

他就说，你别问了，让我一个人安静地想一会儿。

他就一个人坐在沙发那儿，想着他该想的事情。

第二天，妻子见丈夫的脸色依然特别难看，便又问丈夫到底发生了什么事。

这一次丈夫说了。丈夫说，昨天我突然发现自己的钱包里少了五百元钱，想不起这钱是做什么用了。

妻子说，我以为什么大事呢！那钱我拿来用了。那天你喝酒喝多了，本来打算第二天你醒酒时告诉你，可我一忙就把这事给忘记了。

丈夫听后，如释重负地长出一口气说，这就好了，我还以为丢钱了呢！

妻子像哄孩子一样，用手拍着他的肩，说，哪能呢，你又不是小孩子，随便就丢钱。

丈夫听后，笑了，说，你说得对，只有小孩子才能乱丢钱。

这以后不久的一天，他在办公室时，一位朋友走进来，掏出五百元钱递给他。

他惊讶地问，这是什么钱？

那位朋友说，真是贵人多忘事，那次咱们在一起喝酒时，我临时有急事用，从你这里借的钱呀！

他就认真地想，想半天想了起来，说，瞧我这臭记性，把这事都忘了……

回到家，他对妻子说，那五百元钱是一位朋友借去了，今天他还给了我。

妻子的脸忽地红了起来。

我家就在岸上住

欧阳明

"米老汉被水库管理站的人带走了。"

"真的假的?"

"我亲眼看见的!"

"为啥?"

"捕鱼。"

"多少鱼?"

"一条,不到两斤。"

"一条算啥? 欺负老实人!"

米老汉是大家公认的老实人,从小到大都没占过别人便宜,更没做过任何伤天害理的事情。听说他被抓了,大家愤愤不平。

米老汉捕鱼,是因为过几天儿子要带女朋友回来。儿子大学毕业后在省城找到了工作,一没车二没房,能有女孩看上他,太幸运了。米老汉想弄条野生鱼,好好招待一下她。

鱼是从羊岔河捕的。

羊岔河穿村而过。很久以前,河里鱼很多,有草鱼、鲤鱼、鲫鱼、白鲢、乌鱼、白鱼等,运气好时,一网就有几十上百斤。这些鱼中,最好吃的数白鱼，嘴翘翘的，本地人叫它翘壳。翘壳性情凶猛，吃小鱼小虾，肉质细嫩，只需一些酸菜、几瓢河水，煮出来就鲜美无比。不过这种鱼早就不多了，更遑论现在。价格也贵得出奇，一斤百十块，乡下人吃不起，也舍不得吃。

村子里历来靠捕鱼为生，一九四九年才开始开荒种地。过去谁也不管的羊岔河成立了管理站，河里的鱼也归管理站所有。不过，大家要吃鱼，也可下河去捕，只要不是大量捕捞，管理站的人都睁只眼闭只眼，懒得管。再说，那么长的河，管理站就两个人，也管不了。

这种日子一直持续到土地承包到户那年，河承包给了私人。私人看守比管理站严多了，抓住偷鱼的就要求赔偿。大家怕得要命，再也不敢去捕了。

私人为了发财，不断往河里下肥料、粪水。水肥，鱼长得快，产量高，但肉质不紧实，一煮即烂，还一股腥味儿。这些鱼，本地人是不吃的，都拉去了大城市。河承包才几年，水就开始变黑，到了夏天，在太阳照射下，散发出一股刺鼻的臭味儿。

后来，国家抓环保，河又被收归管理站，只准淡水养鱼。不久，政府又颁布了禁捕令。禁捕期间，任何人不准捕鱼。大家想吃鱼，只能去市场上买。好在大家也有点儿钱了，买就买吧。但也有胆子大的，晚上偷偷去河里捕捞。

米老汉用的是老式捕鱼法，把做好的饵料和一块石头一起放进一个篾制的喇叭形的鱼笼里，再把笼子沉到水底，等鱼主动钻进去。笼子有机关，鱼钻进去就出不来了。人为财死，鸟为食亡，鱼也一样。

米老汉运气好，捕到的是条翘壳，可还没来得及高兴就被抓了个现行。管理站的人把鱼扔回河里，叫他跟着走一趟。

"他得罪过管理站的人？"

"不可能！"

"那为啥鱼都放了还要抓人？"

"不知道啊。"

"会坐牢吗？"

"谁知道呢。唉！"

大家都为米老汉担心。

管理站的人问了米老汉情况，叫他在材料上摁了手印后，对他说："知道吗？你犯法了！"

"犯啥法了？"

"禁捕令。"

"啥禁捕令?"

"从今年开始,十年之内,羊岔河不准捕鱼。广播上反复讲,你没长耳朵吗?"

活了快七十年都没惹过祸,一下子竟犯了法。米老汉惶恐不安,问:"会坐牢吗?"

"现在说不清楚。你先回去,老老实实待在家里等结果。"

一路上,米老汉闷闷不乐。他担心坐牢,更担心因此坏了名声,影响儿子交女朋友。

在家熬了两天,管理站来人了,宣布只对他罚款六百块。

"六百块!能不能少点儿?"

"你以为是菜市场买菜啊,可以讨价还价?"

六百块,连鱼鳞都没得到一片,米老汉心疼不已。但转念一想,舍财免灾,便赶忙交了钱。

"念你这次是初犯,才从轻处理的,不可再犯!"管理站的人警告米老汉。

"求老子捕都不干哩!"米老汉心里嘀咕道。羊岔河静静地流着,对米老汉的遭遇无动于衷。

几天后,儿子带女朋友回来了。米老汉向他说了被罚的事,还说:"管理站的人,心太黑了!"

儿子笑着说:"你本来就不该去捕。"

"自古以来就是靠山吃山靠水吃水,凭啥不该?"米老汉怪儿子手肘往外拐,不帮自己说话。

儿子说:"河里的鱼已经越来越少了,再不禁捕,今后河里就没鱼了。"

"没听说过鱼会绝种。"

"你没发现有些鱼河里没了吗?"

米老汉想了想,确实有些鱼没了,便不再和儿子理论。

几个月后,羊岔河成立义务护鱼队,米老汉前去报名。管理站的人嫌米老汉年龄大,不要他。他说:"我年纪是大了些,但腿脚比有些年轻人还利索。还有,我在这条河边几十年了,河哪里深哪里浅、岸边住了哪些人,比你们谁都更清楚,绝对干得比其他人好!"

八门楼

戴智生

从小南门出城半脚路便是十里街。十里街先前属郊区，有良田，有水塘，有小山。小山其实就是个小山包，当地人称见日山，长满松针树和灌木。北面山坡下有一排平房，八十余米长，青砖黛瓦，外观并不稀罕。因正面八个门，得名八门楼。其中两个大厅门、六个小厅门，八个厅门进去都有正房、厢房和伙房，八个门里头有甬道相通，总共十个天井、九十六间房，装饰相当繁华。尤其主大厅，雕梁画栋，天井两侧石柱浮雕精致的楹联，厢房门窗镂雕的人物、动物、植物栩栩如生。

这是清末民居建筑，房屋主人叫胡思敏。说来难以置信，胡思敏是养鸭起家的。

胡思敏世代务农，家境贫寒。十六岁那年，他去水田里寻找鸭蛋，赶鸭人还没离开——赶鸭人每年秋收之后都会来十里街，一个人，一顶竹棚子，一群鸭，过个夜换个地方，水田一定会遗留着赶鸭人没有捡净的鸭蛋。胡思敏去得早，鸭群在围栏里嘎嘎叫，不见赶鸭人。他靠近竹棚子，发现赶鸭人躺在里面，病得不轻。后面的事就顺应机缘了，胡思敏主动服侍赶鸭人、帮忙放鸭子，赶鸭人问他愿不愿意学放鸭，他跟去了。

赶鸭并不是好营生，顶顶竹棚子走四方，落脚无定处，风餐露宿。竹棚子很压肩的，棚子本身有重量，棚架上还绑着卷起的圈鸭围栏，棚子里面有御寒的棉絮、造饭的锅盆等生活用品。没有灶，乱石垒；柴火可以随时捡；米不够，拿鸭蛋找人家兑换。

能吃上饱饭，胡思敏倒也安心。

他跟赶鸭人放鸭，也学孵鸭。孵鸭是技术活儿，选种蛋、识温度、有时看状态还需人工破壳，胡思敏上手很快。

随后两年，胡思敏同赶鸭人路过十里街，没有多停留。他拿两只鸭、半篮子鸭蛋送回家，还是返回竹棚住，隔天就离开了。

第三年回来，他赶的鸭子更多，身边还多了一个女人。女人是赶鸭人的女儿，他不肯做上门女婿，就把老婆带回了家。老婆肚子稍微隆起，他们没有再离开。亲戚们在村尾的见日山脚底下帮他们搭了两间茅屋，成了他们的安身之所。

胡思敏走南闯北时留了心，回十里街不久便在小南门租了间小店，做鸭制品生意，鲜鸭蛋、黄泥咸鸭蛋、活鸭、卤鸭、贡鸭（板鸭）。老婆在十里街负责养鸭子，也不停地帮他生小孩。

胡思敏颇有经营头脑，积攒到钱便盘店，先是油坊、酒坊，后发展到南北杂货，县城东门口、北门口都有店铺，生意风生水起。

自古有钱置地盖房，光宗耀祖。再说他有四男一女，子女长大谈婚论嫁，门当户对，首先自家得有好房子。胡思敏把盖房提到日程上，咨询工匠，用了三年筹备砖瓦、木料、石料等建筑材料，动工兴建到竣工又用了三年。

设计八门楼，胡思敏是有想法的。东边第一厅门是私塾，自己不识字，子孙要读书，望子成龙。其他七个厅门依次是家祠、大房、二房、主大厅、三房、四房和辅房。大房二房三房四房好理解，四个儿子分家不分户。女儿迟早要嫁人，暂住爹娘的主大厅西厢房。家祠供先祖的牌位，也供菩萨。

辅房没有伙房，后面是粮仓。前厅还是前厅，胡思敏专门用来做孔雀房，养了一对孔雀。这个做法别人家很少见。

胡思敏养孔雀，不是为让人观赏的。

辅房厅门背后的左墙壁上，镶嵌一块刻有文字的青石，内容是：敏白手起家，创业维艰守业难。望子孙和睦相处，勤俭持家，积谷防饥，送子读书明事理，不抢不偷不赌不嫖不抽大烟。如有违者，决不姑息。

胡思敏说：决不姑息就是让不肖子孙吞食孔雀胆，这是家法。

孔雀胆有剧毒，民间流传已久，且人们信以为真。

每年的年夜饭前，胡思敏总是带领所有男丁去祠堂拜神祭祖，去辅房量余粮（账本），再由大儿背诵镶嵌在墙上的训文。胡思敏坐在中堂的太师椅上，面对跪一地的子孙，他都是重复那句话，声音低沉，眼力似刀。

平时胡思敏不那么严厉的，对待外人更热情，他养成了迎来送往的习惯。年纪渐渐大了，他脾气越加温和，待在家里子孙绕膝，他很享受这个天伦之乐。

孔雀胆固然没取过，子孙也确乎没有出现忤逆的行为。

常言道，富不过三代。胡思敏可以笑了，后辈继承了他的衣钵，一个个独当一面，家业还在发展。最喜二房大孙子中了举人，家祠门口可以立旗杆了。

神枪手

练建安

好些时日没有和文友阿晖喝茶了。周末上午，我们在白马河边的凉亭喝茶。

白马河在福州乌石山麓。我们，包括阿晖的"铁粉"李老弟。

阿晖转业前是著名的军旅作家，善写金戈铁马、侠骨柔情。他的小说仅篇名就很美：《开往春天的列车》《鸳鸯花》《看云的女兵》《飞越海峡的白鸽》。您说美不美？

阿晖写过一系列的神枪手，比如，那个"白鸽"，抬手一枪，就打落了远处同伴头顶上的一颗红苹果，从而，抱得美人归。比如，某神枪手在大赛前发挥突然失常，后来，他听到了悠扬的竹笛声，就找回了他初恋的感觉，遂百发百中，轻松赢得射击桂冠。又比如，某年轻男女军官在训练场比试枪法，各自施展绝技，你追我赶。双方啦啦队喊破了嗓子，他们彼此却惺惺相惜，99 环比 99 环，打成了平手。

李老弟说，练老师啊，你写神枪手吗？

我写过《神枪手为什么不开枪》，是一篇博文。

神枪手为什么不开枪？

他的任务是保卫地下组织，不能暴露目标。

哦。

那么，你就没有神枪手的故事？

有。我说起了多年前的故事。十年前的秋天，我和赵云、阿根哥等各携家属到了"北戴河创作之家"。印象中北戴河鲜花盛开，街道整洁，干净到沿途找不到扔烟头的地方。在海滩的一个游乐场，我表演了激光步枪打气球。小李，你问我的枪法？我刚才不是说"表演"吗？我平时经常训练的。距离 10 米，我在 60 秒内连续打爆了 10 个气球。牛？还有更牛的，旁边的周姐，一位退休的校医，看着，笑笑，手起光闪，10 个气球依次爆裂，用时不到 30 秒。摊主是一位老大叔，脸都绿了，连声说，专业运动员，不算，不能算！周姐说，随便玩玩，奖品就算了。

周姐是谁？阿根哥夫人。这阿根哥可是位大作家哦，军中一支笔，连续多届文学"大奖"评委。周姐当年是女兵，卫生兵。20 世纪 70 年代，某部大比武，周姐被选拔到射击队训练。教官叫刘耀武，是名老兵，魁梧挺拔，雄姿英发。

阿晖说，听说过，有这号人物。

周姐说，实弹射击，单兵操练。刘教官可是真正的神枪手，五四式手枪，卧姿、跪姿、立姿、翻滚跌扑、移动奔跑……枪枪命中目标。什么叫百步穿杨？什么叫神枪无敌？这就是。刘教官闲时爱歌颂家乡，说他的家乡多么美多么美；说他的家乡有多少多少大人物；说他的家乡是鱼米之乡，日子过得多么好多么好……眉飞色舞，滔滔不绝。女兵们羡慕极了，可以说心驰神往呀。训练结束，大比武，还真是名师出高徒，卫生队女兵们夺得了团体第二名的好成绩。个人冠军是谁？哦，不是周姐，她第三名。刘耀武呢？农村来的，到龄退伍了。

转眼十多年过去了。春节期间，周姐随阿根哥回乡。赣东南某圩场，人群熙熙攘攘，年货琳琅满目。随意溜达的周姐眼尖，她看到了一个熟悉的身影，孤单地守着一摊白萝卜。那不是刘教官吗？

刘耀武！

周姐大叫一声，快步近前。

卖萝卜的愣怔片刻，起身拔腿就跑。

刘耀武！

刘耀武！

周姐奋力追赶。

跑出人群，跑出圩镇，跑向冬日田间。

他不跑了，蹲在地上，双手抱头，气喘吁吁地说："小周啊，你认错人啦，我真的不是卖萝卜的。"

周姐指着他喊："你就是卖萝卜的。"

"邻居，邻居的摊点嘛。"

"你跑什么跑？卖萝卜又怎么啦？"

"我真的不是卖萝卜的呀！"

刘耀武后来怎么样啦？后来啊，发家致富了，他的儿子成为当地著名的大企业家、大慈善家。刘耀武呢，特别热心资助教育事业。每到一些特殊的日子，当地电视节目上常见耀武同志的身影。他身穿65式绿军装，头戴军帽，系着鲜艳的红领巾，声情并茂地给孩子们讲述战斗英雄的故事。

阿晖笑了，神枪手的故事，他讲得最多，也最生动。

狼与人

李永康

　　我是从后面把他扑倒的。他摔下去的时候，脑袋碰到了一堆石头上。他试图爬起来，但大概是磕坏了脑袋，他手撑着身体，脚蹬了几下，就趴着没有动静了。我趁机咬断了他的一条腿，然后就不管不顾地把那条腿拖到一边啃了起来。

　　我已经很多天没有抓到过能吃的东西了。我吃过树叶，吃过青草，还学兔子刨过萝卜，我就是在追一只野兔的时候发现他的。当时他坐在石头上，背靠一棵树，腿伸着，手里拿着一个东西在啃着。有一截棍棒横在路中间，一个包放在他脚边。他看见我的时候，眼神是胆怯的，脸上也露出了惊恐。他马上站起来，把手中的东西砸向我，就往前面跑去。我张开嘴接住他砸来的东西，定定地站着。我的眼里没有表露出凶光，也没追他。他跑出一段路，回过头来见我还站在那里，就又慢慢往前跑着。我吃完他扔到我嘴里的东西，就躲到了那棵树的后面。我不是不想去追他，而是饿得实在跑不动了。

　　我趴在树后眯着眼，耳朵贴着地面。过了好一阵子，有响动传来。我警觉地昂起头盯着路面，刚才跑走的那个人又回来了。他弯腰去拿包的时候摔倒了，隔了好一会儿他才立起来，又弯腰捡起棍棒拖着往前走去。我就是在这个时候从树后蹿出去迅猛地将他扑倒的。

啃完那截腿，我还舔了舔地上的血迹，身体里有了一股劲。不过，回头一看，被我咬断腿的人不见了。准确地说，是离开原地往前爬了很长一段路。我冲上去撕咬他的另一条腿，那个人突然无力地呻吟道："狼啊，你不要咬了。你把我咬死了，什么也得不到。"

我知道了自己在人的眼里叫"狼"，而且还能听懂人说话。我想说："我咬你就是为了填饱肚子，这是打小就开始接受的训练。除此之外，我还要得到什么呢？"

我居然张开嘴好奇地和人谈了起来："我不咬，你会给我什么呢？"

那人也能听懂我说的话。他说："我家离这里不远。你跟着我，我到家后，把屋里的金银财宝全给你。"

"金银财宝可以吃吗？"我问。

人说："可以吃啊。"人的反应很快，意识到如果不能吃，对我实在是没有意义。人以为我开始相信他说的话了。人还说："我还把喂养的牛、羊、猪、鸡都送给你，你可以吃好多天的。"

我说："我还是先吃了你吧。那些金银财宝我下次饿的时候去吃。"

人无话可说，绝望地往前爬。我又咬断了人的另一条腿。人用两只手往前爬。人越是挣扎，血流得越多，不久就昏死过去了。我是把地上的血舔干了才离开的，村里人只找到了一堆被我撕成碎片的衣服。

过了几天，我想进村去吃"金银财宝"，被一个小孩发现了。小孩直呼："狼来了！狼来了！"因为跑出来的人太多，我躲了起来。如是几次。等小孩又一次喊叫而没有人再跑出来时，我才狂奔过去扑倒了那小孩。这件事还被人写成了寓言。这件事，那小孩是真实情况的唯一见证人，我是知情者。

我经常看到同伴掉进人挖的陷阱里，或者是被夹子夹住，或者是被枪打死。我听到过这样的传言，说这里出现了一只狼，因为吃人太多，已经修炼成精，不仅能和人对话，还知道人的所思所想。被夹子夹住，它咬断腿就跑了，休养一段时间又会长出新腿来；子弹打到它身上，只能留下一个小孔；它还可以安然无恙地走过陷阱的表面而不留痕迹。

我后来跳进去的那个坑，是我亲眼见到人用了几天时间挖的，而且还不是在我回山洞的必经之路上。第一天，挖坑的人走了，我还好奇地下到坑底躺了一会儿。第二天，坑挖深了一点儿，我是踏着人预留的步梯下去的。第三天，我嫌走步梯麻烦，就直接跳进去，上来的时候我试着跳跃了几次不成功，最后还是通过步梯费了好大的劲才上到了地面。第四天，我偷窥到人先把青草扔到坑里，又牵来几只羊推了进去。羊在坑里尖叫着，人走了。我兴奋地跑过去，跳进了坑，扑倒一只羊，想拖出坑来，可使出了浑身解数也没有成功。那台阶太陡了。我只好就在坑里吃，其他的羊都颤抖着在一个角落里看着我。吃完了这只，我又过去扑倒一只，又吃。吃完了，我又扑倒一只，继续吃。当人们从坑里把我捉住的时候，他们怎么也弄不明白，两只羊的重量都超过我了，我是怎么吃下去第三只的。人们把我杀了炖汤喝，觉得不太划算——三只羊换一只狼不值，而且腥味还太大。

这个世界上唯一知道《狼来了》的故事真相的狼，就这样被人杀掉了。人还自以为是地一遍遍地讲那个故事，可见人大多数时候都是在玩自欺欺人的游戏而不自知。

布　鞋

谢志强

1951 年，哥哥参加抗美援朝战争，妹妹在村里上了夜校。

妹妹叫刘金妹，哥哥叫刘金哥。

山东老区的那个村庄，上朝鲜战场的小伙子特别多，回来的特别少。刘金妹白天下地干活儿，晚上到夜校识字。她以前不愿上夜校，可是，上了夜校，她识字比村里其他姑娘要快要多，都能念报纸了。除了上夜校识字，她还要给前线做布鞋。她绣花也比村里其他姑娘要快要好，要是在前线的哥哥能分到她做的鞋子，一定认得出来。

刘金妹能认字了，但她还是愿意一个人默默看战报。她担心哥哥的安全。战报一到，她就特别紧张，担心哥哥的名字出现在牺牲名单那一栏里。父母要她念"一大片名字"，她说："没有，我看过了。"父母怀疑她隐瞒了，就观察她的表情，毕竟他们知道女儿不太会撒谎。

隔段时间来一次战报，父母就要紧张一次，谁叫家里就这么一个儿子呀。刘金妹把夜校的话搬到家里来了，说："抗美援朝，保家卫国，是件光荣的事啊。"

父亲说："我知道。"

母亲不知从哪里找来了报纸，刘金妹一回来，母亲就要她念。其实，她在夜校里已看过了。老师常常点名要她念，因为她识字多、嗓音好。

父亲听说其他村庄有人当了英雄，就追问报纸上有没有儿子的姓名。刘金妹说："上了报纸，当了英雄，大多都牺牲了。"

父亲沉吟片刻，说："那咱还是别当那个英雄。"

刘金妹说："你这种思想，要不得。"

1952年春，终于传来了刘金哥的消息：哥哥受了伤。父母松了一口气。父亲说："能活着，不容易。"

母亲关心儿子的伤势："伤到哪里了，重不重？"

10月，刘金哥归来了，名字也改了：哥改成了歌。刘金歌腋下夹着双拐（刘金妹注意看哥哥的布鞋，不是她做的绣花鞋）。父母忙进忙出，装出笑脸，不提腿伤。一夜之间，父母的头发像落了雪一样，白了一大半。父亲的背驼下去了，像是背着重东西。

1952年冬，村里来了解放军干部，为新疆来招女兵。刘金妹16岁，参加了文化考试后，报名参军了，穿上军装，很神气。

整天一声不吭的刘金歌发了话："你一个女的，当啥兵？"刘金妹说："又不是去打仗。"刘金歌说："这个家，你怎么能走？"刘金妹说："你能当兵，我为啥不能？到时候，我要当个英雄。"刘金歌说："我打仗不是为了当英雄。"刘金妹说："哥，你没当上英雄，还不服气？"刘金歌转身，挂着拐杖离去，丢下话："你懂个啥？不知天高地厚。"

刘金妹给哥哥赶做了几双布鞋，她难忘哥哥复杂的表情：烦恼，气愤。可能是她的话伤了哥哥：伤成那样，还不是英雄？

刘金妹到了新疆，开垦荒原。她好胜要强，能跟男战士打擂台，还获得了荣誉。她渐渐明白：和平年代，难有英雄。

1961年，刘金妹带着一张合影照回老家。照片上是她的未婚夫，姓赵，忙得脱不开身。她给父母看一眼照片，婚姻的事她早已拿定了主意。母亲眼睛不好，说："你给我念一念。"她说："娘，这不是报纸，是照片。"她描述了照片上的男人，参加过抗美援朝（母亲问："缺啥了没？"她说："完整着呢。"），后来转业到北大荒，再从北大荒到新疆。（母亲问："跟你哥一样，那么远？"她说："碰上了，有缘分。"）

父亲看了照片，说："人呀，到什么年龄，就干什么年龄的事，让孩子顺其自然吧。"

刘金妹问起哥。

父亲说："在地里呢，一天到晚，进进出出，也没有一句话。"

母亲说："我们说他，他摔拐杖。他一个人咋过呢?"

刘金妹站在门口，望见哥哥拄着拐杖——拐杖像他的两条腿。她发现哥哥光着脚，鞋夹在腋窝里。哥哥走进院子，取下布鞋，拍了拍才穿上。

好像妹妹从未离开过，他说："回来了。"

刘金妹拿出新疆的土特产。他没接。她突然想到烧饭，抓了柴，点灶火。他说："有了火，也没做的饭了。"

她说："临来时，我带了一包馕，烧个汤。"

吃饭时，刘金妹瞅桌下哥哥脚上穿的鞋，说："哥，我们那里鞋多，穿不过来。"刘金歌说："那是别人的鞋。"

刘金妹说："这趟回来，我来接哥哥一起去。我跟老赵说好了，你们都参加过抗美援朝，我给你念一念他的信。"

一晃过去了多少年。等到我念高中的时候，刘金妹的女儿已上小学。刘金歌在学校的菜地班。刘金妹的丈夫赵校长，不管教育，只管出操；每天早操完毕，他会出现，讲几句、做小结。有一天，他刚开始讲，刘金妹边走边喊，把"老赵"的音拖得很长，似乎路很远，手里拎着一双布鞋。赵校长的家面朝操场，几百号学生的目光都向刘金妹这边看过来。

赵校长轻声说："有啥事，回家再说。"

刘金妹蹲下，指挥着赵校长换鞋，根本不在乎我们那么多学生的目光。她说："你咋把我的鞋穿走了。"

赵校长穿着绣花鞋。他站着（嘀咕了什么），她蹲着（埋怨着什么）。他换了鞋，她离开。我们都憋不住笑了。过后，我注意到，拄拐杖的刘金歌也穿着布鞋，颜色、款式，跟赵校长的鞋一样，都出自刘金妹之手。

刘金妹手大脚大，后勤的员工都叫她刘大脚。

列车上的免费午餐

魏永贵

列车午餐时间。窗外的风景是一片白茫茫的雪原。一个戴眼镜的人突然提出要请身旁的一位和对面两位加自己一共四个人共进午餐。他笑着说，坐在一起就是朋友，也是缘分，我请客。再说，车上条件有限，也花不了几个钱。

这个提议让在座的三位有些惊异。

一个面相发黑的人直接拒绝了，还嘟囔了一句，喊，你把我们当叫花子了是不是。

眼镜身边的胖子看到气氛有些紧张，打圆场调侃说，好啊好啊，看来哥们儿你是个大款或者是突然发财了钱没处花哈。

看见胖子同意了，另一个坐对面的瘦子挤挤眼，哥们儿你是做慈善的吧，行，来一份，天上掉馅饼，免费午餐，盛情难却，不吃白不吃。

戴眼镜的和善地笑了笑，吩咐乘务员来三份午餐。

那个拒绝了免费午餐的黑面人鄙夷地看了这二人一眼，然后当着面大声要了一份最贵的午餐，随后独自优雅地吃了起来。划动筷子的时候，他手腕上的那只高级手表微微闪着五色的光。

另外三份饭也来了，顿时香气扑鼻。

吃饭的时候胖子忍不住问眼镜，哥们儿，我看出来你没有恶意，你是拿我们做试验呢还是？另一个瘦子也说，就是，说说为什么，你不会是恶搞拿我们开心吧？

那我就说说，别吓着你们了。戴眼镜的又平静地笑笑说，我是回河南老家，不瞒你们说，我都两年没见到我娘了。这一次，说什么我也得回去一趟……前不久，去医院查体，结果，我，得了——癌。

啊？！胖子和瘦子惊吓得差一点儿掉了筷子。

眼镜继续平静地说，吃吧吃吧，你们边吃边听我说。这些年我光顾着在外打拼，挣钱。唉！你们说，光有钱没有身体，连亲情都丢了，人还活个什么劲儿！

那是那是。那两个人带着同情的表情，连声附和着。

戴眼镜的又说，问问你们，这快过年了都是去哪里？干什么？

胖子说，我去北京谈一笔生意，签合同。如果这一次不拿下来，我这个年就没法过了。瘦子说，我去天津，要一笔欠款。这年月，欠债的都是爷，我他妈的杀人的心都有了。

那我再问问，你们最近一次，见父母的时间有多久？眼镜继续问。

两人愣了一下。胖子说，我还是过年的时候回家吃了两顿饭。瘦子说，我爸妈都不在了……我都没有给他们送终。他的表情像哭。

另一个不吃免费餐的黑面人不知什么时候停下了筷子，看着窗外飞奔的风景，看样子，他实际是若有所思地在听。

戴眼镜的对瘦子安慰说，对不起。

列车继续向前飞奔。另外几个人显然没有食欲，包括那个黑面人。

戴眼镜的说，吃吧吃吧，车上条件不好，我这个客请得太便宜了。

被请的两个人连忙说，哪里哪里，这比酒店的大餐还美味。

车很快就到了郑州。戴眼镜的说我到了，欢迎你们到郑州我老家做客。

那个黑面人突然站起来，兄弟，这是我的名片，你拿着，如果有需要，随时给我打电话。

戴眼镜的接了名片，很真诚地说，谢谢，暂时不需要。对方说，你不是检查……那个。他似乎不忍心说出那个"癌"字。

戴眼镜的突然笑了，哦，是这样，我忘了说，昨天我去复查，原来，是误诊了。就是说，我身体没毛病。所以，我也就是有了喜事。有喜事得请客，你们说是不是？你们不是问我为什么请客吗？这个理由是不是很充分？

那两个人忙说，是是是，这是意外惊喜，该请该请。

戴眼镜的又笑嘻嘻地说，眼下，没有什么比我回家看老母亲更重要了。再见。

戴眼镜的下去了，那个黑面人要了几罐啤酒和两只扒鸡，说，来来来，兄弟们，刚才大家受了不少的惊吓，我也误会了人家的好意。来，大哥我请客，也免费。

拉开易拉罐，他打了一个电话，是打给秘书的。他说，小杨，你把北京的活动取消了，给我改签去佳木斯的票……你啰唆什么，我不去北京了，回老家住一周，我要陪陪我的老娘。

挂了电话，黑面人招呼大家，来来来，别客气，咱们放开肚子喝。如果有时间，跟我回东北，让俺老娘做几个东北菜，等你们吃了俺娘做的小鸡炖蘑菇，你们就会知道那个——

刚说到这里，他的电话又响了。他不耐烦地接了电话，喂！谁呀？——什么——突然，另一只手里握着的啤酒罐咣当一声掉地板上了。接着，他哇的一声，哭了，孩子一样。

另外两个人从他泣不成声的哭泣中只模糊听见他反复说的几个字：我娘……没了……

哑　山

符 浩 勇

通了铁路，两根纤细闪亮的铁轨延伸进了山里，钻进了幽暗的隧洞，穿过陡峭的山梁，朝着神秘的远方奔去。嘹亮的火车鸣笛声喊醒了沉睡的大山。

修筑铁路的队伍又要转场了。万重山忽然想到，应该去看看黄草崖。黄草崖在哪里？黄草崖在边陲，山势并不陡峭，名叫哑山。原本没有什么名气，却随着铁路隧道的开凿，扬名天下，上了头条、上了热搜。

雨后的山野，一片朦胧；远方，如黛的群山，更显出深邃和险峻。

万重山坐在轮椅上，支开推车人，面对黄草崖隧道里深深远去的铁轨，心海泛潮。

一年前，他作为负责工程技术施工的副总，率勘探队察看地形时，就担心要打通的隧道是个"硬活"。果不其然，在半年前的深入掘进中，隧道的凶险狰狞面目便显露无遗——他遇见了隧道施工最忌讳的地质断层。更难缠的是断层里石质酥软，突水涌泥。一时间，各种险情交叠出现，若不采取紧急措施，后果不堪设想。在场的人都看着他。他表现出决绝的气势，去引爆软弱围岩。意外发生了，轰然而下的塌方夺走了他的一条腿。

昨天，通车的庆典刚刚开过，洞口边还残留着燃放鞭炮的纸屑，以及装过鲜花的草篓。万重山听说，筑路工忘情地沉浸在成功的喜悦里，他们呐喊、欢呼、拥抱，汗水和泪水从每个人的脸上流下。

忽然，一个小男孩稚嫩的声音冲进他的耳膜："妈妈，那位叔叔怎么坐那种车？"

"那是叔叔的腿不能走路。"

"他为什么不能走路？"

"叔叔的腿伤残了。"

"那是怎么伤残的？"

"是为了山野里响起第一声火车穿行的笛声，是为了让山外的春风能够吹进埋在大山皱褶里的乡村，是为了让山里人也能像城里人跟上时代的步伐，是为了这大山里回响阳光一般灿烂的笑声，是为了你还有你妈妈。我就是因为凿挖隧道、引爆软弱围岩而伤残的。"他心里油然应声。但他一时还想不出该如何回答小男孩的话，只想编造一个美丽的谎言。

他循着声音转过身去，见一位装扮鲜艳的少妇，携着一个瘦弱的小男孩比画着。路边，不知什么时候停着一辆色泽光亮的轿车。他知道，这里将建设一个停车 10 分钟的小站。

少妇清脆地回答小男孩的问话："那是叔叔小时候不听他妈妈的话。像张阿姨家的小毛，乱闯马路，给车撞的。"也许，这样说仅仅是一句调侃，或者只是为了吓唬一下她那不太听话的孩子，但还是一下子刺到了他心里的那块伤痛。

看见小男孩一脸惊慌，万重山悬起的心沉下去了。小时候，他是个非常懂事听话的孩子，寂寞的远山里既没有马路也没有汽车，他也没有不听妈妈的话乱闯，没有被汽车压断腿。他的假腿不能狠狠地跺地了，可幸存的手攥成了一团，向着少妇盯了一眼。

一阵悦耳的手机铃声响起，少妇挪到车的另一边接听电话。小男孩怯生生地走过来，疑惑地问他："叔叔，你怎么坐在车上？你的腿不能走路？"

小男孩见他没有回答，又不解地问："你的腿看上去不是还好吗？应该还可以走的。"

他只轻轻地叹了一声："那是假的。我只能依靠轮椅出行。"

"小时候，你怎么不好好听妈妈的话？"小男孩满脸遗憾。

万重山的鼻子一酸。面对一个纯真无邪的孩子，心里的话他没有说出来，且不说有没有必要。也许那位少妇压根就不会相信，或者还以为是自己吹牛呢。

他抬起头来，一个清脆的声音传了过来："小圆，走，再拖，我们就晚点了。"少妇打完电话，对小男孩的怜爱化为脸上绽开的一朵灿然的花，向小男孩招手。

他一时没能回过神来，茫然望着小男孩远去的身影，然后移向浮起灰尘的路面。倏然，他心里一阵难过，觉得双眸模糊了。那条隧道伸向远方，出口那里露出刺眼的光线。

雪地树影

陈　敏

　　尽管已是春天了，可一夜间，又下了一场雪。雪落春风，孕育着希望，有一番别样的景致。我决定去松朵山拍摄山景。

　　雪后初晴，山野田园之中，春意在悄然生长，透着少许的清冷与寂静。我刚举起相机，突然听到一个声音："别乱拍！"我一惊，心想是不是拍了不该拍的东西。可又一想，这里是林区，又不是什么圣地，咋就不能随便拍了？那声音触发了我脑海中一段不愉快的回忆：多年前在西藏，在禁止拍照的布达拉宫内部，我手里的相机刚动了一下，一只大手"哗啦"一下劈下来。我的相机差点儿被没收，手指头都被保安打肿了。那段经历，至今想起，仍会心跳。

　　我转身四处寻觅，一个上了岁数的男人正站在我身后不远处的台子上。他穿着一件印有始祖鸟图案的羽绒服，一看就是有精神追求的人。"你拍一下这个吧！"他对我说。朝着他指的方向仔细看，我顿时惊住，一棵高大的桦树倒映在雪地上，树干的枝丫影子呈现出无数条放射状的线条，使画面极具视觉张力。雪地树影！一幅巨大的美丽图案，完完整整的一幅水墨国画映入眼帘。我怪自己粗心，缺乏敏锐的感知能力和观察力，以前从没发现这样的美。

"光，如果有了形状，是最迷人的。"我惊喜于他对摄影的理解。

他却兴奋地给我讲起了光线，说："丁达尔效应出现的时候，光就有了形状；伦勃朗的顶峰之作当属肖像画，似乎有种雕塑感。"

我开始用惊奇的目光仔细打量他，第一眼看到他的眼睛，双眸深邃，斜侧面的面孔充满着艺术感，酷似凡·高，眼神坚定，呈淡蓝色，藏着纯粹的美感，凝视大自然时会闪闪发光，仿佛要把一切美好的事物都刻画下来。那是一种气质，那气质是与生俱来的，但更多的是他从美的艺术中滋养来的。

"油画你也懂呀？"我问。

他说懂一点儿，但画得不甚好，不过可以去他那里看看。就这样，他邀请我去了他在山里的画室：一间简陋的小木屋里，放满了各种油画作品，多半是些田园气息浓郁的风景画，还有人物、花鸟、山水等：每一幅画作都通过色彩、光影、构图，呈现出一种独有的艺术格调。他告诉我，这些是他仅剩下的几幅画作，是近些年在这里画的。

以前，凭借着勤奋与天赋，靠着四处搜集来的书籍、画册，他自学了书法、绘画。可他是山里人，又是个没有受过专业训练的农民，山里人编个竹筐、刻个木雕或石雕也就罢了，但搞起艺术，尤其是画油画，总让人感觉不那么靠谱。加上他常常外出打工不在家，老伴儿把他学画用的资料，画画用的颜料、笔墨全部当成废品给卖了，把他的一些画作做了"火引子"，丢进火炉里燃为灰烬。

"都没有了！再也找不到了！几十年的积蓄全没有了！"他无奈地摇了摇头，眼睛里透露出一丝悲凉的光，又好像没有一点儿脾气。

他讲述自己失散了的画作时，使用了"积蓄"这个词。那一刻，我感觉我的精神世界被他的无奈与悲催所笼罩，一个人想专心做点儿自己喜欢的事是多么不易。他说他最得意的几幅作品被镇上的一个小伙儿拿去城里展览，可展着展着，画就展没了。他也不再追问，追了也白追，那小伙儿从此再没有出现过。

再后来，为了给儿子娶媳妇、盖婚房，他不得不放下画笔，先后去了内蒙古、青海等地打工。其间，他一手端饭碗，一手拿画笔，闲暇时给工友们画像。工友们都说画得好，画得像，人好，画好，字也好。就纷纷给他买烟买酒犒劳他。他挣回了一些钱，还攒钱给自己买了一部胶片相机。

一年一年过去了，他为儿子准备的小洋楼拔地而起，老伴儿居住的屋子窗明几净。可唯独他的画板，是用一顿饭，请他一位懂电焊的朋友帮忙焊的。

近些年，为节省纸张、颜料等用料开支，他收集了许多荷叶、槲叶、梧桐树叶，晒干压平整，用干枯后的天然叶子做材料。在这种上苍赐予他的天然"画布"上画古代美女，画林中的小松鼠、小鸟，画花丛间飞舞的蝴蝶，精巧的构图、细腻的笔触和神态状貌，毫不逊色于画布或宣纸上的表现力。在树叶上画画，其色泽支撑起画面的主要结构，叶脉成了绝好的人物背景，自然天成，古意盎然，方寸之间尽显大千世界。

看着他用节俭和丢弃的理想换回家人生活所需时，我不知道该为这位遗落凡间的艺人高兴还是悲伤。可看到他介绍自己作品时的那股激动与兴奋劲儿，我知道，在我心中，在他的生活里，已经有了答案。

光，如果有了形状，是最迷人的。这句话本身就是一缕光。心中有光，也是最迷人的。

鸬　鹚

申　平

　　老场长去世那天，他家的屋顶上突然飞来几只鸬鹚，站在那里默不作声。家人忙着出殡，没人顾上搭理它们。

　　办完丧事，三天圆坟的时候，却发现又有鸬鹚飞来。先是几只，后来越聚越多，坟头以及周围的地上、树上，黑压压的，全都落满了鸬鹚。它们开始用沙哑的嗓子鸣叫，仿佛是在集体哭泣。

　　这一下，老场长的家人还有村里人都有点儿发慌。老场长的儿子拿了把大扫帚驱赶它们，让它们不要打扰老父亲的安宁。但是它们不肯飞远，等他一走马上又飞回坟地，在那里继续鸣叫。

　　正是春天，索里湖已经开化，数以千万计的华子鱼开始洄游。贡桑河逆流而上的鱼群，摞压摞塞满了河道。这正是鸬鹚大快朵颐的时候，可是它们放着大餐不吃，偏偏跑到坟地来干什么呢？

　　奇怪！真是好生奇怪！

　　村民议论纷纷，说啥的都有。老场长的儿子赶紧给他儿子李阔打电话，让他赶快回来，把事情搞清楚。

　　老场长的孙子李阔是电视台记者部的主任。他昨天刚从老家回到城里，现在接到父亲的电话，听说大批鸬鹚去他爷爷坟地聚集，意识到这是难得的新闻线索。他立即带上一名记者，拿着摄像机，开车风驰电掣往回赶。一路上他都在说，这背后一定有一个人与动物的感人故事，一定要把它挖掘出来、宣传出去。

车子进了村，拉上李阔的父亲，直奔坟地而去。李阔他们需要先把鸬鹚落坟地的景象拍摄下来，再去采访别人。

果然，坟地那里仍然有大批鸬鹚起起落落。李阔和记者急忙下车，打开摄像机一顿狂拍。接着李阔亲自出镜，他说："各位观众，大批鸬鹚在索里湖渔场老场长的坟头聚集，这背后一定隐藏着一个鲜为人知的故事。现在，老场长的儿子就在现场，我们听听他怎么说。"

于是记者就把镜头对准李阔他爹。他爹面对镜头有点儿发蒙，重复录了几次才把话说囫囵了："虽然我还不知道鸬鹚为啥要这么做，不过我猜，可能是我父亲当年有恩于鸬鹚，它们这是来报恩了。"

接着，他们就开车回到村里，又去渔场，去采访那些有点儿威望的村民和职工，让他们仔细回忆、提供线索，说一说鸬鹚背后的故事。

但是人们的说法五花八门。带有迷信色彩的说法摆不上桌面。可以摆出来的有两类：

一类说：也许是报恩吧。老场长年轻的时候，是很喜欢鸬鹚的。他曾经想像南方人那样，驯化它们，让它们帮助捕鱼，可是后来没有成功。虽然没有成功，但还是和鸬鹚混熟了。现在他去世了，鸬鹚或许是以这种方式怀念他吧。

另一类却说：鸬鹚不是报恩，恰恰相反，它们是去报仇的。老场长退休前，鸬鹚泛滥成灾。这些家伙不但能捕鱼，而且还糟蹋鱼。面对密密麻麻的鱼群，它们竟然挑剔起来，专吃鱼眼睛、鱼肚子，搞得河里到处都是死鱼。场里每年损失巨大。老场长气得不行，就发动全场职工甚至村民一起行动，驱赶鸬鹚，于是鸬鹚就记仇了。

事情变得有点儿复杂，李阔一时不知道如何是好。好在他爹提醒说，看来这事你只能去找你爷爷当年的搭档、渔场副场长于老蔫了，估计只有他才能说清这背后的真实故事。

经过多方打听，李阔终于找到了移居深山的于老蔫。这位年届九十的老人，听他说明来意，立即长叹了一声说："这个旧账，我劝你就不要翻了。说出来，都是泪呀！"

李阔一听更来劲儿了，不停地做工作说："于爷爷，您老就说说吧。您不说，我就不走了。"

老头儿被他缠得没办法，只好说："行吧，那我就给你说说。但是你要把那机器关了，这事知道的人越少越好。"

李阔示意记者打开微型摄像机，以极大的兴趣洗耳恭听。

于老蔫说："早些年呀，咱索里湖这里根本就没有鸬鹚。咱这是北方的湖呀，鸬鹚这东西也叫鱼鹰，它是南方的鸟啊！那时候，索里湖的华子鱼也没有现在这么多，那时候捕鱼的手段也落后。有一次，你爷爷去南方考察，发现人家用鸬鹚捕鱼。你爷爷觉得好玩，就想把这东西引到北方来，训练它们，让它们帮助捕鱼。于是他就买了几只鸬鹚，装在笼子里带了回来。谁知道，从此就埋下了祸根呀！

"开头，你爷爷亲自驾船训练鸬鹚。可咱毕竟是北方人，缺少经验，三弄两弄，也没有弄成。后来工作忙，就没空管它们，大撒把了。哈，这回它们可得着了，每天在贡桑河里吃鱼，吃得太美了。到了秋天，它们就自己飞走了，我们以为它们不会再回来了。没想到第二年春天，却有许多鸬鹚从南方飞来吃鱼。以后每年增加，最后鸬鹚成灾。现在的情况你们都看到了，一到华子鱼洄游季节，南方就有大批鸬鹚飞来，真是遮天蔽日啊！华子鱼是宝，每年国家只允许我们捕捞 40 万公斤，可是每年被鸬鹚和其他鸥鸟吃掉的华子鱼，就有 100 万公斤呀！鸬鹚和鸥鸟都是保护动物，不能打，只能眼睁睁地看着它们吃鱼祸害鱼啊！孩子啊，这情况，就是当年你爷爷脑瓜一热造成的呀！所以说，鸬鹚当然会感激你爷爷了。不过也真奇怪，按说当年引进的那几只鸬鹚早就不在了，它们的后代是咋知道你爷爷的呢？真让人纳闷儿呀！"

李阔无论如何也没有想到，事情的真相竟会是这样！他一时呆怔住，不知道能不能、该不该把这个故事讲给更多的人听。

一匹红鬃马

王琼华

牛老倌，不放牛。

他驯马。驯马，也该叫马老倌，何况他也不姓牛。

那时，裕后街的南下茶、北上盐，靠的都是马驮，要不街头巷尾怎么会扎了好几个马帮？马帮不驯马，驯马场有驯好的马让马帮挑。"挑马看人。"这俗话说的是马被谁驯，性子就像谁。如此，马帮挑中牛老倌驯的马，常常会跟牛老倌调侃一声："像你。"

牛老倌嘿嘿笑，偶尔也应道："像我。像我。"

这话不假。牛老倌驯出的马，像牛一样憨厚，像牛一样负重，还像牛一样听召唤。"牛老倌"也就成了他正儿八经的称呼。

驯马得懂相马。在马市上，牛老倌从没看走过眼。记得有一匹瘦骨嶙峋的小马，被主人拴在马市七天七夜，也没被哪个马老倌瞥过一眼。主人粗起脖子叫道："谁牵走，不用给钱！"有个马老倌揽起马主人的肩膀称："你塞我一条金鱼，这马我也不会牵走。不是这马骨头炖不了汤，我怕它砸了我家的金字招牌。"就在马主人沮丧时，他的手掌被人抓起一拍，三块大洋落到了他的掌心。

"这马我相中了。"说话的是牛老倌。

一年后，这匹马竟然卖到两条"黄鱼"。一个女帮主见它长得丰腴，跑起来非常洒脱，也就结上了眼缘。

这天，牛老倌又走进马市。他看了几户人家的马，也没翻翻眼皮。他背着手刚想离开，忽地听到一声似晴天霹雳的马叫声。他一扭头，循声望去，看到了一匹非常高大的马，它肌肉壮硕紧实，如同雕刻般的粗犷，毛发油亮血红，像是披上一块血色的棕毯子。他抬脚向它奔去。他一靠近红鬃马，就发现这匹马幽幽的眼眸里还藏着一束不一般的光芒。

"归我了。"

就在这时，红鬃马将脑袋猛甩过来。幸好牛老倌是个利索角色，一闪身子，才没被马撂倒。

牛老倌把驯马场几个伙计全叫来，连拽带攥把红鬃马带回了驯马场。红鬃马性子非常暴躁，好像把牛老倌看成了自己的"天敌"。牛老倌想跟它亲近，一连被红鬃马踢了七八次。甚至，红鬃马把马槽也踩碎了。

这时，牛老倌有点儿束手无策。他发现红鬃马喜欢吃玉米草和甜象草，巨菌草则被它遗弃在一侧。他重新抓起一把玉米草往马槽上放时，红鬃马冷不防地一拱，将他掀翻。牛老倌的下巴刚好磕在木桩上，两颗门牙脱了。怎么是这脾气呢？牛老倌打听了一番，才晓得红鬃马从小就没戴过笼罩，放荡惯了。也有人猜它是野马。

又折腾了一些日子，伙计嘀咕道："这马怕是结不上缘。"

牛老倌也跟红鬃马拱拱手，他第一次在马前认输。他一吁："我不得耽误你的锦绣前程！"

有人要买这匹红鬃马。

这人叫瞎掌煞。他练过武功，眼一闭，一个巴掌拍出去，石磨也会碎成几块。瞎掌煞做过镖师，见驯马赚钱，也开了一家驯马场。他晓得牛老倌口碑好，也就想驯服一匹牛老倌驯服不了的马，好让自己压过牛老倌的风头。

这马卖给瞎掌煞，牛老倌有点儿犹豫。过了好一会儿，他才点点头。他抱起一捆新草，放到红鬃马跟前，他要让这匹马在自己的驯马场吃上最后一餐。他见玉米草混有几枝荆棘，又弯腰将荆棘挑了出来。

瞎掌煞一撇嘴。他等不及了，上前扯起缰绳便往外拽。结果，红鬃马一动不动。

这面子不能丢在牛老倌跟前！瞎掌煞恶狠狠地嚷道："你倔，真不晓得老子是谁。哼，叫你受我一掌！"

他眼一闭，大巴掌拍向红鬃马。

牛老倌见了，猛地挡上去。

他的胸口接了这一掌，仰面倒在地上。在伙计的搀扶下，牛老倌才站起身子。

他说："瞎——瞎掌煞，你别打这马。"

"管什么闲事？"

牛老倌跟伙计交代："把钱退给他。"

"这钱我可不会那么便宜就接回来。"

"我再赔上一份。"

瞎掌煞接过钱，赶紧后退了好几步。这一刻，他看到红鬃马一双眼睛盯住自己。

红鬃马留下了。

马也给了牛老倌一个欢喜。牛老倌往马槽上放草时，它伸出舌头，舔了牛老倌手背一下。牛老倌愣了愣，转身冲伙计嚷道："我说了，它一定是匹好马！"可惜，牛老倌很快过世了，瞎掌煞一巴掌重重地伤了他。送葬时，红鬃马也被伙伴牵上了山。红鬃马这时已经温顺了许多。哪怕很多人已经喜欢上了这匹骏马，但谁也没法把它牵出驯马场。

从此，它跟驯马场的伙计们天天待在一块，除了驮草，也帮伙计们看护新买来的马匹。

那年，红鬃马突然病了，甚至连草也嚼不动了。这天早上，伙计们却发现红鬃马没躺在马厩里。找遍驯马场内外，也未见它的影子。

一匹奄奄一息的马，还会插上翅膀飞了？

没人能说个明白。

第二年清明，伙计们上山给牛老倌扫墓，发现牛老倌坟前有一大堆骸骨。他们还看到一只铜制小吊铃。牛老倌当年咽气前，曾亲手将一只铜制小吊铃系在红鬃马前腿上。伙计们恍然大悟，原来红鬃马知道自己的大限已到，便悄然离开驯马场，爬到了牛老倌坟头前……

唏嘘之后，伙计们一一捡拾起这匹马的骸骨，把它葬在牛老倌坟旁，也竖了一块碑。

食山馄饨

戴　涛

　　坐了几乎一天一夜的火车，他到了上海北站。

　　到上海并不是来玩，他是来寻找人生方向的。

　　下了火车，他就近找了家小旅馆，躺在旅馆的床上思索了大半夜，仍没想出什么来。第二天，他走出旅馆，在马路上走了一上午，依然一无所获。他走进路旁的一家饮食店。店不大，三五张桌子。

　　他问："有什么吃的?"

　　一个老板娘模样的中年女人说："有面、馄饨、炒饭。"

　　他又问："馄饨是什么馅的?"

　　老板娘答："荠菜猪肉、青菜猪肉。"

　　"那就给我来一碗荠菜猪肉馅的馄饨。"

　　馄饨上来了，十个，比他家乡的一碗馄饨少了两个，个头也长得小。

　　他皱着眉咬了一口，淡而无味。吃完馄饨，他的心情更糟。转回旅馆，继续躺床上。才睡了一会儿又觉得饿，他开始想念母亲包的馄饨。瞬间，他闪过一个念头，可不可以叫娘的馄饨摊开到上海来?晚饭时，他又去了那家店，食客还是像中午一样稀稀拉拉。

　　老板娘问："吃什么?"

他说："青菜馄饨。"

他端过馄饨咬了一口，味道与中午的一模一样。趁老板娘没事时，他走到老板娘身旁，问道："老板娘，生意还好吧？"

老板娘叹了口气："我男人在的时候还好，现在就这半死不活的。"

"你一个人操持这个店也太辛苦了。"

"原来雇了一个人，嫌工资低就走了。我也不想做了。"

"你也不想做了？那店咋办？"

"租出去算啦，谁想做谁做去。"

"可以租给我吗？"他小心翼翼地问。

老板娘朝他上下打量了一遍，问道："你做过这行吗？"

"我娘在老家有个馄饨摊。"

"那你怎么跑上海来了？"

"在家养鸡，遇上了鸡瘟，鸡全死了。"

"小兄弟，别难过了，店就租给你。"

"真的？谢谢老板娘！"

"不要叫老板娘，叫我张姐吧。"

从店里出来，他围着火车站又转了两圈，瞧着南来北往的旅客，他坚信娘做的馄饨会火起来。

第二天一早，他坐头班火车回了家，一进门就拉着母亲的手说："娘，您跟我去上海吧。"

母亲问："干啥去？"

"我要开馄饨店，您去帮我包馄饨吧。"

"我包的馄饨上海人会喜欢？"

"不要说上海人了，全国人民都喜欢。"

"你逗娘呢。"

和母亲到了上海，他就拉着母亲吃了十几家的馄饨，两人心里算有了谱。做好馄饨，馅最要紧，家乡的香椿、腊肉、黄花菜，这些做成馅一定招人喜欢。当然，还要兼顾四面八方的顾客，少不了海鲜、酸菜和麻辣味儿的馄饨。新店自然要有一块新招牌，他取名"食山馄饨"。因为他的家乡有座长得像馄饨的山，就叫食山。

新店开张了，很快一传十十传百，人们兴致勃勃地赶过来，就为吃一碗馄饨，有香椿猪肉的、黄花菜腊肉的、酸菜黄鱼的、麻辣小龙虾的……十来种味道可以选。

这天，张姐来店里，很惊讶："哇，下午生意还这么好！"

他迎上去说："嗯，我也没想到。"

"早知道这么好，我就不租给你了，自己做。"说完，张姐发现他整个人呆住了，便意识到这玩笑开得有点儿大，"哈哈，阿姐吓你的。你做得好，阿姐为你高兴。"

他终于缓过神来："姐，我知道你对我好，可原来的租金太低了，我想从下个月开始多交点儿吧。"

"别，说好的多少就多少，阿姐不缺这点儿钱。"

过了十来天，张姐正好路过馄饨店，见到门外的队伍，进门对他说："你有没有想过再开一家店啊？不然好多生意都跑了。"

"我也想啊。可去哪儿找合适的门面呢？"

"好，阿姐帮你找。"没几天，张姐给他找到了一间门面房，离火车站也不远，租金也合适。

他对张姐说："姐，新店交给你打理行吗？我一个人可管不了两家店。"

张姐没吱声。

"姐，我每个月发你工资，赚的钱你拿三成行不？"

"不行，我拿了工资，就不能拿提成。"

"那我每月给你开一万的工资行吗？"

"不行，按市面的行情，六千。"

"姐，那也太委屈你了。"

"委屈什么，我没事干，打麻将还要倒贴茶水钱呢。"

第二家馄饨店开业了，不到一个月，生意就与老店一样红火。这大大激发了他体内的小宇宙。

"姐，我还想开，我想让上海的每个区都有我们的食山馄饨，你看可以吗？"

"当然可以。"

"可我和你就两个人，咋弄啊？"

"可以请人啊。真做大了，成立一家餐饮管理公司，每家店聘一个店长，包馄饨的皮和馅，公司统一来调配。"

他听了极佩服："姐，你真厉害，啥都懂。"

张姐笑笑："哦，可能是遗传。"

"姐，真要开公司，我和你一起当老板好吗？"

"不要，到时候姐还是想去打麻将。"

几年后，食山餐饮管理公司正式成立了。张姐说："我也该回家了。"

他沉默了好一阵，说："姐，你真想回去，先要答应我两个请求：接受我为你开一家棋牌室；还有，等我在高铁站的店开张，你一定要来参加典礼。"

赠 花

凌鼎年

　　水三寒是娄城中学的美术老师，教学之余，他喜欢画花鸟，常画的题材有水仙花、兰花、菖蒲等。他家里种有多盆兰花、菖蒲；唯有水仙要到春节前一个月才去购买，用瓷盆加清水栽种。

　　水三寒不是什么有名的画家，在娄城书画界排不上号——确切地说他还不能算正儿八经的画家，因为他还不是省美术家协会的会员，他的画也不卖钱、不参展，纯属业余爱好、自娱自乐。退休后，他更是借此有点儿事做，消磨消磨时间，用当地土话谓之"解解闲气"。

　　水三寒有个学生叫南小雁，大学毕业后，嫁了福建漳州的一个学兄。她先生不愿留在上海，要回家乡发展，老话说嫁鸡随鸡、嫁狗随狗，她就跟着去了漳州定居。去漳州当年的年底，她就给水三寒老师寄了一纸盒的漳州水仙，有三球。水三寒自己留两球，客厅一盆，书房一盆，另一球就送给隔壁的刘老师。刘老师是体育老师，虽不是一个学校的，但一梯两户，抬头不见低头见，也算是借花献佛，来个顺水人情。

　　南小雁是个有心的学生，此后，每年春节前一个月左右就快递来水仙花，十年来一年也没有少。

　　水三寒则每年给南小雁画一幅水仙花图，或水仙花绿叶刚冒出时，或花蕾饱满时，或花朵绽放时，或一球一茎一花，或满满一盆、全是花朵，仿佛能闻到扑鼻的花香。水三寒还冠以不同的题目，如《丁酉年水仙花》《己亥年水仙花》《庚子年水仙花》《辛丑年水仙花》等。往往还写上一句诗，他不是诗人，就录古人诗句，如宋代黄庭坚的"借水开花自一奇，水沉为骨玉为肌"，朱熹的"水中仙子来何处，翠袖黄冠白玉英"，康熙的"骚人空自吟芳芷，未识凌波第一花"，秋瑾的"嫩白应期雪，清香不让梅"等诗句。他最欣赏的是"可惜国香天不管，随缘流落小民家"这句，自己不就是小民吗？

去年，隔壁的刘老师邀请水三寒去他家，看他种的水仙，对水三寒说："你学生寄的漳州水仙是普通品种，都是单瓣的。六片白色花瓣，中间酒杯状的副花冠呈金黄色，那叫金盏银台，大路货。"

水三寒说："我知道，我画过金盏银台，也画过银盏银台，还画过金盏金台。"

刘老师顾自沉浸在自己的兴奋中，开心地说："我这次觅到的是复瓣的。你看看，花瓣多吧？层层叠叠，上素白，下淡黄，既有层次感，又有色泽感，这是有名的'玉玲珑'。你要画就画这种，那才上档次，才好看。"

水三寒夸了几句后，就告辞回了家。

今年，南小雁又快递了三球水仙花来，水三寒想隔壁刘老师有了好品种，应该看不上这单瓣的普通品种了，就没有再转送给他，自己多种了一盆。反正也就一个盆子、几粒石子、少许清水，既不占多少地方，也不费多少时间，无非是过几天换换清水而已。种了多年水仙，水三寒也有点儿经验了，拿到水仙球后把褐色外皮剥掉，把矮壮素溶液加水调匀，就把三球水仙花放进去浸泡，两天后取出，冲洗干净，晾干，再放置于瓷盆里，加上几块雨花石，放在南窗阳台上，保证阳光的照射。水仙果然长得叶子绿壮，花蕾饱满，预计花开在春节前后。

腊月二十四小年那天，水三寒在电梯里碰到刘老师。刘老师一见面就脱口问道："今年的水仙花怎么还没有见到？你的学生忘了你这个老师了吗？"

水三寒只好实话实说："我学生寄的是普通水仙，难入你法眼。"

刘老师有点儿不高兴地说："看来你把我的那份送别人了？"

水三寒本来想说"你要就给你送过来"，但不知为什么话到嘴边，变成了"不好意思，你看不上眼，就送了别人"。

刘老师随口道："算了算了，不给也罢，我也不稀罕。我今年弄到了水仙花新品种金三角，那才是水仙的上品。有空来观赏，开开眼界。"

　　水三寒说："好的，好的。"但他一直没有去。两家的交往也越来越淡。

开往边远山区的火车

戴　希

　　你在某所"双一流"重点大学上学，半年后将要毕业。他是你的同班同学，在同学中，你们走得最近。为了写好毕业论文，你们结伴前往边远山区调研。

　　你们并肩坐在一列开往边远山区的绿皮火车上，一边欣赏窗外的山山水水，一边畅谈未来。

　　"快看，好迷人的景致！"当火车驶入大峡谷，你指着窗外激动地说。

　　他顺着你指的方向看过去："哇，这儿的山又高又大，山尖直插云霄，云彩丝带一样缠绕在山头！"他的双眸亮了。这儿的树漫山遍野蓬勃生长，到处是墨绿色的海洋！你同样喜形于色。这儿山石嶙峋，一块连着一块，有圆形的、方形的、椭圆形的，千奇百怪！这儿的石板岩红红的，层层叠叠，俨然一本本厚厚的书！你愉快地想："真好，大山里的自然环境真美啊！"

　　火车终于到达站点，你们下车步行很长一段山路后来到一个山村。住下来后，才知道这个山村山多地薄，离县城远，交通不便。村民种的粮食，不但产量低，还得人背肩扛，徒步远行到集市去卖。一般早晨天刚亮就出门赶路，晚上天擦黑才能回家。

　　所有这一切，村民们都坦然面对，他们顽强坚守、毫无怨言。

你们各住一个农户家。

你住的那户只有奶奶和孙子留守。奶奶七十多岁，孙子七岁。奶奶和孙子穿着破旧，可他们生活从容、充满阳光。

每天早晨六点前，奶奶会起床做早饭，做好饭和孙子一块儿吃。说是做饭，其实就是煮锅稀饭，抓点儿咸菜放里面；或者煮点儿面条，舀点儿辣椒油，再放点儿葱花。

吃过早饭，孙子背上旧书包，在蜿蜒曲折的山路上，步行两个多小时，赶往山村小学读书。虽然学校有些简陋，可是在这里读书的孩子都专心致志。

孙子上学去了，奶奶就去喂牛放羊、种菜栽树、割草砍柴……往往忙碌至夜幕降临才回家做晚饭。

孙子放学回家，如果天没完全黑，便在屋檐下明亮处，趴在一张高木凳上认真地写家庭作业。

不上学时，孙子会忙不迭地帮奶奶干活儿：要么在厨房里，有模有样地生火做饭；要么上山打柴，背着比自己还高的干柴，气喘吁吁……

你住进他们家后，其饮食依旧，只是吃饭前，如果有鸡生蛋，他们要给你煎个鸡蛋或冲碗蛋花。而以前，他们家的鸡蛋只是用来卖钱买日用品的。其劳作依旧，只是不让你像他们一样干活儿。你要辅导孙子读书做作业，孙子高兴得一蹦三尺高，奶奶也乐得合不拢嘴。

你问他们干吗这样，奶奶说可不能让你受苦；孙子说向你学文化长知识，机会难得，打心眼里，愿意你来他家。你心里漾起粼粼的激湍。

有件事你听了眼圈红红的。孙子在学校吃午饭，比家里伙食好多了。遇到学校改善生活，孙子总是把他的牛奶、面包等平常吃不到的好东西攒下来，带回家给你和奶奶吃。你问他为什么自己不吃，他回答吃过了，吃不完。你悄悄向同村与他邻近的同学打听他是否真的吃了，同学就摇头。

那天你再问孩子："为什么自己不吃呢？"孩子没有回答。过了一会儿，孩子仰脸问："你能留下不走吗？"你望着孩子渴望的眼神，落泪了。

你送给奶奶和孙子每人一套新衣服，送给孙子一个新书包。他们高兴坏了，宛如得到了人间珍宝。你问他们："为什么新衣服不常穿，新书包不常用？"他们说："这么好的东西，哪舍得！新衣服等过年时穿，新书包等旧书包不能用了再用。"

住在另一个困难户家的他，眼里也经常含着感动的泪水。

一个月满，你们结束调研。要离开山村时，闻讯而至的村民把你们送到村口，久久不肯转身。望着他们，你们心潮起伏。

"我打听过，山村学校师资力量薄弱，最急需学历高的老师。"并排坐在返程的绿皮火车上，你真挚而诚恳地对他说，"我们同为师范生，教书育人更有优势。不如，毕业后再结伴来山村支教吧？"

看着你期待的目光，他情不自禁地点头。你们会心一笑。

约定的时间到了。你们准备乘上开往那个边远山区的绿皮火车，去山村学校支教。

可就在火车开动之前，他止步了，忽然挽起你的手："我们还是别去了。山村条件太差、日子太难熬，不如回城里找工作，寻求更好的发展吧！"你大吃一惊。

"怎么能这样呢？"盯着他期盼的眼睛，你坚定地摇头，"不，我必须信守诺言！"

就这样，你们一个临阵而退，返回大城市谋职；一个毅然前行，登上开往边远山区的绿皮火车，去山村支教。

光阴荏苒，一晃三年过去。

艳阳高照的日子，你受邀进省城参加全省优秀教师表彰大会。站在高高的领奖台上，戴上大红花的那一刻，你热泪盈眶。

颁奖大会结束，他迫不及待地找到你。

又是火车站。在你准备乘上那趟开往边远山区的绿皮火车之前，他下意识地拉住你的手："一个女孩子，别再去山村受苦受累了，留在省城吧。"

你轻轻抽出自己的手，上下打量他半响，依然坚定地摇头："不，山里的孩子更需要良好的教育，我舍不得撇下他们！"

你又登上熟悉的、开往边远山区的那趟绿皮火车。

理发师耿直

薛培政

耿直走在塔前街上，一路和他打招呼的人不断，称呼什么的都有。那股子热络劲儿，让人看着眼热。

绕过塔前街的街心花园往北走，再穿过一条铺着青石板的短巷，就看到藏在旮旯里的"老耿理发店"了。

店面不大，五六平方米的样子。一个木制招牌挂在门旁，一把能升降的理发椅、一面镜子，工作台板上放着剃刀、推子、剪子、梳子、修面刀等理发工具，几把供顾客候坐的凳子散落在旁边——这就是理发店的全部家当。别看地方不显眼，摆设也简陋，却打理得干净温馨。等待理发的顾客，聊着天南海北的话题，不时发出爽朗的笑声。

耿直十六岁学艺，十七岁出师，在这条街上理发有近五十年了，依然坚持每天开门候客，下雨落雪天也照常营业。这样街坊邻居们剃头刮面就方便多了。

老耿是正牌的理发师，剃了大半辈子的头（他把理发称作剃头），至今干起活儿仍一丝不苟。来此理发的多是"回头客"，待顾客在理发椅上坐定，问一声："还照原来的发型理吧？"等顾客回答或点头后，他便开始上手。久了，他对"回头客"发型的把握轻车熟路，对新来的年轻顾客想要的时尚发型，只要拿照片让他看一下，他也能修剪得有模有样，让顾客们心满意足。

刮面是老耿的拿手活儿。每次刮面前，他先用酒精灯给那把折叠式刮胡刀的刀片进行消毒。待弯腰为顾客洗完头后，先把肥皂泡沫均匀地涂在顾客脸上，再用热毛巾敷面，让须孔打开，才用刮胡刀轻轻刮脸，之后用温水毛巾擦净——顾客的脸上就露出了干净的面容。接着，剪鼻须、掏耳朵，一番工夫下来，至少半个小时过去了。听到起身的顾客道一声"舒服啊"，老耿笑了。

虽说老耿的手艺达到了炉火纯青的地步，但他至今仍保留着对行规的敬畏，认为手艺就是活招牌。多年过去，他依然坚守着对传统理发的那份虔诚，洗头、剃头、刮面、剪鼻须、掏耳朵一样不少，却只收十元钱。有人看不过，劝他说："现在外边的发廊单理发，都没有低于二十元的。您这也太实在了，既然收费低，咋不减少些项目？"他笑笑说："手艺人靠手艺吃饭，俺不会为偷工减料砸了自己的招牌。虽说收费不高，可每天都有进项，又能服务四邻街坊，咋不满足哩？"

因为价格便宜，服务又好，来此理发的顾客，最多的时候有十多人排队等着，屋里待不下，就排到门外去。

收费低，生意又好，难免会遭人忌妒。曾有同行嫌他收费太低，抢了他们的饭碗，便忍不住动了歪心思，造谣说耿直身患传染性皮肤病，让他理发百分百会传染。一些不明真相的顾客不免心感惶恐。好在老顾客都知根知底，许多人帮着他澄清解释，才没有受到影响。

一招不行再换一招。那些同行见没有达到目的，就撺掇外号叫"滚刀肉"的一个泼皮无赖前来找碴儿。

这家伙长得膀大腰圆、满脸横肉，一看就不是个好惹的主儿。人还没进店，就在外边大声咋呼道："没看到俺张二哥来了吗？识相的让开点儿，让俺先理！"

见此情景，原来排队的一些顾客纷纷躲避，有的干脆起身走了。躲在不远处的同行见此情景，禁不住露出一脸坏笑："嘿，这回准有好戏看了。"

"来的都是客，你凭啥把人撵走，按规矩排队去！"一向和蔼的老耿，这会儿拉下了脸，他声音虽不高，却带着一股威严。"滚刀肉"没想到他这么硬气，又见几个年轻顾客也朝他怒目而视，顿时心虚了三分，结果坐也不是站也不是，傻傻地愣怔在原地。

终于轮到"滚刀肉"了。老耿不仅为他细心洗头，该有的服务程序也一样不少。

待理发完毕，那"滚刀肉"扑通一声跪在老耿跟前，把头磕得山响，声泪俱下道："俺从小遭人白眼，自己都把自己当成鬼。您老却把我当人看，俺对不起您。"

老耿连忙将他扶起道："人难免会犯糊涂，但不能一错再错。若你真能吃得了苦，就跟着俺老头子学理发，也算谋一份职业，将来也好讨生活。"

这"滚刀肉"姓张名猛，自幼父母双亡，小学未毕业便混迹社会，吃尽了苦头。一听老耿要收他为徒，感激得又要下跪，却被老耿拉住了。

别看张猛外表粗犷，但内心精细，洗剃刮剪，一点就通，不仅学东西快，而且从来不降低对学习的要求。老耿也用心教他，尤其是对难度大的技术要领，更是耐心传授。几个月后，张猛就能独立操作了，理发的手艺毫不逊色。

往后的日子里，师徒俩搭档经营，坚守"十元理发"，不涨价。顾客们心里不忍，有些顾客理完发后，会故意多付个五块十块，往工作台上盛钱的盒子里一放就走。最多的一次，一个小伙子用手机付了五十元，老耿看到后，让张猛追着给找了零。

可天有不测风云，那年冬天，老耿生了一场大病之后，再也不能干体力活儿了。

忙碌惯了的老耿，丢不下坚守了大半辈子的手艺和相处了多年的老顾客，身体稍微好一些，便坐着轮椅来到理发店。除了指点张猛，还与老顾客们聊天，心情就好多了。

张猛也把师父当成再生父母，不仅精心照料老耿，而且秉承了老耿的品性，把"十元理发"的初心和美德也传承了下来。

面对顾客盈门的场面，张猛坚守师父的品性，理发价格坚持十元不变。顾客们都伸出大拇指说："这师徒俩，就像一个模子刻出来的，都是掏心掏肺地为我们着想啊！"

甜烧白

曾　颖

　　诗人昌平，是我的老友。当年我们在县里的菊花诗会相识，他即兴朗诵的一首《水之志》，其中的"让太阳烘烤我吧，让我变形，让我升腾，我不愿托起浮萍，我不愿孕育蚊蝇……"让我记了半生。那时，他在乡村中学，我在山区工厂，都觉得自己是水塘中的水，渴望变成浮云，与鹰和风为伴，翱翔蓝天。

　　后来，他轰轰烈烈地谈了几场令人羡慕、忌妒和惋惜的恋爱，骑个巨大的摩托，跑了大半个中国，经历了许多奇特而惊艳的故事，经常在茶馆里给我们讲得天旋地转。

　　他所有故事中最令我难忘的，是一个关于甜烧白的故事。

　　这个故事发生于 20 世纪 70 年代初，昌平 10 岁左右，读小学四年级。

　　那是个新学期开始的日子。有一天，老师给每个人发了一毛钱，说是书本费多交了，退还的，让大家一定要拿回家交到爸妈手上。

　　那时的一毛钱，是有一定购买力的，它可以买五大盅或十小盅爆米花；可以买一盒蜡笔，再加一块橡皮；可以买十个水果糖，或在小人书店里看五本厚连环画。总之，可以让一个少年人快乐许久。

　　揣着这一张令人快乐的纸走在大街上，昌平和他的小伙伴们，是既快乐又焦灼的。快乐的是，街面上那么多令他们愉快的东西，都在他们口袋里那张小纸的捕猎范围之内，只要他们把它放出来，就可以把它们抓将回来。但焦灼的是，他们不敢。

所谓敢与不敢，无非是诱惑力够不够强大而已。走到城门洞综合食堂前，他们无师自通地懂了这个道理。

综合食堂的门口，摆着高高的蒸笼，顶天立地，凑到了房檐口上，突突突地往外冒着热气。热气里，夹杂着粉蒸肉、煨猪脚、滑肉和南瓜、红薯、白米蒸熟之后纠缠不清的香气，而其中，肯定还有甜烧白。

甜烧白，又称夹沙肉，是川菜中著名的不辣的一道菜，"三蒸九扣"中的一扣，"九斗碗"里最重要的一碗。时至今日，吃酒席如果甜烧白还没上来，就感觉菜还没上完；或者干脆可以说，这桌酒席没有灵魂。

昌平自然也是喜欢甜烧白的。当他们从旁边经过时，胖厨师似乎已从他们的眼睛里看出了口水吞咽的声音，竟然恶作剧般地揭开蒸笼。郁积了半日的热气，喷薄而出。胖师傅使出那久经考验的铁胳膊，从蒸笼里拎出一个红陶碗，扣上一个盘子，双手食指拇指，一个扣盘底，一个扣碗底，手腕一转，碗和盘瞬间调了个儿。揭开碗，一排油亮整齐的夹着洗沙的肉片，泛着仙气，袅袅娜娜地摆在眼前。一勺白糖迎空而下，每一粒白糖，都是一个诱惑，也是一个嘲弄，仿佛是在说：看什么看？你吃得起吗？

换平常，也就忍了。但今天，他包包里有钱！

但看看粉板上的价格表，他心中的志气，顿时又萎了下去——甜烧白五毛一份，外加二两肉票和一两粮票。

这些显然不是他那一毛钱能支应的。

这时，他发现，在蒸菜的另外几个角度，还有几个脑袋，上面都有一双既向往又无奈的眼。

那是和他一样，包包里同样揣着一毛钱的小伙伴。

他数了数人头，有四个，加上他，五个，正好有五毛！

但粮票和肉票，至少值三毛。

前面不是还走着几个同学吗？喊回来！

居然恰好有三个愿意入伙，吞着口水就跑了回来。

八个人，正好找一张方桌坐定，每个人把口袋里的一毛钱摸出来，整齐地摆在面前。

昌平把钱收起来，每收一张，还郑重地重新问一句："想好了？自愿的哈！回去不准说！"

对方无比坚定地点了点头。

钱收好，到售票台，点甜烧白，不给粮票肉票，正好八毛钱。售票的阿姨扯了一张粉红色的票，冲堂口蒸笼喊了声："甜烧白一份！"胖师傅应声而动，揭笼、翻碗、撒白糖，一气呵成，拍到案板上，大喊一声："来端！"

那场景实在很好笑，八个毛头小子狼一般围坐在八仙桌四方，中间那碗甜烧白显得如刚出壳的鸡崽一般，既弱小又可怜。

甜烧白按规矩是八片，这没有争议。但面上的白糖与肉下面的红糖糯米饭，却是不均匀的。因而，谁先拈谁后拈，就成了一个赤裸裸的难题。几经争论，最后抓阄决定谁第一、谁最后。

卖票的服务员大婶有些不耐烦，收了他们的碗和筷子，说一份甜烧白配八副碗筷太浪费。大家于是只有用手捧着吃。

昌平拈的第四，好在他们抓阄耗了些时间，甜烧白不太烫，油闪闪的肉，外加属于他的一团糯米饭放到手心上时，暖暖的，像牛的舌头舔得人心痒痒的。

他第一口咬上去，肥肉肥瘦相间的丝滑感，洗沙来自秋天深处的豆香，以及散落着不肯融化的白糖沙沙的甜，在牙与舌之间掀起了一团甜腻的记忆波澜，让许多与甜蜜和快乐相关的美好记忆，瞬间爆闪于眼前——除夕的团年饭、舅舅的婚宴、小侄女的满月酒，还有外婆 90 岁的寿宴……

整个世界，仿佛被镀上了一层金色。这一瞬间，他突然明白了之前读过的那本童话里的情节，卖火柴的小女孩在风雪里点亮的一根火柴里，怎么会有那么多东西？

现在他明白了！

一根火柴只能带来片刻的光亮，一片甜烧白也只能带来一瞬间的幸福。很快，肉就吃完了，甚至手板心也舔得干干净净，他们这才意犹未尽地起身回家。出门时，对着脸含笑意的胖师傅，和那堆上天的一摞高高蒸笼，恶狠狠地说：你等着！总有一天，要把你们吃个底朝天！

大家五分得意五分遗憾地出了食堂，又再次诅咒发誓确认不许当叛徒之后，才摇摇晃晃回家。那个甜丝丝的秘密，在肚子里晃晃荡荡，甚是舒服。

回家，搬出凳子拿出书包里的作业，但还没写上三排字，前院就传来廖闷墩杀猪般的哭叫声，接下来是中院的李勇儿、侧院的朱祥娃。这几个都是刚刚一起吃甜烧白的兄弟。

事情败露了！

在院子里此起彼伏的哭叫声中，廖闷墩的妈妈拎着廖闷墩的耳朵，一路杀将过来。这个猪头，抓阄时抽的八号，得了碗里最后一片肉和糯米饭。他小子吃完之后，意犹未尽，拿起碗来舔，鼻子上粘了一颗饭粒，一回家就被发现。他妈还没拿出鸡毛掸子，他就全招了。

廖闷墩的妈，哪肯放过这个重大情报，拎着廖闷墩的耳朵，挨门挨户把同伙们全部举报了。在她的价值观里，"打馆子"是不务正业的败家行为，一定要让家长们把这种歪风给打下去。

那天晚上，院里此起彼伏，轮番响起大人们的训斥和叫骂，和孩子的哭叫求饶之声。

昌平是主犯，本以为会有一顿触及皮肉和灵魂的教育。但他爸爸却说，你本来已偷嘴吃了甜烧白，再给你一顿"斑竹笋炒肉"，实在便宜了你！好生学习，长大找个好工作，就不必为了吃一片甜烧白，费如此大的心思、担这么大个心！

父亲说这话时，眼里有一星点儿泪光。昌平说，这比打一顿，更让他难受。

如今，昌平已六十多岁，因为心脏安支架，已绝了与甜烧白的缘分，综合食堂已消失很多年了。但千真万确不是他们吃垮的。

侯大碗

赵淑萍

　　我常常光顾这家馄饨店。这里的馄饨皮薄馅美，白菜、韭菜、荠菜、芹菜、香菇冬笋、虾仁，甚至连干贝、蟹黄和着猪肉、牛肉的馅都有。一大份这几年来都是十六元，没涨过价。我每次都换着馅吃，有时还点一个"十全十美"——各种馅的组合。

　　店名叫"侯大碗"，应该是这家老板姓侯。大碗，确实是，那碗是专门定制的，青花瓷的，很精美。碗大量足，而且汤汁也异常鲜美。有时候我让干捞打包，老板就问要不要香菜、蒜泥，然后在里面放一小盒老陈醋，醋里有姜末、葱花。这"侯大碗"在细节上就是这么讲究。

　　这家店是夫妻店，这夫妻俩都长得周正。男人很勤快很周到，没有小生意人的油滑。而女人呢，有点儿矜持，很少主动招呼客人。生意火爆时，透过帘子，看夫妻俩都在灶前忙，只是，丈夫又是烧又是端，忙得像陀螺。有天中午我进店去，去早了，还没其他人。听到帘内夫妻俩在拌嘴，女人很生气，大概是说那么忙为什么不雇个人，男人说已经习惯了。但他们觉察到外面有人来，立马噤声。

　　我总觉得这家的女人有点儿"作"。想那男人，辛苦忙碌，她不太帮忙就算了，还没个好脸色。

有一天，小店挂出一块小黑板，上面写着，如果要柚子，批发价可以面谈。大概是帮人代销或者店主在推销自己老家的特产。那一手粉笔字写得非常工整、清秀。这手字，恐怕连一些专业的书法家也未必能写到这种程度。我吃了一惊，心想，可能是有人代他们写的。

又一天，小黑板中写着"荠菜冬笋鲜肉馄饨已经售罄"。这一次，我想，这字应该是他们自己写的。

终于，我按捺不住好奇心，想问个明白。

我说："这黑板上的字是谁写的?"

男人说："我老婆写的。"

我说："写得真好!"

男人指了指楼上，说："我老婆喜欢练毛笔字。"

我说："你们家的馄饨很好吃。"

男人说："我们自己也喜欢吃馄饨。我和我老婆就是在馄饨店里认识的。"

我突然想象他们的爱情故事。我想起恋爱时，我说喜欢吃馄饨，我的男友一口气给我点了三碗，还说："那你就拼命地吃馄饨吧。"他用三碗馄饨俘获了我，成了我的丈夫。

我想，这男人是不是很爱这个女人，因为她喜欢吃馄饨，他就开始做馄饨，而且不断换各种馅的让她尝。后来，两人干脆就开起了馄饨店。

当然还有 N 种可能，我在心里给他们编爱情故事。

一次，我跟同事说起"侯大碗"的馄饨。一位同事说："侯大碗呀，这是我的两位老乡开的，女的是我们村里的高中生。那年代，考上大学的人少，高中生也是凤毛麟角了。他们家开着馄饨铺，她是独生女儿，老两口视若掌上明珠，还让人教她写字、画画呢。女孩想到大城市闯，老两口死活不肯，还提出要招个女婿入赘。男的是初中生，家里条件不错，是种柚子的。一天，男的去了馄饨店，看到女的写的价目表上的字，就认定了她，不管父母反对，做了上门女婿。"

"他们在我们这儿开店已经十多年了吧?"我说。

"他们也去过其他城市，但他老婆喜欢吃海鲜，就留在这儿了。你可别小看他们，在外地还有几家连锁店呢。但他们就是没老板的样子，天天守着这个店。"

我突然脑海里闪过"侯大碗"那三个招牌字，问："他老婆姓侯?"

"是的。他老婆以前经常在村里给人写春联和寿联。那店名可不是电脑集字，是她自己题的。"

一直认为"侯"是男人的姓，此时，觉得有点儿违和，但又觉得理所当然。

踢　馆

邢庆杰

　　鲁北武师燕南飞，是李铁头的大弟子，也是后来的名师关小宝的师兄。他在李铁头这里入门之后，又到各地遍访名师，学了很多拳法，太祖长拳、查拳、形意拳、六合拳、咏春拳、罗汉拳等等，样样精通。

　　燕南飞最擅长的是燕青拳。燕青拳又称秘宗拳，集百家之长，施展起来，既有少林拳、鹰爪拳、通臂拳的刚猛，又兼太极、形意、八卦的刚柔，可谓刚柔相济、变化多端，动作环环相扣，如行云流水。每逢需要"露一手"的场合，燕南飞就会亮出燕青拳，一趟拳走下来，那真叫一个利落、漂亮，往往会收到一片掌声和赞叹。有人说，这简直活脱脱一个"小燕青"呀！他由此得了一个"小燕青"的绰号，并很快在当地传播开了。

　　小燕青的名气很快超过了李铁头，他开始自立门户，就在自家的大院子里开馆授徒。

　　农村的孩子们习武，都是利用晚上的时间。白天学生要去上学，辍学的要下地干活儿或外出打工。小燕青本身也是一个农民，家里有几亩责任田要打理，白天也没有时间舞枪弄棒。

　　这年春天，小燕青正在给麦子浇返青水，一个十三四岁的孩子找了过来。

那孩子面黄肌瘦、衣衫破旧，离老远就喊："大哥哥，你是小燕青吗？"

小燕青赤着脚，正端着盆子往麦地里撒化肥，听这孩子直呼自己的绰号，就没搭理他。

那孩子以为他没听见，沿着田垄走到他面前，又问了一句："大哥，你是小燕青吗？"

小燕青瞪了他一眼，呵斥道："小燕青也是你叫的？"

那孩子愣了一下，羞愧地低下头，小声说："别人都是这么叫的，俺也不知道该怎么叫……"

小燕青不耐烦地问："有啥事？"

那孩子虽然瘦弱，却有两只乌黑明亮的大眼睛。他就用那两只大眼睛怯生生地盯着小燕青说："俺想……跟你学燕青拳……"

小燕青早就猜出他是来拜师的，并在心里拒绝了他。这孩子身体太过瘦弱，不适合练武。但小燕青打算捉弄一下他，作为他直呼自己绰号的惩戒。他指了指地头说："你先把那袋子化肥给我扛过来。"

那孩子二话不说，沿着田垄跑到地头，就对着那袋子一百斤重的化肥折腾起来。他又是抱又是提，还跪在地上用肩头顶，试图把化肥扛起来，但忙活了半天，汗水把衣服都浸透了，也没把化肥弄到肩上。

小燕青见他累得差不多了，就远远地冲他喊："算了吧！你省省力气，回家娶媳妇抱孩子吧！"

一句话，周围干活儿的人都"哄"的一声笑了。

几个妇女也跟着起哄："小伙子，这点儿力气，留着用在媳妇身上吧。"

"把吃奶的劲儿都用上了吧……"

那孩子两只大眼睛里噙满了泪水，呆呆地站在地头上，站了好久，谁也不知道他是什么时候走的。

小燕青很快就把这件事抛到了九霄云外。

数年后的一个傍晚，夕阳正在树梢上缓缓滑落，小燕青的徒弟们已在他的大院子里聚齐。

就在这时，一个洪亮的声音喊："燕师傅在家吗？"

随着话音，一个二十出头的青年男子大踏步走进院子里。来人个子不高，细腰，宽肩，两只眼睛又大又亮。

小燕青一看，有点儿面熟，但想不起在哪里见过。

来人冲他一笑说："燕师傅，俺是仇家庄的，在家里排行老七，人家都叫俺仇七。"

小燕青问："找我有事？"

仇七说："久闻您的大名，想找您请教一下。"

小燕青顿时明白了，这小子是来踢馆的。他又仔细打量了一下对方的身形，知道来者不善。武行里有句俗话："腰细膀子大，尽量别惹他。"这种身材的人，身子灵活，爆发力强，不可小觑。

小燕青决定让大徒弟何大元替自己迎战，自己也好摸摸对方的底细。

何大元身高一米八五，往仇七面前一站，高了他半个头。

两人刚拉开架势，何大元一个右直拳，冲仇七就打了过去！仇七身子一矮，贴到何大元的左肋下，轻轻一靠，脚下一别，何大元身子向前飞起，重重地跌落在地上。他挣扎了一下，竟没有爬起来。

院子里忽然静了下来。小燕青的徒弟们都傻眼了。谁也没想到，他们最强的大师兄，在仇七面前这么不堪一击。

小燕青倒吸了一口凉气。他虽然知道何大元没有必胜的把握，但没料到他会输得这么快这么惨。

没容他多想，仇七冲他咧嘴一笑："燕师傅，请您赐招吧。"

事情到了这个地步，小燕青已经毫无退路了。他知道对方擅长贴身靠打，决定用腿。但他毕竟是对方的长辈，还得摆摆姿态，就冲他招了招手说："你先出招吧！"

仇七也不客气，擎起双拳，欺身扑上。小燕青右腿抬起，使了个侧踹。这一脚既是守也是攻，让仇七不能靠近。仇七绕开那腿，刚想靠近，小燕青收回右腿，左脚横斜踢了过去。仇七退后一步，刚避开这一腿，小燕青身形后转，右腿借势来了个反踢。这三腿，是燕青拳中的连环腿法，逼得仇七连退了三步。徒弟们这才缓过神来，纷纷为师傅叫好！

小燕青借着这个势头，纵身一跃，一个穿心脚冲仇七踹了过去。仇七向后滑了一步避开。但小燕青刚刚落地，仇七一个侧踹蹬在了他的胸口，小燕青仰面摔在了地上。他身子刚一沾地，一个乌龙绞柱腾空而起。但他还没站稳，就见仇七已近在眼前，双手合十，快挨近他胸口时，双掌像莲花般张开平推过来……坏了！小燕青认得这招，这是少林掌法中的"僧推门"，躲是来不及了，只好猛吸了一口气，来承受这一掌。仇七的双掌分别拍在他的左右胸上。小燕青的身子忽地向后飞去，他背后的两个徒弟赶紧接住他，三人同时摔倒在地。

小燕青爬起来，只觉得胸口发闷，嗓子眼儿发甜。他捂着胸口，深吸一口气，强自压住呕吐。仇七一抱拳："燕师傅，承让了。"

小燕青有些不甘地望着仇七问："小兄弟，你师傅是谁？"

仇七笑笑说："俺的开手恩师是北乡关小宝，又在少林寺学了三年。"

小燕青的脸"腾"地红了，关小宝是他的师弟，他竟然败给了师弟的徒弟。又问："咱们见过吗？"

仇七"嘿嘿"一笑："见过的，以后燕师傅再浇地，招呼一声，俺去给你撒化肥。"说罢，转身离去。

此事传开，人们都知小燕青练的是花拳绣腿，中看不中用，他的徒弟们纷纷投到了关小宝门下。

不到半年，小燕青的武馆便关门了。

出去走走

谢大立

怎么是你?!

李民愣怔的瞬间,他一闪身到了屋里,边往沙发上坐边说,小弟我去了厂里,他们说大哥你在家病休,就来了。

李民看他,不相信地看他。他话锋一转说,多大点儿事,用得着把自己关在家里,谁也不见!我敲门前要是报了家门,是不是也被大哥你拒之门外了?

是的。我以为是你大嫂买菜回来了。我到这会儿仍然不想见任何人,也没有心情见任何人。你还是该干啥干啥去吧。

除非你跟我一起!他说着站起来,去我的公司转转吧,中午在我的农家乐吃个便饭。省得你在这个只有你的狭小的空间里,在一个以你为中心的陷阱里越陷越深……

完全居高临下的口气,这还是当初那个唯我马首是瞻的小弟吗?

其实,他不是李民的什么小弟。他们是在一次朋友举办的酒会上认识的,他认识李民后,就黏上了,一口一个大哥,并求李民把他调到他们厂。看在朋友面上,李民帮了他。他调来后,三天打鱼两天晒网,迟到早退更是家常便饭,还打了劳资科检查劳动纪律的人。因为他是通过李民这个厂办主

105

任调进来的，开除的处分免除了，只让他下了岗。那时的下岗等于变相失业，有的甚至寻死上吊，他却笑着对李民说，大哥你放心，小弟我会混出个人样来的。之后他去了服务公司当经理，整天忙得脚打后脑勺，把李民忘了。看来混得还真是不错，不光有了公司，还有农家乐……

就在李民犹豫要不要跟他走时，夫人说，小弟说得有理，把自己关在一个狭窄的空间里，成天就是我呀我的，从那个"我"字里钻不出来，折磨的是你自己，出去走走吧，也许就从那个"我"字里走出来了……

这不是小弟刚进门时说的话吗？夫人早回来了？早回来了不露面？难道小弟是夫人特地找来开导我的？他怪夫人节外生枝，想发火，但想到出事后，他说不见任何人，夫人就帮他把所有的来访者拒之门外；心情不好发火，她总是一味忍让……吁口气取下外衣，从屋里走出去。

坐进车里，小弟的手机响了，接了电话说，让他想想。到了农家乐，一边吩咐店里的人泡茶，一边打电话，问改装一台车有多少利润。电话里说4000元左右。他说接下来。

茶上来了，红茶金骏眉，香气扑鼻。小弟边给他倒茶边说，我下岗后挖的第一桶金就是改一台车，挣了8000元。现在利润虽然没有那么高了，可是四台，是我挖第一桶金的两倍，大哥有没有兴趣赚这个钱？

李民的眼睛一下子睁得老大。但，一会儿又慢慢地恢复了原样，凄苦地一笑说，改四台车就可以赚16000元，我这回被人算计也就8000元钱。小金库的钱分给了每个职工，我没多拿一分钱。我若能一下子赚到这16000元，一定拿出一半从公司办公室的窗口撒下去让大家捡……

小弟打断他的话说，大哥同意接了？李民摇摇头，叹口气说，同意有什么用，要让那些人知道了，又是一大罪状……小弟说，大哥不用顾虑这些，这事我来疏通，我现在也是公司老板，你们厂新来的厂长，儿子打伤了人要进监狱，是我帮着摆平的，他请我吃饭时有话。我去找他把你借调到我这里，某种程度上我也是帮他，帮他又摆平了一桩事，他会很爽快地放你的。

李民仍然犹豫。小弟说，若你是他，你会不顺水推舟吗？他刚到你们厂，你的这事，对他是个烫手山芋。这事让我办好了。我要心里没数，也不会让他们把生意接下来，这生意我就是给大哥你接的。说实在的，别说赚这点儿小钱我没兴趣，十万八万在我这里真不算钱……

李民的眼睛又一次睁大了。小弟继续说，这笔生意先以我公司的名义做，随后注册一家改装车公司，大哥任老总，要不了两年，凭着大哥的智慧，一定比小弟做得大……

李民第一次在小弟的面前有些唯唯诺诺：只是厂里那一关……小弟立即掏出手机，免提。通了，对方说，杨总有什么指示？小弟说，想跟您借个人。借谁？小弟说，李民。对方说，你这是为我排难，老实说，李民的事不是我手里的事，班子成员也有人认为那不是个事，几千块钱，卖废纸废品攒下的。你派人过来办借调手续吧！风头过了他想回来就回来，想留你那儿也行……

关了手机，小弟一笑说，大哥放心了吧！那你就抓紧改装车的事，客户都是越早提车越好，我派个精通业务的人协助你，一次就熟悉了……

小弟又打电话，李民开始了自己的蓝图绘制。突然，心里有个声音说，亏了听他们的出来走走。想到厂长对小弟说的那些话，终于明白了，之前关在屋子里想的那些理，确实是钻牛角尖。一时，某某某是把他当威胁在整；某某某又是为了要安插自己的人才往死里整他……想着想着，他自己都觉得，是有点儿好笑。

孤　岛

何君华

到了地方我们才知道，我们叫队长给骗了。队长说，还有最后一个哨所，最后一个边防连队，演完这场大家就能回家了。

我们乌兰牧骑慰问演出小分队出来巡回演出已经一个多月了，所有人早都已经疲惫不堪，听队长这么说，我们一下雀跃起来。去边防哨所的路程虽然漫长——听说有整整五十公里，但好歹有了盼头，大家脸上的倦容也都舒展开来，一路上有说有笑。

可到了地方我们才知道，这哪是什么哨所呀！总共只有三间屋子，面积不过四十平方米。更主要的是，这哪称得上是边防连队啊？总共只有一个人！一个人！

我们不敢相信。这个世界上真有只有一个人的边防连队吗？我们队里最活泼的舞蹈演员那日松在屋里屋外到处找，发现这个哨所除了几只鸡以外，当真只有一个人，就是这位站在我们跟前的哨长呼日勒，一个体格健硕、脸庞黑黢黢的蒙古族汉子。他是这个哨所的哨长，也是这里唯一的哨兵。说白了，他是这个哨所的"光杆司令"。

呼日勒哨长已经提前接到了我们要来慰问演出的通知。我们的汽车离得还有几里地呢，就看见他站在土梁上冲我们拼命挥手。我们一下车，呼日勒哨长就激动地向我们敬礼，并跟我们一一握手，边握边说："我从没见过这么多人——不是，我从没见过我们哨所来这么多人！过年了！过年了！"

我们都很吃惊，目下正是盛夏，呼日勒哨长嘴里的"过年了"是什么意思呢？

原来，每年只有到了过年的时候，上面才会派人来哨所慰问。说是慰问，也就是三五个人来送慰问信和一些慰问物资，从来没有像我们慰问演出小分队一样，一下子扎进来十几个人——简直比过年还热闹！

我们问："你一个人在这里不寂寞呀？"

呼日勒哨长沉默了一会儿，说："能不寂寞吗？寂寞，我就养鸡。"

给哨所运送给养的卡车每七天左右才来一次。之所以用一个模糊的时间"七天左右"，是因为一旦遇到极端天气，譬如暴风雪之类，那就不一定能准时了。那样的话，边防哨所就成了茫茫雪原中的一座孤岛。但也不能断炊呀。人是铁，饭是钢！于是呼日勒哨长就想到了养鸡，养鸡就可以吃鸡蛋。呼日勒哨长说干就干，当真养起鸡来，刚才那日松在屋后发现的那几只鸡就是呼日勒哨长养的。一提到鸡，呼日勒哨长兴奋了："都说老鹰捉小鸡，你们听说过小鸡捉老鹰吗？在我们哨所，个个都是捉老鹰的鸡！"

"捉老鹰的鸡？"我们满脸狐疑。

原来呀，打小在这哨所长大的鸡们哪里知道老鹰是自己的天敌呢？别处的鸡一旦发觉老鹰在头顶盘旋躲都来不及，这里的鸡非但不躲避，竟然还敢张开翅膀反击。老鹰哪见过胆敢反抗的鸡啊？有一次，一只老鹰俯冲而下，群鸡一跃而起，展翅伸爪迎击。老鹰一下慌了神，反而真的被鸡啄伤了。后来，几只鸡群起攻之，当真把老鹰活活啄死了，你说是不是天下奇闻！

这可真是天下奇闻！我们都惊掉了下巴。说到这里，我忽然想起古人柳宗元《临江之麋》里"至死不悟"的麋来。我想，那只老鹰大概也是"至死不悟"自己如何会被鸡啄死吧。

"不过那都是以前了。"呼日勒哨长接着说，"现在，极端天气提前都有预警，因此在极端天气到来之前，上级就会安排将补给提前送来，断炊的可能性微乎其微了。但我仍然养鸡。寂寞的时候，我听见鸡们咯咯咯咯地叫，想到还有它们陪着我，我就不寂寞了。"

呼日勒说着就沉默了，我们也都沉默了。还是我们队长出来打了圆场："呼日勒哨长（我们都这么称呼他，起初有些调侃的意思，此时此刻分明多了几分尊重），那我们开始演出吧！"

我们连忙站起身来，一个个挺胸抬头、清喉润嗓，纷纷认认真真地准备起来。我们的表情都很庄重。哨所前院空地上除了一杆国旗分明空无一物，但此时此刻仿佛一座极华丽的剧院。我们摩拳擦掌，准备为这一个人的边防连队奉献一场尽我们所能的精彩演出。

演出正式开始，我们队长亲自报幕。有人独舞，有人合唱，有人朗诵诗歌……大家都一丝不苟、聚精会神，没有人懈怠，跟以往我们在首府剧院演出时没有差别。最后一个节目，是我们的"台柱子"娜仁花唱《美丽的草原我的家》："美丽的草原我的家，风吹绿草遍地花。彩蝶纷飞百鸟儿唱，一湾碧水映晚霞。骏马好似彩云朵，牛羊好似珍珠撒……"

听着听着，呼日勒哨长流泪了，"全连官兵"也就都流泪了，娜仁花也流泪了，我们也都流泪了。

尽管极不舍，但分别的时刻还是到了。我们的汽车开出好远，还看见呼日勒哨长站在土梁上冲我们摆手。

天色已晚，我们的汽车在美丽的草原公路上疾驰，回身望去，呼日勒哨长的身影渐渐变小，最后完全看不到了，只隐隐约约能看见一抹红色，一抹高高飘扬的红——呼日勒哨长正是为了守护它，一个人守在了那里。

工号 1003

刘博文

寒从脚跟起。

一件事两度提及，便弱化了其意义。

佩仪猫腰溜出办公室，着实感受到些许肃杀的凉意。此时手机竟传出雨萌的声音。

起初她以为是幻听，思君令人老，毕竟又到了同往事翻篇的岁末。直至划进语聊 App 主播首页时佩仪才敢确信是雨萌的声音。

行啊，自己还在钢筋混凝土搭就的格子间蓬头垢面日复一日，她已借助新媒体自带光芒，不愧是学生时代就最赶时髦的家伙。

遥想当初，全班六十号同学里，雨萌是头一个换苹果手机的。大伙儿低头望着手里的按压式全键盘，以及那指甲盖大小的屏幕，再看向雨萌时，不由得多了份羡意。

众人由羡慕而嫉妒再到恨，雨萌毫无悬念地成为众矢之的。

透明胶带用完的雨萌，在班上已找不到一双援手，只好用橡皮蘸唾沫硬生生擦掉错题。

不只是二元一次方程式，人际关系亦是难解的一道题。雨萌怎么也想不到，被大伙儿疏远的原因，仅仅是一部刚上市的智能手机。如今回想，她应该是陆石桥畔最早一批因互联网而跳出现实生活圈的人。

是福是祸，谁知道呢？

"手机事件"后，雨萌的成绩反而直线上升；倒是那帮主动远离她，用全键盘手机聊着QQ，打泡泡堂、卡丁车等Java小游戏的家伙，分数越来越差。

被统称为"家伙"的同学里，有没有当年果断竖起孤立大旗的自己？蹲在公司厕所"摸鱼"的佩仪开始认真思考这问题。手机屏幕的光打在她的脸上，比历年冬天叠加起来还冷。她想起学生时代的寒假，为了炫耀自己厉害，在朋友面前生嚼屋檐下的冰柱。春画婆婆跟在她屁股后头说："死要面子活受罪，这性格迟早会害惨你。"

谁又犯懒没关窗户！凉风飕飕地吹进来。

佩仪听见牙齿打架的声响，却没有半分起身的意思——再冷也比开足暖气的办公室强。最近不知满嘴烟牙的主管犯什么邪，总爱鸡蛋里挑骨头，对佩仪各种刁难。她怎么做都无法让他满意。

看见他就烦。

一念及此，佩仪便更加坚定了要在厕所蹲下去的念头。

"工号1003，上厕所需要半小时吗？再有第三回就卷铺盖走人！"主管在工作群里发飙，60秒语音连闪四条都装不下他的怒气，"时间就是金钱！我花钱买你的时间，你却在厕所蹲得优哉游哉，是要顺流下西洋？"

好一条毒舌，说几句意思到了就行，干吗逼人太甚！佩仪推开门跟着人潮往回跑。所幸法不责众，在这高压加班的公司里，"摸鱼"已成传统。

回到工位的佩仪，满脑子都是手机里神似雨萌的女主播，哪还有心思工作！

"最近好吗？"她尝试在对话框输入，复又删除。

平心而论，谁希望自己过得比别人差？毕竟人比人气死人，最理想的重逢应是你比我差，然后我居高临下地施以假惺惺的安慰。

"猜猜我是谁。"故友相见的快乐莫过于此。她犹豫了一下，又删除了这句话。

"最近好吗？"点击"发送"按钮，却弹出了付款界面，实属意料之外。原来给主播发私信需要充值，起充价两百。

和雨萌产生关联的成本，相当于自己一天的工资。难怪小姑娘们都不愿念书，天天拿手机见缝插针玩直播。新媒体时代，钱居然如此好赚！

坐在格子间里的佩仪着实对自我产生了怀疑，要知道每个工作日都被闹钟吵醒的她永远没有充足的睡眠，而且劳心费神的工作不一定能得到肯定，所有付出都被认为是理所应当。

同样是工作，差距咋就那么大？多久不曾准点下班了？从前放学路上随处可见的晚霞，如今已很少有机会看到。忙着忙着便把许多事抛在身后，一觉睡醒都不晓得自己姓甚名谁，活成了工牌号码。

雨萌的出现无异于一颗石子，命中了佩仪宛如死水的生活，让其泛起一圈圈涟漪。

涟漪仍在扩散。等待雨萌回复的过程煎熬且漫长，可用"度秒如年"形容。

期望越多，失望越大。

死盯手机屏幕的佩仪，全然没发觉主管站在工位旁，她只在意投进去的两百块钱能不能换来那句心理预期内的回复。

在连续第三次发出"最近好吗？"之后，App 突然闪退，之后再怎么点击都登不进去。

"玩够了吗?"主管发话了。

"滚，老娘烦着呢，别惹我！"佩仪以为隔壁桌同事在开玩笑，下意识地吼了回去。

"长本事了啊。要不咱玩个游戏，您老猜猜我是谁，答对有奖，工号1003！"

事不过三，部门主管定的规矩。走火入魔的佩仪坐在最靠近空调出风口的位置，陡降的寒气从她脚跟噌一下升至头皮。她感到了彻骨的冷意。

糖

闫耀明

太阳刚刚露头，新雅就已走在公园环湖步道上了。每天早上，她都要来这里晨练，沿着环湖步道走三圈，再去早市买菜。

也只有早晨这个时间，新雅才能出来锻炼。她走得很快，两臂摆得很开。

有人喊她的名字，把她吓一跳。回头，见旁边也在晨练的女人正惊喜地看着她。

新雅在心里想过好几个名字，但都被自己否了。她知道，眼前这个人她认识，就是想不起名字来。

"科长，我是桂枝啊。"女人拉着新雅的手，笑得开心，"没想到在这儿遇见你。"

新雅想起来了，这个叫桂枝的女人是单位的保洁员。新雅退休前，经常在办公楼里遇到她穿着湖蓝色的工装忙来忙去。两人完全没什么交集，只是见面点个头，算是打过招呼。

新雅能够感觉到，见到自己，桂枝很兴奋，话也多。

桂枝是农村人，女儿生孩子后，就辞了保洁员，给女儿带孩子。她老伴儿在乡下，侍弄几亩地和菜园子。

"六十多岁了，老两口儿却成牛郎织女了。"桂枝边说边笑，"带孩子是累活儿，我只能每天早上趁着孩子还没醒出来活动活动。白天啊，都是围着孩子转，基本没有时间下楼。"

新雅说："我也是。"

桂枝很高兴，问："你也给女儿带孩子？"

新雅淡淡地回："是。"她有点儿嫌桂枝话多。

桂枝并没有看出新雅不悦，话依然密："我和女儿两个人带一个孩子，还忙得脚打后脑勺，一天下来，累得不行。"

新雅说："我也和女儿一起带孩子。孩子睡觉的时候，我就写字作画。"

桂枝羡慕地看着新雅："你会写毛笔字会画画呀？"

新雅回："当然。写字作画，可以陶冶情操，让生活变得有滋味。退休了，精神生活丰富很重要。上班的时候忙，现在可就要以自己为中心了，活出精彩来。"

桂枝连连说："是呀是呀，那时候你当科长，每天都那么忙。"说着，拿出手机，"科长，我们加个微信吧，方便联系，还可以交流交流带孩子的经验。"

新雅心里的不悦涌出来："我基本不看微信的。除了带孩子，我每天都要画画，我要把这个美丽的公园画下来。"

桂枝便收起手机，对新雅的婉拒没有在意。太阳已经升高了，两人告别回家。

此后，新雅每天早晨都在环湖步道边遇到桂枝，两个人一边锻炼一边聊天。

这天，桂枝手里拿着一个小巧的纸口袋，笑着跑过来，说："科长，这是给你的。"美滋滋地将纸口袋塞到新雅手里。

新雅一愣，问："这是什么？"

桂枝说："糖啊。我自己做的，你尝尝。"

新雅有些意外，看了桂枝一眼，说："你自己做的？你还会做糖？"接着，她淡淡地说，"我担心自己的血糖出问题，不吃糖的。我家里有奶糖，很高级的，但我从来不吃。"她不想要桂枝的东西。

"没事儿，我做的这个糖，里面一点儿糖也没放。"桂枝依然美滋滋的。

"没放糖怎么叫糖？"新雅心里的不悦又涌了一下，她觉得和乡下人说不清楚。

"这个糖是用奶粉做的，还放了芝麻和花生碎。芝麻是我家菜园里种的，花生也是，我老伴儿亲手剥的，不施化肥不打农药绿色环保，放在嘴里一嚼，我的天，满口香！不信你尝尝。"说着，桂枝就拿出一块，给新雅剥开糖纸。

新雅急忙拦住："我不吃我不吃。"

不过面对桂枝的热情，新雅还是收下了糖。但她的心里仍然隐隐地排斥，似乎是担心桂枝做的糖不好，或者不干净。把糖拿回家后，她没有当回事，随手就放在了茶几上。

晚上，女儿和女婿看到了纸袋里的糖，剥开糖纸放进嘴里，都一致地夸好吃，很香很香。

新雅有些意外，拿起一块放进嘴里，轻轻咬开，一股醇香很快填满了她的口腔，那是花生碎和芝麻的香味。

没想到桂枝做的糖，还真香！新雅在心底暗暗发出赞叹，真想不到，桂枝还有这样的手艺。新雅又吃了一块。

新雅想给桂枝打个电话，感谢一下，夸夸她的手艺。可是她发现自己没有桂枝的手机号，也没有微信。

新雅就想，早上晨练时见到桂枝当面夸夸她。

可是第二天早上，新雅没有遇到桂枝。她有些疑惑桂枝为啥没来公园，她的心里有些不舒服。

一连几天，桂枝都没有来，新雅的心里更不舒服了。她想夸夸桂枝的手艺，还想告诉她，自己说的每天写字作画，不是真的，是她的美好愿望。等将来孩子大一些，有空闲了，再到老年大学去学习。

新雅让女婿请了半天假在家带孩子，她要到单位一趟。新雅打算找行政科长问问，他那里有没有桂枝的手机号。

走进熟悉的办公楼，新雅发现一个女人穿着湖蓝色的工装在忙碌着，一愣，恍惚中好像看到了桂枝。

但那个保洁员并不是桂枝。

新雅走过去，拉着保洁员的手，热情地介绍自己是局里不久前才退休的财务科科长。保洁员并不认识她，脸上满是发蒙的表情。

"给，你尝尝，这是好糖，可香了。"新雅从衣兜里拿出两块桂枝做的糖，塞到新来的保洁员手里，"这可不是买的糖，自己做的，用的芝麻和花生碎也是自己家种的，不施化肥不打农药，是绿色环保农产品。"

新雅发现，自己心里的不舒服消失了。她和新来的保洁员挥手再见，转身径直走出了办公楼。

阳光明亮而温暖，空气中有甜丝丝的味道。

去广府城

张国平

今年清明，我们去了一趟广府城。我、三舅、二弟，还有姨家的小表弟。

并不是去游玩。我们怀着沉重的心情，是去追寻姥爷的牺牲之地。

姥爷是在解放战争中牺牲的，烈士证上只有一个简单的记载："1946年河北省邯郸因战牺牲，解放战争。生前职务：二野六纵队十八旅五十二团三营七连指导员。"据说那场战斗异常惨烈，牺牲了很多战士。战士们的尸骨被就地掩埋了，因此姥爷的遗骨始终未能找到。

姥爷毕业于大名师范学校，受进步思想的影响，积极投身革命，在学校就已悄悄入了党。姥爷毕业前夕，抗日战争全面爆发。他不顾家人的反对，毅然参加了八路军，与侵略者进行英勇的斗争。抗战胜利后，内战爆发。姥爷战袍未脱，又投身解放战争，南征北战，以至于唯一的女儿出生，他也只在满月的时候回来过一趟，之后再未回乡。

邯郸距老家也不过一百多公里，但在那个年代已是相当遥远了。姥爷牺牲以后，为找回他的遗骨，他的父亲，也就是我的老姥爷，曾步行去邯郸，往返一个多月，磨破了脚下的鞋，耗尽了盘缠，最后是靠讨饭才回来的。可惜并未能如愿。

寻找姥爷的遗骨、探寻他的牺牲地，等这个念头随着我年龄的增长而渐渐萌生时，家中的老人们已先后离世。姥爷排行老大，等我的想法日渐成熟，二姥爷和三姥爷也相继过世了。如今母亲已八十多岁高龄，我们在她有生之年，替她完成心愿的愿望愈加迫切。为此我曾两次前往邯郸，但都未能探寻到任何线索，只得在无名英雄纪念碑前深深叩拜，悼念姥爷和那些为国捐躯的先烈。

　　我也曾求助过央视的《等着我》栏目和"今日头条"的"寻找烈士遗骨"活动，但由于年代久远，线索有限，均无所获。

　　我有三个舅舅——二姥爷家的大舅和二舅，三姥爷家的三舅。前阵子三舅给我打电话，说他求助了抖音的"让烈士遗骨回家"活动，并联系到了一名志愿者，让我陪他再踏上寻找之路。这次我们要去的地方是广府城。为什么要去广府城？志愿者说那就是过去的永年县老县城。

　　姥爷牺牲的时候母亲刚刚八岁。她听长辈们讲，当时战斗惨烈，连长牺牲后，身为指导员的姥爷带领战士继续冲锋。他甩掉了棉衣，身先士卒，一马当先，不幸中弹身亡。在母亲的叙述里，有城墙，有护城河，打完那一仗部队就朝南走了。

　　从母亲的叙述里，可以归纳出几点：一是姥爷是在冬天牺牲的；二是牺牲地有城墙和护城河；三是战斗之后部队就开拔了。据此推断，姥爷的牺牲地并不在邯郸城区，而是在邯郸的下属地永年县。永年县当年的县城便是如今的广府城。

　　高高的城墙，宽阔的护城河，当志愿者郝先生带领我们到达城边，眼前的情景一下与我的想象高度吻合了。

　　原来这座坚固的城池已有两千六百年的历史，可以追溯到隋末唐初。城墙高十二米，宽八米，非常坚固。城墙东西南北四个城门，由四座吊桥沟通内外。城墙上共有一千五百多个垛口，每个垛桩上都有一个射击孔。站在城墙上居高临下看，确实易守难攻。广府城还利用洼地的特点，绕城挖了一条护城河，水深数米，最宽之处可达一百四十余米。吊桥拉起，再无进城之路。难怪当年解放永年县的战斗格外艰难——我军战斗初期的数次攻城战均告失败，最后只能靠长期的围城战才将其攻克。

　　城北门外有位摆摊的老者。听我们说明来意，老者便热情地为我们描述当年那场惨烈的战斗。老者已七十六岁了，他小时候经常听他的长辈们讲述当年攻打县城的情景，他说解放军当年就是从北门攻城的。之所以攻打北门，是因为这里的河面最窄。解放军本来是想踏冰攻城的，可惜那年天气偏暖，河面迟迟不肯结冰。战事紧急，国民党大军已向豫北地区大举进攻。解放军奉命南征，马上要出发，想在开拔之前解放永年县。老者说，那仗打得惨啊，战士们前仆后继地攻城，可惜水深受阻，加上缺乏重武器，牺牲了很多战士，仍未能成功。

冬天、部队南下、城墙、护城河，几个关键信息都与老者的讲述相吻合。

我们问："牺牲的战士呢？埋葬在什么地方？"

老者朝不远处一指说："就在那个信号塔附近。"老者说攻城之前战士们在那里挖了战壕，牺牲后知掩埋在了自己挖的战壕里。

我们问："牺牲了多少人？"老者说他听父辈们讲，有好几百人呢。

来到老者所指的位置，我们按传统的方式，摆上祭品，烧了纸钱，重重叩拜，寄托我们的缅怀和哀思。

此地不准焚烧，但管理人员问清我们的来意，网开一面，让我们实现了一个小小的愿望。

虽然还不能完全确定这就是姥爷的牺牲之地，但我宁肯相信姥爷的遗骨就埋在脚下的这块土地。如今这块土地上，有一片绿油油的小树林。虽然它们还不够粗壮，也不可能是七十八年前的树木，但我相信这肯定是它们的后代。

下午，我们从北门登上了城墙。我想替姥爷实现一个愿望——站在他当年未曾攻克的地方。站在北城门的城楼上，当年战斗的情景像电影画面一样蓦然浮现在眼前：枪声大作，杀声四起，战士们冒着枪林弹雨游过河面，踏上云梯朝城墙上攀爬。终于，一名战士手持红旗，站在了城楼上。

那面浸染着战士们的鲜血的红旗，在城楼上迎风飘扬。

你是福尔摩斯吗？

高 军

接过初中二年级两个班的语文课和班主任后，我发现有个叫李因松的学生成绩处于中游水平，课桌上竖立有《福尔摩斯探案集》，平时说话也习惯把"福尔摩斯"挂在嘴上，动辄就福尔摩斯如何如何。他和一些学生不同，没有趴在那里使劲学习、想追赶一下的状态，反而是一派洒脱的模样。根据多年的教学经验，我知道如果不针对性地进行管理的话，他的成绩会继续下滑；但要是工作得当，他也会很快提高的。

刚吃完午饭，手机突然响起来，是李因松母亲的电话，一接通焦急的声音就清晰地传来："高老师，我和您说个事儿啊。家里两盒烟不见了，我怀疑是让儿子拿去了，您得管一管，可别让他学抽烟啊！"她参加喜宴带回的两盒烟，因丈夫不抽烟就一直放在那儿没人动，儿子今早走后她发现烟没有了。我问："有什么证据证明是李因松拿了呢？"她说孩子最近不太听话，她和丈夫管理起来有些棘手，孩子还和他父亲发生了冲突至今互不搭理。李因松也和她流露过要抽这两盒烟，她觉得只是说说而已，没想到两盒烟真让他拿走了。我说："我了解一下情况，咱们再沟通。"

下午课外活动前，我把李因松叫到办公室。我一开口问学习状况，他就撇撇嘴说："老师怎么也这么俗啊？"我忍不住笑了："哦呵，谁还和老师一样俗?"他神情有些不屑:"俺爸妈呗,整天嘟囔怎么学习啊考高中考大学啊,烦死人了!"我严肃起来:"什么时候干什么事。学生不就得搞好学习吗?难道学生可以不学习,去干别的事儿?"

知道这个年龄段的孩子最喜欢挑战,我不能给他这个机会,也不打算现在解决他的思想问题,这些都是以后的事。我不容他还嘴,紧接着问他:"李因松,你从家里拿来的两盒烟在哪儿放着?""啊……啊……"由于太突然,他有些惊愕,不知如何回答,可能看到我脸色严肃,就慢慢低下了头。我继续直直地看着他。过一会儿他的头又抬了起来:"老师,你是福尔摩斯吗?"他没有直接回答,但这也算他默认了。"走吧,老师和你一起去教室,你把烟拿回来交给我。"

来到门口,我随意扫视了一下教室里的学生,并没有人关注李因松,他简单收拾一下就往门外走来。

再次来到办公室,他递给我两个烟盒,其中一个已撕开了口,看一下已经少了六支烟。我不说话,只是一直看着他。他犹豫了一下慢慢说道:"我和一个同学午休时偷着一人抽了一支。"我还是不说话,仍平静地看着他。他又嗫嚅道:"那四支去哪儿了我也不知道……"

我轻声问他:"你真不知道的话,老师帮你去找一下吧?"见他点了一下头,我和他再次来到教室,让班长召集学生全部回来坐下。我平静地说:"同学们,咱们做个游戏好吗?大家认真检查一下书本中、桌洞里、书包夹层里等,看看是否有多出来的东西。如果有,大家也不用声张,那是被误放上的,和你毫无关系,单独悄悄交给老师就行了。"我站在李因松跟前。他也翻得很认真,包括《福尔摩斯探案集》都拿起来反复看了一遍,没有那四支烟的踪影。

最终大家什么也没找到。我只好摆摆手就此作罢:"大家都到操场去继续课外活动,我在这里还有一些事儿,谁也别留在这里打扰我啊。"

学生们微笑着走了。我环视一下四周,很多地方都已检查过了,那四支烟到底在哪儿呢?最后,我的眼光慢慢落在墙角的几把笤帚和扫帚上,果真在扫帚头儿靠近把儿的密密竹枝条间,发现了包着四支烟的纸包。

晚饭后散步时又遇到了李因松,他嘴里正轻声哼着流行歌曲,见到我后坦然地笑笑。我停下脚步不软不硬地告诉他:"最后那四支烟我已找到,这个事儿就过去了哈。"

他一下子神情有些不自然，但很快掩饰过去："找到了，那老师就放心了呗。"

我又心平气和地问他："抽掉的那支，你觉得味道怎样？很苦涩，也很呛人，是吧？"见他不吭声，我知道他已认可了我的话，就嘱咐的同时警告他，"以后可不能再抽了哈！"

这时候，他神情又彻底放松下来，胆子也大起来："老师，你是福尔摩斯吗？"

我抬头看一下天边，红红的夕阳正靠向地平线。一阵风吹来，天气凉爽了一些。

我说："老师不是福尔摩斯。我从小就很羡慕、至今也还是很喜欢教师这个职业，但老师也喜欢读《福尔摩斯探案集》，过几天我会送你一套最新版的《福尔摩斯探案集》。我想，你好好研究福尔摩斯，同时努力学习，以后考上警官学院或警察大学的话，还真有可能成为中国的福尔摩斯呢！"

见他脸色变得有些凝重，我迈动脚步向前走去。

远　方

苏三皮

歪脖子树在三窝村待得太久了，它从没有远足过。歪脖子树曾听见其他树说过，外面的世界很精彩。正是因为这句话，歪脖子树的恋人去了远方，说是要去远方寻找诗意。

对恋人的离开，歪脖子树伤心了很长一段时间。它的眼泪沿着躯干密密匝匝地流淌下来，把泥土砸得生疼。泥土怜惜地问它怎么了，歪脖子树犹豫许久，没有作答。歪脖子树不想让泥土知道它的心事。但是，歪脖子树知道，它的心事又怎能瞒得过泥土？

歪脖子树从来没有想过要离开泥土。从出生以来，歪脖子树就和泥土相依为命。它们情同手足，亲如兄弟。泥土看着歪脖子树长大，虽然歪脖子树越长越老、越来越难看，但泥土从来没有嫌弃过歪脖子树。其实，歪脖子树曾经是一棵十分英俊的树，躯干笔直，枝叶繁茂，舞姿异常优美。那时很多树暗恋着它，托风给它捎来绵绵的情话。歪脖子树总是淡然一笑，不予回应。歪脖子树志向远大，它心无旁骛地吸取着阳光雨露，瞧不上三窝村任何一棵树。或许是歪脖子树的帅气让风妒忌，又或许是它的冷傲让雨看不过眼，风和雨合谋把歪脖子树扳倒在了地上。歪脖子树躺在地上奄奄一息时，是泥土拯救了它。泥土收拢了歪脖子树的残枝败叶，还帮助歪脖子树缝合伤口，苦口婆心地给歪脖子树解释每棵树存在的意义和价值。歪脖子树居然全都听了进去，只不过脖子歪了的事让它一直难以释怀。

曾经很长一段时间，歪脖子树行尸走肉般地活着。它痛恨风和雨，痛恨一切和风雨有关的东西。要不是风和雨的妒忌和使坏，它会一直是一棵英俊潇洒、风流倜傥的树。泥土默默地收起了所有镜子，就算大雨倾盆，泥土也会瞬间把积水吸干。泥土知道歪脖子树不敢正视它自己现在的模样。歪脖子树不敢照镜子。泥土担心歪脖子树看到自己的模样会很伤心，甚至会疯掉。

歪脖子树是幸运的，不仅泥土对它不离不弃，居然还有一棵树仍然在偷偷地爱慕着它。在成为歪脖子树之前，歪脖子树从没有正眼瞧过那棵树。那棵树太不起眼了，它是那样娇小，随时都会淹没在那些风姿绰约的树中。总之，在歪脖子树意气风发时，它根本不知道还有这么一棵树的存在。

那棵树向歪脖子树表白了，它悄悄地向歪脖子树靠拢了过来。歪脖子树不敢肯定泥土是否从中推波助澜，它也不好意思问泥土。歪脖子树接受了那棵树的表白。能不接受吗？歪脖子树现在的模样，连它自己都嫌弃。

歪脖子树恋爱了。它的根悄悄地和那棵树的根缠绵在了一起。当然，这一切都没有瞒过泥土的眼睛。歪脖子树对风雨的憎恨消逝了，它甚至期待风雨的到来。只有风雨到来时，那棵树的枝叶才能四处摇摆，这样就可以和歪脖子树拥抱在一起。

歪脖子树依然清楚地记得，那是它和那棵树恋爱之后，风雨又来了。虽然歪脖子树不再惧怕风雨，但因为有了爱情，它也就有了软肋。歪脖子树害怕风雨伤害到它的恋人。于是，它就挣扎着想站起来，用自己歪斜的躯干抵挡汹涌而来的风雨。就在那一瞬间，歪脖子树第一次拥抱了自己的恋人。在拥抱恋人的那一刻，歪脖子树才知道爱情原来这么幸福。直到现在，它都在心底期待着风雨的到来。

世道是什么时候开始发生变化的？歪脖子树说不上来。刚开始的时候，三窝村的一些树走了出去，据说是去了很远的地方。它们让风捎信回来，说远方很精彩，远方有诗意，还有灯红酒绿。于是乎，有一些树也跟着去了远方。走了的树都没有回来，三窝村越来越空旷，直到只剩下歪脖子树和它的恋人。

很多次，歪脖子树的恋人也拐弯抹角地说起了远方。歪脖子树要么沉默不语，要么装聋作哑。歪脖子树不想让恋人离开，它也不想离开泥土。歪脖子树那时还不是很敢肯定，要是恋人离开了，它最终也会不会离开？歪脖子树想，要是没有远方，那该多好！要是这一辈子就这么样，那该多好！

在一个漆黑的夜里，歪脖子树的恋人无声无息地离开了，没有留下只言片语。歪脖子树那时只是打了个愣，当它回过神来，它的恋人已经走远了。歪脖子树没有喊住它。歪脖子树知道，恋人去意已决，即便留，也留不住。

就像当初被风雨扳倒在地上一样，歪脖子树消沉了很长一段时间。这一次，泥土没有劝它，泥土什么也没有说。泥土或许已经知道，歪脖子树迟早也会离开。

歪脖子树离开三窝村的时候，没有和泥土告别。泥土肯定知道它要离开的。其实，歪脖子树已经想好了托词，要是泥土挽留，歪脖子树就会对泥土说，它的恋人被打造成了一个亮丽的衣柜，被上了油漆，安放在一栋豪华的别墅里。它的恋人很孤独，它得把恋人寻回来，好一生相依。

但是，泥土居然什么也没有说，只是目送着歪脖子树离开。歪脖子树只好把话压在了心底。

娘

周海亮

女人的安眠药，终于攒够一百片。

每隔一段时间，女人就会去社区门诊买几片安眠药。女人睡眠很差，一夜不眠对她来说太过正常，可是她从没有服过哪怕一片安眠药。女人积攒安眠药，是为了儿子。

她要杀死自己的儿子。

对这个念头，她犹豫了很久，煎熬了很久。一百片安眠药需要积攒很长时间，她有充足的时间考虑每个细节，也有充足的时间反悔。事实上她真的反悔过，将所有药片倒进了马桶；然而，几天之后，再一次开始攒药。安眠药装在一个小塑料瓶里，瓶子装在一个盒子里，盒子放在橱柜的最高一层，柜门紧闭，还加了一把锁。其实她没有必要如此小心，儿子已经四十多年没有站起来了。

八岁之前的儿子，与别的孩子一样顽皮。他喜欢跑，喜欢笑，喜欢东拉西扯地说个不停。他上幼儿园、上小学，参加运动会和歌咏比赛。女人曾以为儿子会读大学，或成为运动健将，或成为歌星，或成为科学家……可是她的儿子，永远停留在八岁——儿子在放学途中突然摔了一跤，再也没能站起来。

女人带着儿子，辗转于各大医院。最初的三年里，女人与儿子几乎都是在医院里度过的，包括过年。女人掏光家底，可是儿子没有任何好转的迹象。女人将儿子带回家，她的生活，从此被儿子囚禁。每天儿子躺在床上，睁着眼，看着她，不会说话，坐不起来，吃饭需要喂，大小便需要她的照顾。那时女人还心存幻想，她想也许突然有一天，她从梦里醒来，会发现儿子站在床头，静静地看着她，说："妈妈，我能站起来了……"或者，她从梦里醒来，会发现三岁的儿子静静地躺在她的怀里，脸蛋通红，呼吸均匀。一切不过是一个无比真实无比漫长的梦，她在梦里长出了几根白发，可是她依然年轻，儿子依然健康……

但现实是，儿子活得就像一株植物。与植物不同的是，植物只需要浇浇水，而她的儿子，几乎离不开她。

最初的几年，女人与儿子靠前夫的抚养费生活。后来前夫去世了，她与儿子就断了生活来源。再后来，女人成为小区保洁员，她与儿子有了一笔能够让他们活下来的薪水。有份守在家门口的工作，女人非常知足。每天她喂儿子吃完早饭，给儿子铺上干净并且干燥的床单，打开床头的收音机，拉开窗帘，让阳光照进屋子，然后轻声对儿子说："妈去上班了。"每隔一个小时，女人就会回来一趟。她回来时，有时儿子在听收音机，有时儿子刚刚醒来——儿子总会在她回来的时候醒来，哪怕她再蹑手蹑脚。女人知道儿子在等她。她知道，儿子什么都明白，他只是不能说话、不能动、不能表达。

再后来，女人悲哀地发现，假如她不回来，儿子便会憋住大小便。狗才会如此吧？每天只有在放风时，狗才敢大小便，否则便会受到主人的训斥甚至殴打。女人抱着儿子放声痛哭，她不想儿子在她面前变成一条卑微的狗。

时间过得很慢。时间过得很快。时间走走停停，停停走走。时间让女人生出白发，生出皱纹，生出希望又生出绝望。有一天，睡梦里的儿子突然叫了一声"娘"。那天女人抱着儿子，哭了又哭，笑了又笑，哭了又笑，笑了又哭。她以为从此以后，儿子可以在需要帮助的时候，喊她一声"娘"，那将是多么让人满足的事情，可是，儿子再也没有喊过。后来女人想，那也许是儿子偶然发出的类似于"娘"的声音，这声音于自己、于儿子、于他们以后的生活，都毫无意义。

儿子二十岁，女人仍然希望他能够好起来。儿子三十岁，女人接受了儿子永远躺在床上的现实。儿子四十岁，女人希望自己不要过早老去。儿子五十岁，女人发现，她照顾不动他了。她已经七十九岁了。她不知道自己还能活多久。

她走了，谁来照顾儿子呢？有她在身边，儿子只是一个有残疾的男人；她走了，儿子就变成了狗。无人照顾的狗，无人照顾的不能动的狗——也许他会死得很惨。

女人搬来椅子，踩上去，拿到盒子，打开，取出瓶子，将安眠药全都倒进掌心。女人会让儿子服下整整五十片，甚至不必编造任何谎言——儿子对她总是那般信任，儿子对她的话总是那般顺从。她会服下剩下的五十片，然后，握住儿子的手，静静地躺在他的身边。

女人走进卧室，收音机正播放着一首曲子，儿子睡得安稳。从去年起，儿子不会在她进来的时候醒来了。五十岁的儿子，已经不再年轻。

一缕阳光照上儿子的脸。儿子的脸，半边灰暗，半边明亮。

女人在儿子身边坐下，轻轻扶起儿子。儿子身体僵硬，表情却极柔软。儿子看着母亲，说："娘。"

女人怔住了。

"你说什么？"

儿子不说话了。或许刚才，他什么也没有说，那声"娘"只是女人的错觉；或许他仍是偶然间发出了类似于"娘"的声音，什么也代表不了。可是女人还是怔了很久，然后，冲进洗手间，拳头抵住嘴巴，痛哭。

女人相信她的儿子喊了一声"娘"。儿子既不是植物，也不是狗。

女人不知道，待明天，她会不会再次开始攒安眠药。但现在，她将一百片安眠药，全都倒进了马桶。

大　王

刘　齐

　　当初，谁也没明确管李光明叫大王，只是把他当大王看待，属于有实无名。大王之名，很久以后才会被人提起。李光明的体力并不特别，特别的是在目光和拳头上，有一种绵羊型学生所不具备的狠劲儿。大家就比较怵他，周一从家里回来，没带零食则罢；若带了，且合他意，往往会献出若干。

　　班主任于老师掌握全局，见李光明能"辖"住同学，便直接点名，让他当了班长。这是图省事。走程序也不难，课前课后喊一声，同意李光明当班长的举手，几十条小胳膊准保齐刷刷地动起来。班里第一批加入少先队的名单里，有李光明。时值二年级下学期，春天，在中山公园举行仪式，有黑白照片为证。我也是第一批入队，有资格出现在照片中。

　　李光明当班长，一直当到吃油条那天。我们食宿都在学校，国家正值困难时期，难得吃一回好吃的。那天我刚领到自己的一份，李光明就向我伸了手。他的兜里油汪汪的，已经管别人要了一些。我不理他，咬了一大口油条，拼命嚼。李光明推我一把："怎么的，不服啊？"沈阳小孩儿打架，开头常问这一句，说完又推。我想起平素受过的欺负，急了，也去推他，一直推，推到墙上还推，后腿蹬地，使劲拱，肾上腺素或青少年发育出来的其他"素"大爆发，险些在墙上推出一个小孩印儿。李光明料不到我会如此激烈，小脸上满是惊愕，哭了。见他哭，我也吃了一惊，跟着哭起来。两个男孩趁着泪腺正旺，尽情哭号。周围很快围了一群人。

那天上课乱纷纷的，于老师一看情况有变，断然采取措施，因势利导，撤了他的班长职务，命他站上讲台，让其他同学，凡是早餐"进贡"过的，一个个轮流，都用粉笔画出自己失去的油条长度。玻璃黑板吱吱嘎嘎响着，间或还有粉笔用力过猛，嘎嘣一下折断的动静。很快，淡绿色的黑板表面，长长短短，歪歪扭扭，出现了很多粉笔道子，样子非常壮观。

油条事件让李光明蔫了几天。不久他故态复萌，该"横"还是"横"，该"作"还是"作"，一次居然将一条小狗牵进校园，男生躲闪、女生尖叫。

李光明没考上正式中学，被分到一个"夜中"。时光如梭，偶尔有人提起他，却忘了叫什么名字，便说，就是那谁，当过咱班大王的。听者就轻松地笑了。

小学毕业二十几年，第一次开联谊会，在一家挺有档次的酒店，全班人马几乎悉数到场，簇拥着头发花白的于老师，向她表达真挚的、储存已久的敬意。我没去，远在异国他乡，没法儿去。

但有关信息都看见了。一个同学将联谊会的录像带航寄到北美我的住处，让我一遍一遍解馋，沉浸在历史与现实难解难分的状态中。

印象最深的是，聚会结束前，于老师捏着高脚杯的小细杆儿，高声说，我们大家鼓鼓掌，感谢李光明同学，对这次活动的大力赞助。

这时镜头给了李光明一个特写，只见他很豪爽、很江湖地说：区区小事，何足挂齿？

有同学问，说好 AA 制的，你咋给包圆儿了？你是怎么发的财？

李光明大大咧咧地回答，发啥财，兄弟我先是在火车站扛大个，现在做"零担"，小本生意，勉强糊口。又说，小时候不懂事，没少给班级添麻烦。

大家便说，哪里哪里，都是美好往事。

李光明和在场男生一样，一举从儿童变成嗓音憨重的大老爷们儿。他的西服没系扣，衬衣领子敞着，肩膀厚，脖子粗。

时隔不久，我接到一封国内来信，竟是李光明妻子写的。大意是，联谊会没见到海外游子，十分想念，写不好信，提笔忘字，媳妇代劳，见信如面，多多保重。信里夹着一张全家福彩照，夫妇之间，立着一个男孩，文文静静，一点儿不像当年那个顽童。

布达拉宫上空的鹰

杨静龙

晨曦透过车窗玻璃，照射在张角俊朗的脸上。

Z164 列车一路向西，穿过城市，越过田野。

张角一直侧着脸，静静地望着窗外，窗外是一闪而过的城市和田野。

类似的场景曾经出现在昨天晚上。暮色时分，列车离开上海站，缓缓向前驶去。张角侧着脸望着窗外。窗外是一闪而过的城市夜色，并没有什么特别吸引人的地方。

这是上海直达拉萨的旅游专列，因为是散客团，所以在上海集中时，大家互相做了自我介绍。我说我姓江，单名一个"南"字。身边一个帅气的小伙子轻声说："我叫张角，来自西吴。"

我和张角硬卧铺位正好面对面。旅程漫长，本想聊天打发时间，不承想张角一上车，就侧过脸看着窗外，一副心事重重的样子。

我无聊地刷着手机，时不时抬头瞥一眼对方，直到夜深入睡，他依然静静地侧脸望着窗外。

一觉醒来已是次日清晨，我发现张角依然一动不动地坐在硬卧上望着窗外。

"你……一晚都没睡吗？"我脱口问道。

张角闻声转过脸来："睡了，睡过了……"说着，从旅行袋里掏出一包点心，放到小餐桌上，"江哥你先去洗漱，等会儿尝尝我们西吴的橘红糕。"

从话语中我感觉到张角的细腻和友好。从盥洗室回来，我们一边吃着香甜细滑的糕点，一边聊了起来。

张角不太爱说话，但我的话题，他都认真回应。

他回应道："西吴的景色很美，当年张志和的'西塞山前白鹭飞，桃花流水鳜鱼肥'写的就是那个地方。"

他回答说："我和小梅大学毕业后，一起应聘到一家广告公司上班，公司的基础工资低，主要靠拿提成，但业务并不是很多……"

他喃喃地说："小梅喜欢旅游，受她影响，我也喜欢上了旅游。两人一起到过许多地方，最远到过西藏，去看布达拉宫，看布达拉宫上空的鹰……"

"你一定很爱小梅，她一定长得很漂亮吧？"我问道。

张角咧嘴笑了一下。这是我第一次看见他笑。张角从贴身的口袋里掏出一张制作精美的卡证，上面系着一根细细的红绸带，像是可以挂在胸前的嘉宾证，卡证上镶嵌着一张漂亮女孩的彩色照片。

不用猜，这就是小梅。

我问道："你们结婚了吗？"

张角收起照片，轻嘘一口气："她走了……"

"走……了？"我惊问。

张角再一次侧过脸去，望着窗外，轻声道："走了……"

窗外的景色开始变化，城市渐渐远去，出现了戈壁、湖泊、雪山和牛羊群。当三三两两的藏羚羊远远出现在广袤的原野上时，车厢里响起播音员甜美的声音，告诉旅客们列车正在穿越可可西里无人区。

张角浑身颤抖了一下，脸紧紧地贴着车窗玻璃，以致鼻子都被挤得歪到了一边。许久之后，张角轻声哼唱起来，声音低得几乎听不清。但我还是一下听出是王琪那首令人肝肠寸断的《可可托海的牧羊人》：那夜的雨也没能留住你，山谷的风它陪着我哭泣……

张角的嘴唇随着歌声微微嚅动。突然，豆大的泪珠从他眼眶里涌出，沿着脸颊缓缓滑落下来。

虽然可可托海不是可可西里，两地相隔千山万水，但再也没有比这两个地方更能让人涌起同一种伤感来了。

Z164 列车到达拉萨时，已是第三天下午三点多钟。旅行团入住供氧酒店后，团员们兴奋不已，嚷嚷着要立即去看布达拉宫。张角脸色苍白，躺在床上吸氧。一路上张角的心情一直不平静，从可可西里开始就有了高原反应，之后越来越严重。张角挣扎着刚起床，就一阵头晕目眩，差一点儿摔倒在地。我和张角住在同一间客房，连忙叫来导游。导游见状，坚决不让他出门跟团参观。看到张角失望而痛苦的表情，导游想出一个办法，让我扶他到客房露台上。在这里，可以远眺布达拉宫一角。

　　在宝蓝色绸缎一般的天幕下，我们看见了高高的雪山，看见了布达拉宫庄严神圣的一角穹顶。不知什么时候，张角已经掏出美丽女孩的照片，双手捧着，高高举过头顶。

　　"小梅，你看到了吗？"张角颤声说道，"那就是拉萨，那就是布达拉宫……

　　"小梅，我们终于一起来到拉萨，我们终于看到布达拉宫了……

　　"小梅……"

　　半个小时之后，旅行团来到布达拉宫。参观的时候，大家让我走在最前面，把最好的位置留给我——我知道那是留给小梅的。大家已经知道了张角和小梅的故事，离开供氧酒店前，张角把那张美丽的照片挂到我胸前，再三嘱咐道："江哥，你一定替我陪小梅好好看看布达拉宫，看看高原雄鹰！"

　　因为严重高反，张角当晚住进了医院，第二天就乘车返回了。虽然没有参加接下来的旅程，但他终于和小梅一起来到了西藏。那天晚上，我把照片还给他时，他扯下氧气罩，急切地问有没有看到布达拉宫上空的雄鹰。我毫不犹豫地回答道："小梅看到了庄严的布达拉宫，看到了圣洁的哈达，看到了皑皑的雪山，看到了雄鹰在蔚蓝的天空翱翔……"

　　其实，那天我们在布达拉宫上空并没有看到鹰，但我不能这样说。"走了"这个词有两种解释，小梅属于哪一种，我也没有问张角。

简单一生

吴连广

　　买买提虽然不知道这群羊有多少只，可他还是知道少了几只羊。买买提从没上过学，智力是有一点儿问题的，也不识数，他最多从一数到五，因为他一只手只有五根手指头。不管羊群有多大有多少只羊，他不用数看一眼就知道羊都回来没有。没人知道他到底是怎么记住羊群的，就是几群羊混在一起，他也不会认错自己的羊。村里有人说，这买买提要是不傻该有多聪明，我们要数半天的羊群，他看一眼就知道少没少了。

　　买买提还有一个绝招儿，就是他的口哨就像命令一样，一声口哨就会让羊群奔跑起来，也会让羊群安静下来。有一次，别的羊群和他的羊群混在了一起，临要分开的时候，那个羊倌儿急得抓耳挠腮不知该怎么办，二三百只羊混在一起，真不知道怎么才能分开。买买提却笑了，他把两根手指往嘴里面一插，连续吹了几声很响亮的口哨，只见一大群分不清的羊，自然地分成了两群。买买提看了一眼，走进羊群把那几只跟着跑了过来的羊赶出去，对那个羊倌儿说："这回就对了。赶着你的羊群走吧。"

　　那个羊倌儿有点儿不信，就当场数了一下自己的羊群，果然一只不差。他竖起大拇指说："你真厉害。你怎么知道哪只羊是我的哪只羊是你的?"

　　买买提却傻傻地笑着说："你会不认识自己的胡子吗?"

羊群里总有开小差的羊，稍不留神就丢了。那次，又有几只羊走丢了，买买提找回来丢失的羊，已经是大半夜了，又饿又累，可他一点儿也不生气。他说，人还有迷路的时候，何况是羊。回来他点上煤油灯啃着干馕，吃饱了，衣服也不脱就倒在小土炕上睡了。买买提的生活很简单，除了放羊他什么都不会。年轻的时候，他也娶过一个傻老婆，可是生孩子难产死了，孩子也死了。从那以后，他就一个人过日子，饭也不会做，把生的鼓捣熟了，不饿肚子就行。

还是生产队的时候，买买提就给生产队放羊。改革开放后生产队分了，他就给村里人放羊，有钱的给点儿钱，没钱的给一些粮食、给点儿水果什么的都行；给多给少他都不计较，反正他也不知道钱能干啥用。到巴扎上不管买啥都不问价，撂下一张钱就走，也不管票面大小，多了也不用给他找零，少了就算你倒霉。巴扎上做生意的差不多都认识他，谁也不和他计较。谁问他什么他都傻笑。买买提喜欢逛巴扎，巴扎上有好吃的，还有一拨儿一拨儿美丽的女人。有时，他也会偷偷地干一点儿出格儿的事，趁着女人不注意，摸一把人家的屁股，然后他就跑，跑得远远地傻乐。女人骂他，他也不生气，反而乐得更开心了。

买买提什么都记不住，唯独清楚地记得巴扎的日期，记得赶巴扎的路。在胡杨林里放羊，距离巴扎很远，可是他每个巴扎都会去。有时走慢了，到巴扎时已经中午了，一盘子凉面一吃就饱了；要不蹲在哪个墙根下看女人，要不歪倒在一棵树影下睡觉。巴扎不散他也不往回走。有时，走回胡杨林天都快亮了，可他依然乐此不疲地赶巴扎。他去赶巴扎了，羊群怎么办？这不用担心，羊圈的门开着，羊饿了，就会自己去吃草，吃饱了，自己也会回来。他从巴扎上回来，站在羊圈外看看，就知道羊少没少。买买提赶巴扎，就这么大撒把不管羊群，羊群也好像很照顾他赶巴扎的欲望，每次他赶巴扎回来羊群还真的没丢过一只羊。

村里人都喜欢买买提，他们每年都把羊交给他放，不用担心羊不长膘，也不用担心他把羊杀吃了。别的放羊人嘴馋了，就会杀一只羊吃，交给主人的只有一张羊皮。他们不是说羊病死了，就是说羊被狼给咬死了，反正他们不会说自己嘴馋了。把自家的羊交给买买提，绝对不会出现这样的情况，更不会把出生几个月的小羊羔，拿到巴扎上卖掉。买买提让羊的主人很放心，村里人都说，碰到这么好的放羊人不容易，是咱们村里人的福气。

冬天的时候，羊群就赶回村子，各家赶回各家的羊。买买提不放羊就没什么事儿了，他就和一群半大孩子们玩，到处疯跑。有的小孩子跟不上大孩子，他就背着小孩子跑。跑饿了，他不管谁家，去了就问馕巴姆（有没有馕），有了就给他一个半个的。吃饱了，又开始和孩子们一起玩。村里人都习惯了，不管谁家做饭，买买提赶上了都会管他个饱。村里人都羡慕他，什么也不用想，什么也不用干，整天就知道玩。若是都像买买提那该有多好，人也就没那些烦心的事了，就不用成天想着怎么发财，怎么去赚大钱了；也就不用想着到什么时节了，又该买种子化肥了，又该犁地播种了。有人说，买买提的一辈子太简单了。

人这一辈子活得真没什么意思，整天都被那些破烂事儿纠缠着。想一想，活得还真不如买买提快乐——人就像一台机器，只要你还能转，就得不停地干。

那年冬天，好几天不见买买提了，有几个孩子跑到他家一看，买买提死了。是自然死亡，具体是得什么病死的没人知道，也没人知道他到底多大岁数了。

第二年春天，才发觉少了买买提，村里的羊成了最让人头疼的事。

时间里的母亲

王小东

人们将资源枯竭地带称为周转区，我作为志愿者来到这里进行生态改造，工作进展得比较顺利。志愿者队伍离开时，我选择留下来。这里的居民并未搬离，不到最后一刻，人们不想离开故土。新区正在建设中，为确保孩子们到新区后能得到良好的教育，周转区内经验丰富的老师都被派往新区，协助学校进行筹建工作，周转区里的师资便捉襟见肘了。我提交了一份申请，成为一名编外教师。

我教的是初中物理，作为一名从事天体物理研究的专业人员，教学对我来说并非难事。同孩子们一起的时光快乐又充实，我爱上了这份工作。

在这里，我遇到了小智，他是我任教的初中毕业班的学生。在这群毕业班孩子当中，小智很不起眼，瘦瘦小小的。小智有一头泛黄的卷发，眼眶很深，乌黑的眼珠闪着灵动的光。第一眼看到他，我便无来由地联想起那些流浪的小动物。

小智敏感，很少与人交流，总是躲在角落里，一副若有所思的模样。对这样的孩子，我会投入更多的关注。我相信，总会有合适的话题让他打开心扉。课间，我把他叫到办公室里，小智对我的问询心不在焉，眼睛却盯着我办公桌前堆放的物理模型。

见状，我便和小智聊起天体物理中的一些基本现象。令我吃惊的是，小智很快就说出了有关这些现象的专业判断——要知道，这些知识是只有专业人员才会了解的。

小智的物理成绩突出，只是每次上课他都会迟到，这点儿让我很头疼。小智所在的班级一周有两节物理课，都是上午第一节。我多次提醒小智要按时到校，可他依然迟到。我向其他老师了解小智的情况，一位老师神秘兮兮地告诉我，小智爸爸单位的领导和咱们学校打过招呼，因工作原因，他的家庭信息不能对外公布。以前，小智的爸爸好像在从事一项特殊工作，小智很难见到爸爸。去年暑假，爸爸接小智和妈妈去了他工作的地方，不知什么原因，小智的妈妈发生意外去世了。小智爸爸深受打击，就从单位离职了。现在，父子俩相依为命。

听到这些，我心里有针扎的感觉，我决定马上去小智家里。我没有给小智家打电话，径直来到了小智位于四十一街区的家。按响门铃，开门的是个中年男人，高高大大的，满脸络腮胡子。他粗着嗓门儿问："找谁？"

我说："这是小智家吗？"

男人看了看我，转身就想关门。我连忙上前说道："您是小智的爸爸吧？我是小智的老师，我很喜欢小智，今天来就是想知道小智迟到的原因，看我能不能为你们做些什么。"

男人听了，脸上依旧没任何表情，转身离开了。不过这次没有关门。

我犹豫了一下，没有进去，也没有离开。我知道，一会儿小智会去上学，我就在门口等他吧。果然，过了一会儿，小智背着书包从屋里走出来。

"老师！"

"我能进屋同你爸爸谈谈吗？"

小智犹豫了一下，说："老师，我先去和爸爸说一下吧。"

过了好一阵，小智才走出来，有点儿兴奋地对我说："老师，爸爸知道您是物理学家，同意见您了。"

随小智走到屋里，我仿佛走进了熟悉的实验室，屋里陈列的物理模型我都熟悉。

小智的父亲轻声说："谢谢你对小智的关照，小智常谈起你。只是抱歉，我不喜欢有人打扰我们的生活。"

我们慢慢聊着，不知不觉间，话题多了起来。小智爸爸越来越进入谈话状态，接下来，都是他在说，我在听。他说："那件大事终于完成后，我本想让他们母子和我一起分享喜悦。你应该能想象出，跟随光子进行时空之旅，是多么难得的机会吧？"

听到这，我忽地起身，震惊地问："是真的吗？你真的制造出了光子飞船？"

小智爸爸没有直接回答我，而是接着他的话题说："物质以超光速运行时，将会进入超级量子态。借助这种特殊手段，我们就可以依附光子遨游微观世界了。"

我知道他的讲述意味着什么，这项技术一旦被突破，将会打破经典物理学的局限，拓展人类时空边界，实现不同维度的时空转换将指日可待。

小智爸爸说："我现在才知道，人类还没有能力控制光子，我不该带着小智和他妈妈登上那艘光子飞船。事故发生后，逃生装置发生了故障，我和小智被弹了出来，他的妈妈却永远留在了时空循环之中。我很感激我所服务的部门，他们给我提供资源，让我继续维持那艘光子飞船的正常运行。"

随后，小智爸爸带我来到地下室，这里遍布高精度复杂设备，中间那个重离子加速器尤为醒目。我看到了显示屏上那个晶亮的白点，我知道，这就是陷到无限循环之中的光子飞船。

小智爸爸缓缓地说："每天早上七点，光子飞船会进入半小时的稳定状态，我们就可以通过量子显示器同小智妈妈见面了。"

我身旁的小智抹抹眼角，冲我挤出一丝微笑，说："每天早上，我都要和妈妈说会儿话。"

从此以后，我不再催促小智按时到校。每次小智急匆匆进入教室，我都会冲他微笑。

连翘熟了

金 光

　　伏牛山里盛产连翘，每年夏末外地的中药材商都会到山里收购，然后再转卖到药厂制成双黄连、解毒片等，价格也是从几元一斤一路涨到十几元一斤，今年更是涨得离谱，居然达到了三十二元一斤！刚到立秋，人们便提着袋子拿着筐子上坡捋连翘，一天下来就能挣四五百元。于是，半个月不到，前山野坡上的连翘就被捋光了，大家只好往后山进发。

　　南沟二拴嫂俊娥前几年和二拴去南曼山挖过菖蒲，知道那儿也有连翘，便约上村里的长城媳妇淑环和曲婶一同上南曼山捋连翘。南曼山离村里有三十多里，山上全是灌木丛，也是适宜连翘树生长的地方，只是路远，加上要经过一片原始林区，许多人怕迷路不敢去。她们三人吃了早饭带了些干粮便出发了，到了过午，翻过那片原始林区，果然看到阳坡脸儿上有大片的连翘树，而且连翘都结得稠密，便钻进树丛开始采摘起来。到了天黑，每人捋了一编织袋，足有四五十斤重。她们商量说，来一次不容易，如果现在回去，把工夫折腾到路上了；干脆就在林子里对付一夜，明天再接着捋。等攒多了，让男人们来帮着往回运。她们便吃了点儿干粮，靠在树上歇息，天一亮又接着钻进林子里。

　　也许是都忙着捋药材，没注意脚下的路，三个人慢慢分散了，向着不同的方向走去，等她们反应过来，已经离聚集地很远了。只有曲婶有经验，她凭着记忆慢慢摸索着返回到原来的地方，坐在树下等。可是一等再等不见人回来，赶紧拿出手机联系。打开手机一看，糟了，没有信号！她心一慌，不知所措，又钻进林里寻找俊娥和淑环。曲婶拨拉着身边的荆棘，大声喊道：

"俊娥，俊娥——"

没有人答应。

"淑环，淑环——"

还是没有人答应。

曲婶越喊心里越急，越急越迷糊，眼看天又快黑了，她也跑远了。看着四周丈把高的次生林遮天蔽日，曲婶害怕起来，腿一软，瘫倒在叶儿窝里。

不知过了多久，曲婶从迷糊中清醒过来，她掏出手机，拨了个急救电话。

家里这边，三家男人已经两天多没有女人们的音讯，他们打电话总是提示无法接通。曲叔先是找长城，再拉着长城到南沟找二拴，碰过头后商量去村部找支书来庆。

来庆听了汇报，说："刚才乡派出所电话通知，他们接到急救电话，通过查看方位在南曼山一带。会不会就是曲婶她们发的？"

曲叔一听更急了："肯定是她们遇到危险了，赶紧找人来帮忙。"

来庆二话不说，拿起手机写了一条通知发给了七个村民小组的组长：

紧急通知

山岔组的曲换珍、常俊娥、贾淑环三名妇女到南曼山摘连翘失踪近三天时间，请每组立即派五名青年到村部集合上山找人。

不到半个小时，各组的人都到了村部，来庆把人分成七组，每组由组长带队，到南曼山从不同方向找人。

"贾淑环——"

"曲换珍——"

…………

伴随着一遍遍呼唤，南曼山上漫山遍野都是手电的光照。到了凌晨三点，有人发现了俊娥，她正躺在一棵青冈树下瑟瑟发抖，连说话的力气也没有了。人们搀着她慢慢往林外走。过了一个多小时，曲婶也被找到了，其实她就在她们最后分手时不远的一个山坳里。大家又开始找贾淑环，但一直到天亮也没有她的影子。

来庆给大家重新分工，让大家往老李沟方向去找，那儿也有一片原始森林，他怀疑淑环迷失方向，把老李沟的原始森林当作了南曼山上的那片树林了。有年轻人绕到山下，骑着摩托车往老李沟深处去找，到了后晌，终于在一条小河旁发现了淑环。只见她有气无力地躺在地上，看见大家也反应迟钝。她摇摇晃晃地坐起来，抱着走在前面的青年哇的一声哭了。

来庆把大家集中到了南曼山下，耐心地询问三位妇女这几天遇到什么危险的事没有，但她们都木呆呆地不说话。末了，来庆让人用摩托车连人带中药一起拉回去。

临走时，来庆说："这次寻人大家表现得都很好，值得表扬。回去后先把三个人送到乡卫生院检查一下身体，另外——"来庆清了清嗓子，大声说，"另外，为了弥补大家为了寻人而耽误的时间，村里给每人补助两百元现金，大家回去后到村部领取。"

有人听了，笑着说："人命关天，钱不钱的都是小事。"

来庆也没接话，骑着摩托车走了。他回到村部，和文书做了一张补助表，又在村委公开栏里写了表扬信和领取补助的通知。然而，两个月过去了，没有一个人去领补助。

笼中鸟

佟继萍

　　杨老退休后，以画画为乐。但自从用七七四十九天完成的微雕画作不翼而飞后，他常把自己关在家里，像鸟被关进笼子，一关就是一整天，叹息声日复一日。

　　不知从什么时候起，小区里一些遛弯儿的人喜欢遛鸟了。遛累了就在广场一角聊鸟，谈论谁家的鸟是名鸟，谁家的鸟羽毛美，谁家的鸟叫声动听，大有斗鸟的势头。

　　杨老家住在一楼，阳台外有个小花园，隔着阳台的玻璃窗，喧哗声鸟鸣声声声入耳。

　　守在窗口迷茫的眼神与微驼的背影，让杨夫人口中的茶涩涩地卡着，难以下咽。

　　从窗口窥视几天后，杨老一大早出门了。回来时，手里拎个空鸟笼，喜滋滋地挂在阳台外的葡萄架下，轻轻地打开鸟笼门，仿佛怕惊飞笼中鸟。他去厨房叫夫人："赶紧给鸟喂食喂水吧。"

　　杨夫人一脸疑惑，看着空空的鸟笼——哪有什么鸟啊？

　　杨老在家里最具权威，说笼子里有鸟就有鸟。杨夫人便麻利地侍候着杨老伺候着"鸟"。

杨老搬了张椅子坐在阳台上，打开玻璃窗，面带微笑地等待着什么。

这笑容久违了。

"听，这鸟的歌声多动听！再看它的羽毛，绿中带黄，红眼睛，尖尖嘴，是百灵，不愧是会唱歌的百灵鸟。"杨老自言自语。

杨夫人忽然想起，家里之前曾经养过的两只百灵鸟，也是挂在阳台的葡萄架下。是杨老刚画画那会儿，买来当模特的。

没想到的是，一天下班回来，鸟笼子门开了，飞走了一只鸟，另一只在笼中歌唱，歌声凄凄切切。

杨老又去买来一只鸟，放进鸟笼，这两只鸟叽叽喳喳吵了一夜。没办法，他打开鸟笼，将鸟放飞了。

从此，杨老不养鸟，也不再画鸟了。

这事早过去了，咋又想起鸟，神神道道的？杨夫人想起前几天在电视上看到，有人因不适应老年生活，做出各种不靠谱的事情，开始担心起来。

鸟笼子进家后，杨老精神头儿也来了，每天一起床，就跑到阳台打开门听"鸟"歌唱。还拉着夫人一起听，说些莫名其妙的话。

杨夫人望着葡萄架，哪有什么鸟的影子？更别谈鸟的歌声了。是幻觉？杨夫人越想越感觉杨老精神出了问题，就陪他去了精神卫生中心。

张教授与杨老是老朋友，看见满心欢喜的杨老，心想他一定是有什么喜事要分享。

杨老坐在张教授对面，说起了有关鸟的事，真真切切。

杨夫人站在杨老背后，连连摆手，眨巴着眼睛，急得要冒烟。

张教授了解情况后，告诉杨夫人不要着急，有些症状不是病。唯一的办法是顺应杨老，成全他的愿望。

最后，张教授开了处方，吩咐杨夫人在阳台上支个画架，让杨老把看到的"鸟"画出来。

杨老兴奋极了，握手与张教授告别，灵感一触即发，准备回家画"鸟"，直着腰板走出了医院。

杨老每天上午遛"鸟"下午画"鸟"，画纸上开始有了鸟的翅膀。

杨夫人跟在手拎空鸟笼的杨老身后，接受着邻居们异样的目光，感觉背后有手指头戳脊梁骨，凉飕飕的。

这次杨老画得很流畅。杨夫人每天按照杨老的安排给"鸟"喂食喂水，听"鸟"的歌声。

一周后，杨老画夹上一幅新的《笼中鸟》诞生了。杨老把画放到花园里的葡萄架下，吸引得邻居围拢过来，且越聚越多。

不见了杨老的影子。

只见那画上，左下角有个鸟笼子，鸟笼子的门是开着的，有两只飞翔的鸟一前一后，似刚飞出鸟笼，要飞向远方的枝头。

邻居老王感慨道："真是没想到，杨老画这《笼中鸟》有这么深的奥秘。"

躲在角落里的张教授心中一块石头落了地。

广场上，杨老正在柳树下听鸟歌唱。

邻居老王与杨老成了朋友，时常一起聊聊画、聊聊鸟。

杨老不再一个人闷在书房里画画了，常在园区里转悠，看树上的鸟。

葡萄架下，仍挂着空鸟笼，杨夫人照例给"鸟"喂食喂水。有一天，鸟一只跟着一只飞进了鸟笼子，吃啊喝啊唱啊，不想走了。杨老发现后，又将它们放飞了。

渐渐地，遛鸟的人改为遛弯儿了。鸟飞了，笼子都还在，时常有觅食的鸟飞进来，又飞出去。广场上，鸟仍留在人们聊天的话题里。

杨老阳台外的空鸟笼也成了一道风景，鸟儿唱着歌自由地进出。

夏枯草

张建春

夏枯草，辛、苦、寒，归肝、胆经，清肝泻火，明目，散结消肿……用于目赤肿痛，目珠夜痛，头痛眩晕，瘰疬，瘿瘤，乳痈，乳癖，乳房胀痛。对癌症治疗有辅助作用。

春天绿，柱状的花序紫红，一到夏天就不见踪影，就枯萎了。它是夏枯草，一种有诗意名字却不诗意的植物。

玲五六岁时就认识夏枯草，是父亲彧教的。彧这个字很奇怪，和彧字像，刀上多上了两撇。彧是玲大伯的名字，所以玲的父亲叫彧就不奇怪了。

玲的爷爷是秀才，老古板，知中医，能唱汤头歌，号号脉，就会开出抓药的方子。

方子上的药是草，草在田埂上能找到。夏枯草常出现，爷爷的字龙飞凤舞，夏枯草总是能认出来的。

爷爷的方子上有药引子，药引子不好找，什么龙须、无根水之类。爷爷尽管写，可跳过去，不影响药效。

玲自小跟着父亲彧去采药，父亲一手扯玲，一手揪草，嘴中还叨咕。玲就认识了紫红色花的夏枯草。

夏枯草以花序入药，晒干了，绑成捆，一小捆一小捆的，泛着蒿草香。

爷爷喜欢玲，隔代亲。爷爷教玲识字，却不教玲号脉，也不教玲草的药性。爷爷说自己就是粗通药草，教了害人。

玲十岁时，爷爷死了。爷爷没能给自己开出一帖药方，爷爷哀叹，药能治病不能治命。爷爷埋进土里，是春天，春天开着许多的夏枯草花，花把爷爷的坟包围了。

玲趁着给爷爷上坟，采了大捧大捧的夏枯草，摘了叶，只要花序，铺在爷爷的坟头边晒干。晒干了，再一小绺一小绺整齐绑好。

夏天一到，地上的夏枯草不见了。玲家不少的夏枯草放一边，父亲或望着就流泪，或想自己父亲了。

玲的大伯或和父亲或大吵了一架，或说或独吞了父亲的单方。单方治大病，了不得。或说没有，真的没有，父亲没传或任何医术。或不信，揪住或的衣领不松手，或狠推了一把，或跌倒了。还好，有夏枯草垫着，或没受伤。

或和或就生分了，兄弟到了反目的地步。玲虽小，懂事，暗地里找大伯，说：爷爷真没留下单方。或摸着玲的头，目光深深的。玲探不了底。

或很气愤，瞅着父亲从墙上飘下的目光，恨恨地吐槽：一招不教，落个亲哥哥怪，兄弟都做不成。

爷爷墙上的目光柔柔的，玲总是看出土味儿和药香味儿。

玲上学读书，放学路上，见了夏枯草就要揪上几株，放窗台上晒，晒干了存下。为什么这样做，玲自己也不明白。

玲进了趟城，城也就是县城。玲发现了一个秘密，医药公司除了卖药，还收中药材，夏枯草在列，一角八分钱一斤。

玲震惊，钱就在身边，就在乡村的泥土里长着。玲借了自行车，将攒了许多日子的夏枯草从旮旮旯旯里找出来，绑在自行车后架上，去了县城。

五十斤夏枯草，卖了九元钱，一张五元，一张两元，两张一元，厚厚的很有分量。

回途中风催车行，玲一路兴奋，蓦然间明白了，爷爷是留下单方了，夏枯草，夏枯草。

玲连家也没回，直奔大伯家。玲抽出五元钱塞给大伯，说，爷爷的单方我找着了，是夏枯草。

玲不隐瞒，把夏枯草的来来去去说了。大伯拿着五元钱浑身颤抖，嘴中反复念叨：或或或。

　　大伯收了一元钱，把玲送回了家。玲把剩下的八元夹在了一本书中，就听到哭声，"哞哞"的，如是牛叫。这哭声是或和或的。

　　玲从这年起，常提着篮子采药草，夏枯草、马鞭草、车前子、半边莲……夏枯草打头，众草药跟上，用以换取微薄的油盐钱、书本笔墨费。玲的耳畔时有一种苍老的声音相伴，是爷爷的。玲却不知爷爷在说什么。

　　玲十八岁，父亲或生了场怪病，再好吃的东西也咽不下，噎在嗓子眼儿，翻白眼。或说自己得了噎食病，草青得，草枯死。或抱着或的头哭了一场，之后不吃不喝，等死。玲悄悄哭，就是不服气，想着爷爷，想着爷爷该有单方子。

　　玲在野外到处转，找可以给父亲治病的药。还真有发现，一条青花蛇吞了一只大青蛙，噎住了。只见青花蛇，咬食一种草，咬上几口再吞青蛙，溜溜地吞进了。玲大喜，走近，见蛇咬食的是夏枯草。

　　夏枯草正开花，紫红的，好看。玲大把地采，熬了水让父亲喝，说，是爷爷传下的单方子，治病治命。

　　父亲当故事听，但还是把夏枯草水大口大口喝进了。也噎，但或强忍着喝。

　　夏枯草不见了，到了秋天，百草枯了，或还活着。一活就活了好多年，是夏枯草的功能呢。

　　玲后来真成了医生，自学成才，算是接了爷爷的班。玲开了诊所，诊所的名字就叫"夏枯草诊所"，十里百里有名。

　　诊所的门前是块空地，空地上种了不少的药草，夏枯草最多，春天花开一片，美美的。

上有老，下有老

袁有江

　　后海花园小区六栋，二十楼住着我的岳父岳母，十五楼住着我的父母，我们住十八楼。当初买房时这么选择，只想着我和亚敏都是独生子女，将来照顾老人方便，并没做过多的考虑。谁知天长日久，楼上楼下的父母们，经常为一些鸡毛蒜皮的事闹别扭，弄得我们夹在中间，上不上下不下的。如今不说别的，单是两个棋迷老爸之间的纠葛，就折腾得我们寝食难安。

　　"他们这次闹得有点儿离谱，"亚敏跟我说，"两人在楼道里撞见都装不认识了。我这个月天天要加班，根本顾不上他们。你想想办法吧。"

　　"谁不忙？我下周还要出差西海。"但这话我没说出口。两个老爸这次闹翻，起因是我父亲在小公园里，跟以他为首的鹰派棋友们说，我岳父就是臭棋篓子，只会摆弄几盘残局，从没真正赢过他。这话传到岳父耳朵里，老爷子气得一夜没睡好。第二天一早，他就到小公园里，跟以他为首的鸽派棋友们揭我父亲的短，说他根本就不是正科级退休，只是一个副主任科员。还说他每次跟我父亲下棋，都因顾忌我父亲心脏不好而刻意让着他。这话自然也传到了我父亲的耳朵里。

　　我跟亚敏说："要不你这个周末辛苦一下，请他们到家里来吃顿饭吧。"

　　"他们闹这么僵，怎么会同时到我们家里来？"

"你只管准备饭菜，我自有办法。"我对亚敏说。

市棋协新上任的吴会长是我老师，曾获过全国象棋大赛三等奖。我要是将象棋大师请到家里来，相信两位老棋迷难以抵挡。当然，我得事先跟吴老师介绍情况，拜托他到时多"关照"。我把这想法跟亚敏一说，她立即就要去跟爸说。我提醒她，得先确定吴老师有没有时间，肯不肯来再说。我拨通吴老师的电话，他听我说完，很爽快地答应了。

于是，我和亚敏先上楼后下楼，很快就约好了。在楼上，我跟岳父说："爸，您到时可得赔点儿笑脸，我能请到大师来家不容易。"岳父笑着说："你就放心吧，我好歹当过一镇之长，不会不顾大局的。"同样的话，我在楼下也说了一遍。我爸说："没问题儿子，上次是我错在先，见到你岳父我会主动表示歉意的。"

星期天一大早，我和亚敏还没起床，岳父岳母就来敲门了。亚敏睡眼惺忪地爬起来去开门，回来笑嘻嘻地跟我说："爸妈将菜全都买回来了。爸穿了一套新西装，还打了领带。看来我可以再睡一会儿了。"

我们正说着，门铃又响了。我爸妈也上来了。我穿着睡衣到客厅一看，眼前的情景，仿佛又回到了几年前，我们刚搬进新居的那天上午。两位衣着整洁的老爸，一个在烧水泡茶，一个在摆放水果。我妈在客厅收拾桌椅板凳，岳母在厨房收拾鸡鱼肉蛋。四位老人分工协作，其乐融融。

我抬眼看看墙上的挂钟，才六点半。

"你也起床吧，等会儿我们要下去迎接客人。"爸看到我说。

"老话说早起三光，迟起三慌。"岳父说。

"吴会长说要八点多钟才能到。"我打着哈欠说，"他今天会先跟你们每人下一盘，然后一对二，跟你们俩一起下一盘。看到你们的真实水平，人家才能给你们意见。时间还早，你们可以先拿出象棋下两盘。"

一盘棋未下完，他们就不约而同地站起来，说已经七点四十了，要下楼迎客。我们只好跟着两位身着节日盛装的老爸，一起到小区门口，伫立在寒风中等候。好在吴老师八点准时到了，两位老爸立即拿出当年迎接上级领导的范儿，将吴老师恭请到我家客厅的上座。

吴老师虽然尽力不露痕迹地谦让，但还是在第二十步，就让我爸的老帅命悬一线。三板斧已砍完，我爸此时面红耳赤，握着红马打算回跳救驾，可左右都绊马腿，直到鼻涕滴落手背，手心握出红马一身汗，也没能放下棋子，只得尴尬地一笑认输。岳父一上来就跳马、飞象，做好各种防御，但终因吃卒不当，导致处处受制。下到第十八步，他下意识地松开了领带结，大约有点儿呼吸困难。他的手指按在巡河炮上不停地颤抖，心里明白已无用武之地，对方只要驱车一将就结束了。他只好难为情地笑笑认输。两位小公园里的棋王虽然输相难看，但都输得口服心服。两盘之后，吴老师夸我爸马用得好，夸我岳父炮用得活。

第三盘是一对二。吴老师让一马一炮，还允许他们悔棋三次。两位老爸都使出浑身解数，在用马和用炮上下足了功夫，还不时交头接耳，仔细研究每一步的走法，充分利用了三次悔棋机会。经过二十多分钟的鏖战，终于跟大师战成平局，顺利迎来了皆大欢喜的结局。

吴老师的来访，一度让两位老爸和好如初。他们经常在一起下棋，研讨残局。但好景不长，没多久他们又闹起来了。他们在回忆与大师那盘来之不易的平局时，我爸说主要是因为他马用得好，岳父坚持说是因为他炮用得活。我爸的依据是，他跟大师单独下的那盘，走到二十一步才输，而岳父只走到十七步就输了，还是他技高一筹。岳父说平局那盘，两次悔棋都是我爸跳马失误所致，否则很有可能会赢。他们的说法，完全超出了我跟吴老师的预判。

醒头草

刘正权

"由来佳节载南荆，一浴兰汤万虑清！"

"兰汤浴？"她微嗔。你当我贪图享受来了？即便是，也没谁跑医馆里来消受的，怪自己选的日子不对？

又不是三月三。

搁古时，三月三上巳节这天，官员们会亲领下属，斋戒、兰浴、更衣后隆而重之，拜天地、祭神灵、敬祖先。她不屑这么做，人民公仆，不求医问药，谁有闲暇到医馆来。

医馆里面消受，亏她想得出来。

老中医对她的微嗔报之一笑："别一看见流泪的红蜡烛，就认定是抄袭了李商隐的那根。此一浴兰汤，与你想象的兰汤浴，只怕是大相径庭。"

果然大相径庭，此浴兰汤纯粹是治病。她对自己先入为主的观念好笑，浅薄了不是！

以为跟西安华清池一样，被冠以莲花汤、海棠汤的那种兰花汤。

老中医所谓的兰汤，不过是本地最为常见的醒头草，菊科植物佩兰，因芬芳辟邪适合随身佩戴而得名，澴水河两岸遍布。她是不折不扣的本地人，对醒头草再熟悉不过，自己出生第三天就跟醒头草有过交集。洗三是本城的风俗，每个刚出生三天的孩子，都会用艾叶和醒头草熬的汤洗个澡，谓之醒身。

她肯定是醒身最早的孩子，读书聪明、当官有为，四十岁出头就成为分管文化旅游的副市长，把文旅事业打造成本地最大的支柱产业。

她这会儿刚从会议上下来，肚子胀鼓。她吃得极少，可连续半个月的会议，到底让她的肠胃败下阵来。

不用把脉，只问症状老中医就知道，她这是需要醒脾胃了。

"醒头草可不是只有醒头这一个功能的，醒身、醒头、醒脾胃！"老中医停顿一下，很认真地问她，"为啥脾胃放在最后？晓得有什么讲究吗？"

她摇头，谈文旅产业发展，是她的强项；论中医理论，她是盲人骑瞎马。

"每个人都有自己生活的盲点，哪怕在你熟悉的领域！"老中医这个感慨发得有点儿莫名，好在，他没信马由缰下去，"一个头脑身心都清醒的人，脾胃是不会胀鼓的。"

原因很简单，什么该吃进肚子，什么不该吞下喉咙，不会心里没数。

她心里这会儿是没有数的，在市政府工作报告的"十四五"规划中，有人大代表在建议中提到两个关键词：原生态、孝文化。

原生态、孝文化，都是老生常谈了，有点儿新意行不！当时她只差没冷笑。

质疑她辖下文旅产业融合得不够？都得到省市两级的表彰了，等同于官方认证呢。

心底的冷笑没能让代表眼里燃烧的光芒冷场……

有掌声，在代表发言时几度响起。

她的胃，就是在那时胀鼓起来的，不排除有外因的刺激。

或许是浴了兰汤，晚上，静坐灯下的她，细嗅老中医赠送的香囊，把那个代表的发言进行了一次全面"反刍"。近几年，文化产业不断发展，"文旅融合"的建设模式，把文化与景区开发联系在一起，是个好的开端。但文化不应该仅是外在符号，如何作为旅游产品的灵魂真正渗透到开发中，是我们需要思考的。把文化真正吃透，之后再把文化渗透到旅游产品与项目的开发中，还有很大的上升空间。

上升空间？她若有所思，把香囊递到鼻子下面。这香囊里有醒头草的气息，植物是不会说话的，它们用散发的气味表达自己对疾病的认知。文化同样不会说话，提升文旅融合的空间，这其中既有文化从业者对文化的认知问题，还有形成这种生产机制的体制上的问题。由于更多时候是政府和商业资本开发旅游产业，真正研究文化的人想要在这样的机制中参与进去，还是很难的。

文化不应该仅是外在符号！如同她初对兰汤的理解——确实停留在字义上，缺乏真正的认知。

《黄帝内经》有言："圣人不治已病治未病，不治已乱治未乱。"

天下万物皆同此理。

"靠网红打卡带货助力，这种文旅宣传终究会成为过去，该醒醒了！"那个代表的话犹如当头棒喝，丝毫不顾及她的感受，怎么说她也是大名鼎鼎的网红市长啊。

醒头草，醒身、醒头、醒脾胃！

草都懂得三醒，人自当能够三省。

原生态、孝文化，追根溯源，不就是崇尚古朴。

她想起来，那个代表，一直致力于尚朴文旅项目的打造，对文化复魅工程身体力行。

三省吾身的她念及此，拨通那个代表的电话："怎样更好地将文旅产业与脱贫攻坚相结合，我想组织一班人对这个课题做个深度调研。时间就定在三月三上巳节这天，不知道您可否愿意参加？"

代表很兴奋："太好了，旅游业是老百姓可以参与、可以分享到最多利益的一个产业。我一直等着的，就是您这句话。"

请　戏

徐建英

梅山峡外的大晒场突然搭上了戏台。

闹台鼓响过第一回。大鼓小钹声声响，传入百米外的梅山峡口，钻进峡内三开门三进又三重的梅山峡大屋。九岁的阿娇踮着小脚，听畈上传进来的闹台鼓响，心似猴爪儿挠过，边侧耳往外听，边蹬着脚尖往门隙的油坊里瞧。

阿娇是袁家抱来的童养媳。她的小丈夫叫平清，今年六岁。门里的婆婆梅枝也踮着小脚，在清点山茶桃。

霜降过后，袁家的长工短工都被派去了茶园，十三个人忙活了大半个月，山茶桃断断续续塞满大屋里的榨油坊。

请戏是公公太钱临时决定的。婆婆梅枝为此埋怨了几句，太钱瞪着牛眼骂："你个苕婆娘懂啥子事？照办就是。"

一旁的阿娇吓得连呼吸都缩了回去。

太钱昨日去了趟长滩街，回来后就一直阴着脸，见人骂人见鸡撵鸡。

太钱幼时得了一种叫"走马干"的怪病，鼻黏膜发炎后，一直化脓不断，去汉口寻了大夫都没用。鼻子腐烂的地方直延伸到上嘴唇，病好后，鼻翼和上嘴唇虫噬般各缺了半块。他平素极少出门。每个月去长滩街兑票，总用一块青布遮着口鼻。

那日，刚从山上返回的太钱，琢磨着兑票的时日到了，想着从梅山峡去长滩街也不远，便衣服没换鞋没换，顺手扯了只旧竹篓背着出了门。在找管账的大先生之前，他临时决定往长滩的东大街走走。

在袁家屠铺前，他停下来。刚刚忙完的屠夫，看着眼前瘦眉窄骨的老头儿，只见他脚跐一双破草鞋，凌乱的小辫歪盘在后脑上，眼下罩块青布，风一吹，便露出鼻子下的一大坨麻花豁口。屠夫怜悯心突起，随手捡了一块卖剩的下水肉扔给太钱："哎，赏你块肉吃。"

太钱的脸当即涨成了猪肝色："把你管事的请来！"

屠夫一听来了气："你爱吃不吃，送你的，还嫌肥拣瘦。请管事？我呸！我家大先生在水楼听戏呢，岂是你说请就能请的？"屠夫一把将肉夺回。

太钱气得直跺脚，吼道："没耳朵吗？是不是不想干了？马上把你管事的叫来！"

屠夫一怔，嘴里仍喃喃："你一要饭的臭老头儿，我好心赏你一块肉，还这么不识好歹。"

太钱一把就掀了肉案。

大先生听说有人在闹事，怒目从戏楼冲出来。他一见太钱，脸上立时堆起笑，扯了扯屠夫齐作揖："大东家，不知者莫怪。您不常露脸，大伙儿都不认识您哩。"

"好！好一个不常露脸！那我让大伙儿认识认识。通知一声，明日让掌柜们来梅山峡听戏！"太钱背着他的竹篓，跐着草鞋，阴着脸回了梅山峡。

闹台鼓响过第二回，梅枝出来了。门口的轿已备好，四个长工临时充当轿夫的角色。轿是竹制的，平顶黑油齐头轿，左右是青皮篾编成的牖，轿门处坠了一道红丝绒的帷帐。阿娇努努嘴："娘，峡内到畈上，两百米不到也坐轿？"

梅枝斜瞥了阿娇一眼："不想看戏，就在屋里待着，看家。"阿娇吓得不敢再吱声了，她缩着脖子，悄悄地跟在轿子后往大屋场走。

闹台鼓响过第三回，袁家大屋场密密麻麻挤满了人。梅枝的轿子刚落，账房大先生哈着腰凑上前搀着她去了上席。

花鼓戏三打闹台戏开场。三打闹之后，戏台却没有半点儿要开场的迹象，倒是一声接一声的锣声鼓响大钹木鱼声，响彻大屋场。戏台下摆满席面，桌上的茶水果品糕点没人去动，几十位掌柜分两列站着，一律的青衣长马褂。肉铺的屠夫后背冷汗直淌，不安地望着上席正中那张空椅。来时大先生可是说了，大东家要是不作诺，肉铺的营生就得收回。

戏台静了，仍旧是草鞋声先响，一个瘦弱的身影挑着山茶桃走来。放下扁担的太钱松开罩在脸上的青布，抖抖前襟的草屑。他抬手压下几次欲言又止的大先生，也没看一脸惊恐的屠夫，手执青布擦了擦额上的汗，对梅枝笑："今日把后山又搜了一遍，算上我这担桃，今年的山茶几多？"

梅枝翻开账簿答："六百九十一担。"

太钱点了点头，转头问大先生："竹坊呢？"

大先生手捧账簿上前，不料一脚踩空跌在地上，话却没半点儿耽搁："回东家，本月竹板十万块，竹席一万床……"

太钱点了点头，朝两旁茶庄、米铺、饭馆、裁缝铺的掌柜们道："我叫袁太钱，劳大家受累了。"又朝阿娇招招手，"丫头儿，去让班主开《合银牌》，大家等着哩——"

清光绪三年冬日。原本热热闹闹的长滩东大街，十铺九关，近百家铺门统一置了块小牌：大东家请戏，今日休市。来而复返的人，空手等待的人，全拢在一处。人一多，闲话来了。知情人说："这人哪，不能以貌取人。"

"是呢，凡事还得有个规矩，越线就不好哩。"

"可不是嘛！多少人的饭碗呢！"

可不是嘛！多少人家的生计哩！

麻　雀

刘兆亮

　　城北钢厂的家属院，依山而建，绿树成荫，树枝上常有成群的麻雀叽叽喳喳。时不时地，有两三只或四五只麻雀突然弹射一样飞出去，像是被派出去执行重要任务。有鸟的地方，就有看头。头发银白、身形清瘦的水珍奶奶仰头看了一阵子，边笑边拄着拐杖往家里走。这时，通常有几只麻雀一边叫一边紧跟着水珍奶奶。她快，叫声就急；她慢，叫声就缓。

　　水珍奶奶住在这两行大树的尽头，12号楼301室。这些老房子每家有两个水泥窗台，一尺多宽，多是晒鞋子用的。水珍奶奶家的窗台不晒鞋子，而是固定了两个木槽，分别刷上蓝色与红色的涂料，木槽边缘车出个拳头大的圆孔，上罩车下的圆形小木盖，木盖上还画上两棵小树，搭扣系上，又精巧又洋气。这两个伸出的木槽，是麻雀们的天堂。水珍奶奶伸手撒小米，一群麻雀腾空而起，让出空地；收回手，麻雀又集体落下。她就像在窗边甩干一块灰色的湿布。

　　十多年来，水珍奶奶自己吃得少，省出来熬粥的小米给麻雀吃且一天管三顿：早晨六点多准时撒上早点，上午十一点午餐，晚上五六点钟晚餐——冬天的晚餐有时会更早一些。两个窗台之间挂着一个上海牌挂钟，挂钟旁贴着一个蓝墨水写的时刻表，字迹已褪色，从远处看简直就是一张白纸了。其实，不要说这张时刻表，连挂钟也基本形同虚设——水珍奶奶根本不需要看表，什么时候抓小米，什么时候撒小米，准时得很。小家伙儿们不挑食，一年四季都吃米粒。可就是闹哇！天亮那顿最吵。夏天四点多天就亮了，水珍奶奶还没起床，它们就贴上窗户，对着玻璃，用嘴巴啄，用翅膀打，还用爪子抓，叽叽喳喳地叫。叫也不行，不能坏了规矩的。

水珍奶奶有六个子女。子子孙孙要是都涌到家里来，那阵仗跟窗外的麻雀差不多。有一阵子，女儿、儿媳也写了一个日程表，轮流过来陪着水珍奶奶住。这些上有老下有小中间有事业的女人们，说起话做起事都急匆匆的，特别是搭床铺陪老人休息时，不甚习惯窗外的麻雀，甚至有点儿恼。水珍奶奶就笑笑说："别恼，麻雀好着呢！你看它们早睡早起，有规有矩。人跟鸟啊，在树看来，在月亮看来，都是一样的，喘气、吃饭、闭眼（死去）。关键是不管做什么事，心里都要有日程表。"

女儿和儿媳咂摸着，觉得有些道理，慢慢也都习惯了。傍晚，看水珍奶奶撒好小米，看会儿电视，到八点来钟，窗外零星的麻雀叫声也收了，她们也就跟着睡了。但她们又会被驻在心里的"麻雀"吵：自个儿有应酬，要跟姐妹妯娌换班；儿女上学的事又没弄好；单位的科长眼看到了年龄，又从外边调进一个；等等。不小心都要跟水珍奶奶唠叨。最后，还是水珍奶奶花气力来开导她们，也就免不了要说麻雀："你看人家麻雀，飞得不高，长得一般，也没啥名气，照样活得欢欢喜喜的。"

水珍奶奶喂麻雀时，是庄重的。给麻雀撒了小米后，她戴着老花眼镜，在两扇窗之间慢慢踱步，又踮脚张望，然后满足地点头；有时两根手指还朝下巴捋一捋，这神气便不再像个小老太太了。有时看到那些吃饱喝足的麻雀，也不走，她就扑哧一笑。她知道，很快，那只麻雀会将尾翼翘起来，两条细腿一矮，丢下一泡浓稠的粪便，再拍拍翅膀，满足地飞走。水珍奶奶等它们都吃好飞走，就打开两个木槽边的圆形木盖，提起浇花的长颈水壶左右冲一下，水就带着粪便从彩色的圆形小盖上流走，落到地面上。这样，一蓝一红两个木槽总是清清爽爽的。

后来，水珍奶奶也不让子女每天过来陪她了。她跟女儿、儿媳说，这里的麻雀少说也有百十只，它们叫叫嚷嚷，像是唱歌给她听呢。它们吃好飞到大树上去，也引她去散步。仰头，看它们嬉闹，她很开心。她让子女们休息日过来一阵子就行。子女们说说开心的事，屋内嘻嘻哈哈，窗外叽叽喳喳，这就是她水珍奶奶所希望的样子。

要说水珍奶奶究竟怎么喂起麻雀的，她自己也说不清。

早些年，她跟老伴儿去西南的雅安支边，当拖拉机手运石料。那里山路绕绕的，很危险，她有过几次死里逃生的经历。那次，车翻在一条水沟里，水珍奶奶被甩出去很远。拖拉机压住了老伴儿，让他喘不过气来。水珍奶奶爬过来，抱着他的头。老伴儿说了一句胡话："我听见杭州的麻雀叫了……"

当时，恰好有一群扛着撬棒的工友路过，硬是把拖拉机给抬了起来，老伴儿才捡回了一条命，只被压断了几根肋骨。

后来，他们回到杭州，分在城北的钢厂工作。老伴儿做车工，水珍奶奶在后勤做缝纫工。子女多，日子过得紧。十多年前，大她四岁的老伴儿身体不行了，整天躺在床上。看他难受，水珍奶奶也跟着难受。窗外的麻雀叽叽喳喳的，水珍奶奶嫌吵，开窗扬手赶它们走。老伴儿扯着胡须，想了想说："别恼啊，你撒点儿吃的给它们。"水珍奶奶就倒了一些剩米饭在窗台上，它们吃得可欢实了。老伴儿看着这些小家伙儿抢食的样子，脸上露出了久违的笑容。

以后水珍奶奶便每天都给麻雀喂剩饭，这是老伴儿每天最开心的时刻。老伴儿还看出麻雀吃饭是有规律的，便写了一个日程表，抹了厚厚一层胶水，贴在上海牌挂钟旁边。后来老伴儿身体硬朗了一些，他嫌水泥窗台太硬，怕啄伤小麻雀的嘴，便捣鼓起木槽，车出圆孔，还给木槽涂上一蓝一红两种颜料，说金黄色的小米撒上去，配着颜色好看。还说麻雀啄米时，小嘴碰到木板上发出的声听着人心里亮堂。

后来，老伴儿还是在一个春天走了。那天老伴儿咽气后，水珍奶奶赶紧往木槽里撒了两大把小米，引来一群麻雀，算是为老伴儿送行。

同时，水珍奶奶琢磨着，老伴儿在木槽上车出的那两个圆孔太实用了，让她冲洗时不费事，也不费水。但又有些事，好像还没做完。把老伴儿安葬后，她买来两棵小水杉树苗，种到了水槽下方的空地上，又在树根边挖了两个小坑。这样，从木槽的圆形开口处冲刷而下的麻雀粪就恰好落进水杉树旁的土坑里。

水珍奶奶每次被这群麻雀"领"着出去散步，总是回头看那两棵水杉树。这种树长得慢，像老伴儿画在彩色孔盖上的那两棵一样总不见长。水珍奶奶还数落它们："没这些麻雀帮忙，你们长得更慢。"

水珍奶奶已活到了 96 岁，窗下的那两棵小水杉一直不紧不慢地长着，而围在她身边的麻雀，她竟数得清——一直保持在一百只左右。

雨夜过后

陈首印

看到是冠生的来电，我就想起了昨夜的不愉快。

昨天，姐给我打了个电话，是关于父亲留下的补偿款的事情。

姐在电话那头呼叫："你还不过来？老满和老三要打起来了。"

"不可能吧？"

"是真的，老满说要大头儿，老三不同意。"

"李冠生想要大头儿？"这让我想到母亲离世后的那笔补偿款。那次处理补偿款，我把一家人召集到一起，说了意见，特地强调李冠生家的困难，希望大家一起帮帮他。那笔钱李冠生拿得最多，最后只把零头分给了大家。难道这次他又要复制从前？

可如今不一样了，他身体早已康复，小孩也大学毕业，家庭状况有了明显好转，甚至超过了老三家，这次不应该呀！九十高龄的父亲，把生前事交代得清清楚楚，就是没提他走后国家的补偿款。这笔钱，比母亲的多。我有意交给李冠生去打理，没想到他竟然狮子大开口。

昨天，家庭群里发消息，晚上七点相聚老屋，商议父亲的最后一笔钱该怎么处理。我表态不要，不想参加。

祖屋在老城区。原本挤在老屋狭窄空间里的兄妹，已陆续飞离昔日巢穴，只有排行第七的老满李冠生仍和父母住在一块。

我在家中排行老二。李冠生最小，三岁多了，在别人的嘲笑下才断的奶。母亲说他人小体弱，凡事要让他一点儿。李冠生察言观色听话听音倒是可以，从小就觉得占便宜理所当然，长大后，还把对他的呵护当成应该。我有时会让他，表面上他惧我几分。

接完姐的电话我就急匆匆下楼，连乌黑的天空掉下来雨滴也没察觉。好在是开车，雨点阻挡不了我的脚步。我开启雨刮器，拭去前车玻璃上如同泪痕的雨水。晃动的雨幕中，我恍若看到了父母的身影。辛辛苦苦把我们拉扯大的父母，没想到儿女们会为补偿款大打出手，我不敢想象，老屋里现在是一种怎样的场景。

停好车我快步来到家门口。不知是见到我的到来，还是事态已平息，推门进去，屋子里分外安静。

“我晓得是你怕少了我一份，特地把我叫过来。”我打趣着跟姐说。

“都像你就好了。”姐回我。

“是不是有了新的想法？”我把目光扫向李冠生。李冠生噘着嘴，不说话。

“这是老爸留给我们的，大家都有份儿。”老三表态。

“想起父母，我就心痛。”姐没明说。

“反正钱在我手里，谁也要不走。”李冠生情绪激动。

“你怎么能这样呢？”我站起来，“人是你邀来的，不管怎样，今晚你把钱拿出来。”

“不可能！”

“信不信，我扇你俩耳光！”

“你扇啊！李林生，我忍你好久了！”李冠生居然直呼我的名字，还操起父亲留下的拐杖。

浓重的火药味儿瞬间弥漫了老屋。

看到情况陷入僵局，弟媳晓燕出来打圆场：“你们回吧，他就这样，听不得气话，过一阵就没事了。我来跟他说，明天给大家一个交代。”

晓燕是个明白人，我注意到她的眼眶里似乎有泪水在打转。外面雨一直在下，看来这个雨夜，只能不欢而散了。

我冒雨回到车上，在时而光亮时而黑暗的街头行驶，夜幕中父母的声音一次又一次在耳边回响："我们不在了，你更要多担待。"

停车后，我一边上楼一边想：相亲相爱的一家人怎么能为几个钱伤了和气呢？有负父母重托的我，如遇冰山，心事重重。

分成七份，我的那份给李冠生或是老三？又或是把钱存起来，暂时不分，待冷静后再说？焦点在李冠生，明天找他聊聊？我辗转床头，思索着解决问题的办法，也不知过了多久才迷迷糊糊睡着。

电话铃声响起。"你谁呀？"被电话铃声吵醒的我还耷拉着眼皮。

本不打算接听电话，但电话是李冠生打来的。这个时候他打来电话做什么？我在手指按键的那一刻还对李冠生失望。但失望归失望，电话最终还是接了。

"哥，是我呀。昨天晚上，我太不是人了。你们走后，晓燕说我能从那场大病中捡回一条命，全要感谢哥哥姐姐，如今日子好过了，却还想人施舍，还要赖父亲的钱，这让快要成家了的孩子们怎么看！人要脸，树要皮！她一顿哭诉，把我骂醒了。哥，我的性格，你也知道，在外没几个朋友，如今又把家人得罪光了，以后还怎么做人？我想明白了，钱我拿出来。"

"弟啊，你一大早能说出这番话，说明你还是通情达理的，哥不怪你。"

"哥，你原谅我了？"

"谁叫你是我满老弟呢！"

"哥，我有个建议。"

"什么建议？"我一听，觉得有异，神经又紧绷了起来，"冠生你要打什么主意？"

"哥，你不要误会。我的意思是爸的那笔钱别分了，可存为家庭基金，既可用于应急，也可把利息拿出来奖励读书用功的孩子。"

"这个建议挺好！九泉之下的父母定会为我们高兴的。"

李冠生的电话让我睡意顿消，于是干脆披衣起床，径直走到阳台。

外面空气清新，雨夜过后，天空竟然放晴了。

两棵树

张　琳

　　田晓原一入职，就被分配到一座小站工作。小站在他生活的小城西边，距离有三十多公里。被陇海线串联的无数车站像一枚枚珠子，小城和小站是其中的两枚珠子。远也没啥，有徐州到商丘间的通勤列车，绿皮长龙，俗称"站站停"。早上，由东而西，将上班职工点豆子一样播撒在各自工作的车站；傍晚，从西向东，各车站的下班职工又被吸纳到列车上，返回各自的家。

　　去小站报到那天，正值深秋。田晓原望着窗外的田野，内心五味杂陈。收割后的田野裸露出土黄色的肌肤，旷野上的一些树木叶片枯黄，在秋风中摇晃着，片片飘落……此情此景，陡添了田晓原心底的惆怅。他不想去那么远的地方工作，想待在他生活了近二十年的那座小城车站，在炉火熊熊的办公室上班；下班了，还能徜徉在站外的雪原上，构思自己的文章。是的，田晓原是一名不折不扣的文学青年。

　　隆隆前行的列车一声长鸣，车速缓缓降下来。猛然，有两团火红色的东西闯入田晓原的眼帘，在色彩单调的秋原上煞是醒目。他从思绪里陡然醒来，微张着嘴巴，将目光锁定在那两团"火焰"上。列车渐行渐近，田晓原终于看清楚了，那是两棵挂满红柿子的树，栽种在一个农家小院的竹篱笆边，左右各一。农家小院门前有一条东西走向的蜿蜒土路，距铁路时近时远。

列车正对农家小院的时候，田晓原深吸了几口气，他感觉空气里都是柿子的甜香。那一刻，他突然感觉自己的心情一下子多云转晴，愉悦无比。

列车驶入小站，土路也钻入站下的村镇里。田晓原推开车窗，立时，一股清冷的空气裹住了他的脑袋。田晓原的目光沿着土路向来时的方向眺望，他又看到了那两棵挂满红灯笼般的柿子树。他觉得，一股暖意正流入他的眼睛，注入他的五脏六腑。

上下班乘车时，上班靠右坐，下班靠左坐——田晓原知道，唯有如此，才能更真切地看到那两棵柿子树。不知不觉中，田晓原对被分到偏远小站工作的失落感少了。他每天都想看到那两树红灯笼，那火焰般的色彩，正一点儿一点儿焐热他落寞的心。

时光荏苒，那两树红柿子日渐减少，到后来，仅有少量挂在高处的柿子没有被采摘。明年这两棵树还会红火起来，只不过，明年我还会在这边工作吗？想着想着，田晓原的心态又有些黯然起来。

那个时候，省青年报副刊正举办征文大赛，田晓原有感而发，写了散文《门前两树红灯笼》投寄过去。

那天，田晓原值乘的列车快要经过那两棵柿子树的时候，他的目光就早早地锁定了那里。蓦地，一团火红的颜色出现在农家小院里。渐渐地，田晓原看清那是一个身穿红色风衣的女孩，正手握压水井手柄，水被从地下抽出，一股清泉注入压水井管口的水桶里……列车经过的时候，田晓原看到那女孩冲列车，不，是冲他莞尔一笑。那一刻，田晓原感觉自己的魂儿都被丢到了农家小院里。

后来，田晓原总结出女孩出现的规律——她一般星期天会出现在院子里。

终于，趁一个不上班的周日，田晓原坐上通勤列车，到达那座小站，下车，出站，沿着土路，向那座农家小院走去。到了竹篱笆外，田晓原怯生生地站住了，抬头望着那两棵柿子树。树顶上，有几枚通红通红的柿子在寒风中抖擞……突然，一阵自行车铃声传来，田晓原回头一看，惊呆了——是她，红风衣女孩！

到了田晓原跟前，女孩问道："你在看什么呢？"

田晓原说："这两树红灯笼，我看过无数遍。"

女孩看到田晓原身穿铁路制服，便问道："在这站上工作?"

田晓原说："不是，在这站西边，隔两站。"

女孩说："我爹我娘都在家，进屋喝杯热水吧。"

就这样，田晓原和女孩认识了。他知道了女孩的名字，叫高红梅；知道了女孩的职业，就在刚才下车的那座小站所在村镇的小学工作，是一名语文老师。

在不上班的周日，田晓原会乘坐列车来高红梅家做客。春暖花开，田晓原又一次来到高红梅家。高红梅拿出省青年报，指着副刊上的获奖名单问田晓原："《门前两树红灯笼》是你写的吧? 好像写的是我家呢。"

田晓原故作平静地点了点头。

…………

这一年，在柿子成熟的季节，高红梅嫁给了田晓原。

婚后，田晓原调到高红梅家附近的这座小站。每年秋天柿子高挂，他休息时，总爱坐在院子里，一边品茶，一边看两树红灯笼。

会飞的牛

乔　桦

　　小浩是个七岁的男孩。小鼻子、小眼睛、小嘴，五官像一窝刚出蛋壳的鸟儿，亲密地聚拢在一起。他长相自带喜感，谁见了都喜欢。

　　可毛毛老师不喜欢小浩。小浩思维活跃，像个小尾巴似的总黏着老师提问题。

　　春天，毛毛老师把同学们带到校园的湖畔，上综合实践课。

　　一棵粗壮的老榕树耷拉着长胡须，像一个老态龙钟的老人，静默在湖边。风儿吹过，树上的叶子打着旋儿，缤纷飘落。

　　毛毛老师问："同学们，你们看这些正在飘落的叶子像什么呀？"

　　"像蝴蝶。"

　　"像小鸟儿。"

　　…………

　　小浩说："老师，为什么榕树春天也落叶？我老家的树可都是秋天才落叶哩！"

　　毛毛老师说："小浩，我是让你回答问题，没有让你提问哦！"

　　"可是——我老家的树真是秋天才落叶哩。"小浩嘟嚷着，手不停地挠着头皮。

小浩家在东北农村，他刚刚转到南方这所小学。他到这里后，看到了很多新鲜事物，在他心里，榕树为什么春天也落叶，远比老师问的问题重要。

小浩上前拉着毛毛老师的手走到湖边，指着湖水里漂浮着的一片叶子说："您看，这片叶子像小船；趴在叶子上的青蛙像我外公哩！"说完，就"咯咯"地笑起来。

哈哈哈，同学们也笑了。笑声像清澈的山泉水，一路喧哗而来，清脆悦耳。

杨小跳说："小浩，你外公是青蛙呀？"

"我外公是划船的，他在西河摆渡哩。"

"小浩，你讲讲你外公抓鱼呗！"

"小浩，你讲一下你老家的树呗！"

…………

孩子们七嘴八舌，课堂乱成了一锅粥。

来自东北的小浩像移栽而来的外来物种，很受同学们欢迎。

"小浩，我们是在上课，你在搞事情吗？"毛毛老师眉头拧成了一个绳疙瘩。她精心准备的上课内容，一下子就被小浩带偏了，她很气恼。

小浩吐了一下舌头，细瓷一样白净的小脸儿瞬间就变红了。

小浩变了，课堂上不爱发言了，也不黏着老师问问题了，他从原来的碎嘴子变成了闷葫芦。

小浩读二年级时，米朵老师当上了小浩的班主任。米朵老师爱笑，一笑就露出整齐的牙齿，她的牙齿白得就像刚刚剥掉皮的杏仁儿。

米朵老师第一天上课，就注意到了小浩。小浩的头发黄而茂盛，像个茶壶盖，服服帖帖地扣在圆圆的小脑袋上。米朵老师提问题，全班同学都争着举手，只有小浩低着头，一副无精打采的样子。

米朵老师提问小浩，他回答得很棒，米朵老师夸他聪明，还亲了亲他的额头。小浩的心中突然照进来一缕阳光，他喜欢上米朵老师了。

米朵老师告诉孩子们，平时要学会观察生活。她让大家说说，家里饲养的哪些动物会飞？

孩子们异口同声地回答："鸡会飞。"

琪琪说："老师，鸭子也会飞。"琪琪话音刚落，同学们就哄堂大笑。

同学们平时都在城乡接合部的学校里上学，偶尔去乡下的时候，才能看到家禽。鸡会飞大家都见过，鸭子会飞，同学们都没见过，都觉得琪琪的话可笑。

小浩勇敢地站起来，大声说："琪琪说得没错，鸭子会飞，"停了一下，他又说，"大鹅也会飞！"

哈哈……教室里再次响起愉快的笑声。

小浩说："我家养鸭鹅，我每天把它们赶到河边，一甩鞭子，它们就飞着下河哩！"

米朵老师灵机一动，她把这个问题留作了家庭作业，要求同学们注意观察自己家里饲养的动物，把作文题目《会飞的……》补充完整，写一篇200字左右的作文。

一周后，作文交上来了。孩子们的作文题目多半都是《会飞的鸡（鸭、鹅）》，只有小浩的作文题目是《会飞的牛》。米朵老师再次被小浩惊艳到了，她认真地阅读了小浩的作文。

小浩作文写道：

那晚月亮又大又圆，我起来 sā niào，一抬头，看到一头牛正在院子里慢慢上升，然后越过 qiáng 头向院外飞去，一会儿又落下去了。我叫 xǐng 外婆，我说："外婆，咱家的牛飞走了。"外婆骂我 hú 说八道，翻身又睡了。第二天早晨，我外婆家牛 juàn 里的牛没了，它在夜里飞走了。

米朵老师把小浩从班里叫出来，和他聊了好长时间。

一周后，小浩外婆和外婆邻居家丢失的牛，都被警察找回来了。盗贼事先踩点儿，选择在夜深人静时，翻墙进到院子的牛棚里，用粗大的棕绳把牛捆住，再用吊车把牛从院墙里吊出去，放到大卡车上运走。

米朵老师对"问题孩子"的关爱与尊重，让《会飞的牛》成为警察破案的钥匙。

许多年后，小浩成了知名教育家，他的第一部文集扉页上写着：教育是一场爱与被爱的修行。每一朵花儿，都隐藏着不同的花语；每一个孩子，都拥有着同一座天堂。

一匹没有躺平的马

徐慧芬

躺椅上不停刷手机的老马，这些日子心里只有一个"烦"字。看了会儿手机，又抬眼瞥了一下对面房间，房门关着。里面也有个不停刷屏的人，是他儿子小马。

就在老马退休离岗的当晚，小马回来告诉父母，他第二天也不需要上班了。年前公司裁员裁掉小一半，小马就在这里面。老马也有些想不通，儿子小学到大学都是好学生，工作后也很勤勉努力，凭什么裁员偏偏轮到他呢？但老马是个有涵养的人，不能因为儿子沮丧他也跟着丧气。他鼓励儿子说，你工作了六年，没有跳过槽，说不定这次还是个机会，你试着换换岗位再显身手吧。

在老爸的劝说下，小马开始寻找新单位。但是几个月下来，没有一家单位合小马的意，要么薪水太少，要么专业完全不对口。几圈下来小马疲倦了，有一天晚饭后，他和父母摊牌，累了，不想再找工作了。

老马劝儿子：心不要太高，先找一份工作干起来再说，工资少就少点儿，总比闲在家里要好，机会总是青睐努力进取的人。老马最后这句话，让小马反唇相讥。他嘲笑老头子迂腐：我这些年工作不勤奋吗？可是有用吗？

老头子也生气了：你刚三十岁，还没成家立业，就想躺平不干啦？

我是不打算结婚的。小马说。

就算你不想结婚，我们也不逼你，但你一个大男人总得自己养活自己吧？老马压下心头火，还是劝导儿子。

小马沉默了会儿，期期艾艾地讲起了自己这些天考虑出来的一个设想。小马说，我们工作的目的不就是想要生活得好一点儿吗？如果换一种活法，不用工作也能活得不差，为啥不可以试试？小马说咱家的这套房子现在可以值一千万元左右，如果把这套房子卖了，搬到郊区去，买套面积差不多大的房子，只要二三百万，那么这多出来的七百万存在银行里，利息也够每月的日常开销了……

听到儿子这个主意，老两口一下子呆住了。这房子是你的吗？你有什么资格让我们卖房子挪窝？老马怒不可遏。

你们就我这一个儿子，将来这房子还不是留给我的吗？

谁说过一定要留给你？我情愿将来捐掉！老马斩钉截铁。

这场对话不欢而散，之后父子两人不再搭话。老伴儿劝老马，多给儿子点儿时间想想，不要逼他。

心不在焉刷着手机解闷的老马，突然间被一个视频惊倒了，一连看了两遍，忍不住大叫好好好！

第二天他对老伴儿如此这般关照了一番。老伴儿说，这能行吗？老马说试试看吧。饭桌上不见了老马，小马问老妈，老头子去哪儿了？老妈告诉儿子，你乡下堂哥办的养猪场有活儿干，你爸打工去了。老妈眼泪汪汪地说，老头子有风湿病，我也不放心他去。但他说，趁他刚退休还有点儿力气，多少还能挣点儿钱贴补家用。

几天后，老马收到小马微信：回来吧，小马爬起来了。

老马的眼前又出现了这样的画面：一匹陷在泥潭里的马，无力自拔，眼神里充满绝望，等待着生命的终点。几个牧马人走过时试图救助，但是未果。最后牧马人唤来了一个马群，近百匹马围着泥潭奋力奔跑，马蹄阵阵，呼啸嘶鸣，犹如战鼓重擂……泥潭中的马开始挣扎，奋起跳跃，一次，两次，三次，倒下又重来，最后高高一跃，终于挣脱了泥潭，获得了新生。老马每每回想这一幕，耳边总响起一个声音：用生命唤醒生命。

菊花开满房顶

许心龙

冷暖老师再次回到城南关的自建房，前后左右的邻居大都拍手称快，好像与冷暖老师是久别重逢，又好像冷暖老师是来走亲戚的，如亲人相见。

真是邻里和谐！冷暖老师心里很激动，有血压升高的那种感觉。

政府供职的阿健、理发师金光、小菜贩田一民、居委会安主任等等，都是和睦的邻居。冷暖老师感觉很温馨很熨帖。

这还得感谢安主任，是安主任十多年前介绍的这块地皮，冷暖老师买后自建了房子，与他们春夏秋冬融为一体。

一晃冷暖老师离开众邻三个春秋了。为女儿上学方便，冷暖老师在市一高附近租了房。房子不大，还不断有学生挤着找他辅导功课。冷暖老师辅导功课是不定时的，一有空闲就为求学上进的学生答疑解惑，且不收任何费用。他兑现了传道授业解惑的职责，也赢得了社会的尊重。

西邻理发师金光的儿子前年考上西安交大，就有冷暖老师的汗水。

小菜贩田一民时常念叨冷暖老师，因为他的儿子快上初中了。

倒没见东邻阿健找过冷暖老师。阿健说，找谁不得拿几个学费，承个人情。阿健让孩子上了缴费的辅导班，虽然那费用不菲。表面上阿健与邻居也过得去，只是很少与大伙儿吃个饭、喝口茶、聊聊天。

政府机关的人，大都有副架子，不好放下。

理发师金光这样理解，也这样说，因为阿健从没在他那间普通的理发屋理过一次头。很明显，有瞧不起他的意思，也嫌他掉档次。

把女儿送到郑大，冷暖夫妇就回来住了。

冷暖老师回来后做的第一件事，有点儿惊天动地，很让四邻错愕。他悄无声息地请来了焊接工，要焊一副梯子，往东屋平房顶上去的梯子。然后要往东屋平房顶上布置菊花。菊花盛开，正合时宜。焊梯子，搭遮雨棚，让冷暖老师没少费心劳神，因为东屋南的空隙太狭窄了，只能焊出一个供一人侧着身子上去的梯子，实在太逼仄了。但冷暖老师执意这样做，他相信菊花开满屋顶时，四邻会上来赏花，一屋顶黄的红的紫的白的菊花，也会给他们带来惊喜、带来愉悦。同时，冷暖老师相信上来赏花的人，都会惊讶地看到东邻平房顶上一个怪异的微型建筑。这个怪异的微型建筑，应是冷暖老师陪女儿读高中时，东邻私自建的，且没跟他打招呼。略懂《易经》的冷暖老师明白那个怪异的微型建筑物肯定与风水有关，对自家不利。赏花的人不会不指责，或者是谴责那个怪异的不吉祥的东西的。

一不做二不休，冷暖老师很快把梯子焊接好了，梯子上还搭了个精致的透明的遮雨棚。逼仄的梯子下面空荡荡的，还可放置些闲杂东西。

正是金秋十月，热闹的花市里是铺天盖地的菊花。冷暖老师一下子采购了99盆菊花。花匠师傅高兴极了，一口气把99盆菊花爬梯子摆放在了十多平方米的平房顶上。正好摆满整个平房顶。看来是冷暖老师用心计算好的。

菊花开满房顶，真好看！中年花匠擦一把汗水说。多像一张红红黄黄白白紫紫的床单子，飘在空中，真令人浮想联翩。男花匠又激动地比喻说。

花匠正赞叹着，一群小蜜蜂和几只蝴蝶翩然而至，发出了密集的嗡嗡嗡嗡声。

真有创意！花匠师傅意犹未尽地边赞叹边侧身迈下梯子。

望着花匠身上散落的几瓣菊花，冷暖老师笑了一声，没做过多解释。

花香四邻。

理发师金光侧着身子爬上了房顶。

小菜贩田一民侧着身子爬上了房顶。

醉醺醺的安主任一晃一晃地侧着身子爬上了房顶。

小蜜蜂和蝴蝶兴奋地飞来绕去。

菊花就是香！

他们赞叹着，不由得望一眼自家的平房顶。自家的平房顶分明光秃秃的，满眼的风雨剥蚀的陈年灰暗。

老师就是老师，有水平，有眼光。

他们忙要来花匠的手机号码，大声喊道：我要60盆！我要80盆！我要100盆！

挂了电话，安主任眯着眼睛，隐约看到了自家房顶上的菊花开得正浓正艳，真切闻到了菊花的沁人心脾的香气。

一股微风袭来，安主任睁开了眼。睁开了眼的安主任俯视东邻阿健家，大门紧闭二门紧锁。安主任在平视中，发现了那个怪异的微型建筑。安主任不禁问道：这是啥，不伦不类的？

众人忙望去，面面相觑，倒吸口凉气。没再多言语，恍然明白了什么。

安主任气从心生，呸呸吐了几口带酒味儿的唾液。

四邻散去，冷暖老师回到了书房。他抬头望一眼墙上挂着的一串金色的"五帝钱"。这是妻子在灵山求的，以保家宅安宁、邻里和睦。冷暖伸手摘了下来，仔细端详，依次看到了"顺治通宝、康熙通宝、雍正通宝、乾隆通宝、嘉庆通宝"的端正字样。这分别是清朝鼎盛时期五个帝王铸造的钱币。它们分明是带有帝威的灵物，辟邪、祈福。妻子的一厢情愿多美好啊。扪心自问，这开满房顶的菊花，能以香润人吗？

其实，是冷暖老师刚回来时在二楼阳台上，不经意间发现了那个醒目的微型建筑后灵感突现，萌生了用菊花铺满平房顶的。

怒放的菊花开满房顶，肯定意义非凡。

这或许正应了自己的名字和职业，冷且暖，传道教化。

粘在门板上的信

李海燕

　　端午节那天，她回到儿子家已经下午四点多钟了。单元门口右侧有一棵樱桃树，上面挂满了红珍珠一样的小果实。她一时兴起，把手里的包裹放在一边，从里面找出一个小塑料袋，摘起了樱桃。樱桃果实小，摘了好一会儿也没摘多少。但她今天不着急，儿子值班，儿媳妇带孙子去娘家过节了，晚上不回来，明天在那儿直接送孩子上学。她回家陪老伴儿过完节，剩下的饭菜，老伴儿给她打包一份儿，说回去热一下，晚饭免得做了。

　　这是个老旧小区，一些老住户早都买新房搬离了。后来市重点高中搬到附近，这儿成了学区房，小区里有相当一部分是来陪读的出租户。昨天高考结束，那些考生和家长，像参加一场长达三年的马拉松比赛，耗尽了精力和耐力，高考刚落下帷幕，就立马离开赛场，返乡回家了。

　　她摘了小半袋樱桃，才慢悠悠地往楼上爬。儿子家住六楼，也是顶楼。孙子以前由她在老家带着，上小学时回来的，算起来她来儿子家已经快两年了。到底是将近六十岁的人了，爬了两年的楼梯，这腿脚也没适应过来，还越来越沉了。

　　好不容易到了门口，她一眼就看见门板上用透明胶布粘贴的一个信封。这一发现令她吃惊不小。信封上没写名字，只写 601 室收。她用手摸了摸，摸到两个条状的硬邦邦的东西，吓得她忙把手缩了回来。

她的心不由得加快了跳动的频率，只在瞬间，她就把这封信跟儿子联系了起来。儿子是交通警察，最近正为一件棘手的案子而恼火。

半个月前，红星路口发生交通事故，接到报警后儿子出现场，到那儿一看，肇事车主喝了很多酒，受害者受了轻伤。受害者跟儿子说，他正在掉头，肇事者的车丝毫没有减速，直接把他撞到了路边，肇事者是醉驾。可肇事者身边站着的女人说车是她开的。受害者说他看得清清楚楚，是男人开的车，女人是后来才赶到的。肇事者让其找出证人。受害者问了一圈围观的人，没找到目击者。但儿子相信被害者的话，没轻易了结这起案子。肇事者三番两次地托人来找儿子，并说他会有酬谢。越是这样，儿子越觉得这里面有事。会不会是那个肇事者来报复儿子的？她想给儿子打个电话，又怕儿子担心她。

她回到屋子里，坐在沙发上胡思乱想，连晚饭都忘了吃。她一直在想那个信封里的内容，会不会像影视剧的情节那样，是两个子弹壳？她越想越害怕，犹豫再犹豫，一咬牙把信封撕了下来。

她托着那个信封，真像托着一颗定时炸弹，唯恐一不小心就会爆炸似的。信封没封口，她轻轻倒出里面的东西，是两支钢笔。这是什么情况？她百思不得其解。她拧开笔帽，在手心里画了两下，确实是钢笔。她又看信封里面，有折叠的一页纸，掏出来一看，原来是楼下邻居写来的一封短信。

阿姨，7 号凌晨敲门，误解你了，特向你致歉……

她紧绷的神经这才松弛开来，想起了高考第一天凌晨的事。

她睡得正香，隐隐约约的敲门声把她惊醒了。她拿起手机，时间是半夜两点半，屏幕上显示出儿子在微信里留下的一句话：妈，我出现场了，如果明天早上孩子上学时间我没赶回来，你送孩子上学。她这才知道儿子在夜里十二点时出去了。

她听了几秒钟，没啥动静，心想可能是自己梦中有人敲门。她放下手机准备睡觉，敲门声又响了起来，且比上次加大一个力度，应该是儿子出现场回来了。这孩子一着急就忘事，肯定钥匙又忘拿了。她这样想着下了床，还没到门口，敲门声又响了起来，这次力度大了可不止一个，屋子好像都在颤动。她加快步子一边小声说，来了来了。想都没想就打开了门。

看到门外站着的人，她一下子愣住了。

外面是一个穿着睡衣睡裤的女人，此时正满脸不高兴地看着她。她看到不是儿子，本能的反应，攥住门把手想关门。女人向前一步，把自己夹在门板和门框之间。

你谁呀？半夜三更的来敲门？好脾气的她有些急了。

我是你家楼下的，我孩子天亮就进考场了，你家从十点钟到现在一直没消停。我求你，别折腾了，行吗？

她有点儿蒙，没有啊，我小孙子八点就睡了，我九点也睡了。女人不相信地探头往屋子里看。她说，真的没有，我儿子出现场了，我儿媳今天值夜班。女人竖耳听了听，应该是没听到动静，就满脸狐疑地往楼下走，一边走还一边嘟囔，这就怪了，明明是楼上传来的声音。她在后面又叮了一句，真不是我家。

阿姨，我孩子高考完了，我们租的房子也到期了。你们是好人，三年来一直为我孩子营造一个安静的学习环境。如今我们要回乡下老家了，这是给你家小孩儿买的两支钢笔，英雄牌的，一是表达那天的歉意，二是感谢三年来你们的善意。

她听儿子说过，楼下人家是来陪读的，有一天儿子上班，与楼下女人在楼梯上相遇。女人说你家孩子在屋子里嬉闹的动静太大了，影响了我家孩子学习。打那以后，他们严格控制孩子晚上的行为，就是看电视都要把音量控制到最低限度。

看到这儿，她丢下信就往楼下跑，她想告诉女邻居一句话，那天她没有怪罪的意思，她也曾是个陪读的母亲，儿子读高中那三年，家里的电视机都没打开过。只是当时情况突兀，没有心理准备，被吓了一跳。她敲了又敲那扇紧闭的房门，知道这句话极有可能没机会说了。

一起意外的纵火案

赵伟民

中午的太阳正暖，员工们陆续走出电梯，走向广场对面的公共食堂。瘦高个儿保安守在门口的桌子后面，捧着脸盆大小的取暖器，眼珠子左右转动，辨别着从眼前走过的每一个人。

与此同时，10楼一个办公室里，有团小火苗正在沙发腿上跳跃，它一蹿一蹿爬上沙发，摇曳着向四周蔓延。沙发里的海绵在燃烧后掉下来，形成一个个火球，瞬间引燃了附近的办公桌椅，漆皮掉落，发出噼噼啪啪的声音，刺鼻的浓烟触动了火灾警报器。但遗憾的是，办公室刚装修完工不久，正等待消防验收，喷淋头被工人用电胶布缠住了，只有一小股水雾从侧面喷出来，射向没有火苗的地面。气势汹汹的火焰蔓延至桌子下面如蜘蛛网般的电线，"噗"的一声，瞬间溅燃整个办公室。

江超赶到时，消防队已扑灭大火，但整个楼层的墙壁和天花板被浓烟熏得漆黑，水淹没了整个楼道，办公室里一片狼藉，无法挽救。墙角那盆原本花叶正旺的茶树，被大火烧焦，乌黑的枝丫像挥舞呼救的手。一名警察接到报警电话，在废墟里翻找，他在一截钢架下面发现烧成黑疙瘩的取暖器，这里正是摆放老板椅的位置。他拍完照，带走证物，在门口拉起警戒带。

两个小时前，江超还坐在办公室接待来访的下岗职工，那些人已经不是第一次来了，他们吵闹着要去找总经理。江超推托说总经理不在，让他们下午再来。其实江超一刻钟前才看见总经理进了电梯，指示灯停在了 12 楼。他想告诉那些人总经理在办公室，又担心被总经理知道了骂他。

江超今天原本打算找总经理谈事情的，但一大早被上访的人围住，脱不开身。过完这个冬天，江超就满 40 岁了，抽屉里那一摞摞资格证书，足以让他胜任副经理职务。可 20 年来，每次竞聘副经理，人事部主任都会笑眯眯地安慰他说："江哥，真不好意思，我必须提醒你，你的学历无法满足副经理的岗位要求，但这并不是对你的任职经历和专业能力以及聘任资格的质疑。"

"都是借口。"江超啐了口唾沫，唾液黏附在茶树的枝叶上，拉成长长的黏条，像个吊死鬼。"真他妈欺负人。若不是学历限制，老子早都升为副经理了。"江超对着来访的下岗职工嘟囔。那些人随声附和。

江超在酒醉后曾说要一把火烧了办公室，而今真着了火，他倒着急起来。他使劲儿回忆，但越想越迷糊，他不记得中午下班时关没关开关、有没有拔掉插头。甚至，他弄不清楚到底是自己关的门，还是别人替他带上了门。

"知道怎么起火的吗？"警察问。

"不知道。但那些信访档案的确看着都让人头疼。"江超拍着脑袋说。

"那些下岗工人中有没有可疑的？"

"他们看着强硬，其实心软得很，他们没这个胆量。"江超觉得那些人和自己没什么两样。

警察敲敲桌子，说："可我们到的时候，门没锁，你怎么解释？"

"我锁门了啊，那些下岗工人可以证明的。哦，对了，我原本还打算带他们到员工食堂吃饭的，可他们不愿意去。"江超脸上露出了僵硬的笑。

警察翻看着一沓照片问："取暖器为什么会在老板椅下？它原来的位置在哪儿？"

"有人动了取暖器——不，他们不会这么做，那样对他们一点儿好处都没有。"江超解释。

"他们是谁？下岗工人吗？"

"对，不会是他们。"

"那先这样。你这几天不要远离，我们会随时找你了解情况。"警察让他签了字就离开了。

　　江超期待着这次火灾被定性为线路老化引发的意外事故。他来到办公楼下，看看路边金黄的五角枫，看看头顶瓦蓝瓦蓝的天空，又眯眼瞅瞅刺眼的太阳，煎蛋似的太阳正在楼顶蹦跶，似乎稍有不慎就会滚落下来，引燃整个大楼。大楼共有 12 层，中央空调在 11 月初是不开的，江超的办公室在最北面，不见阳光，他有老寒腿，就买了个取暖器放在办公桌下。

　　夜幕降临时，江超去了一家酒吧。昨天晚上在那里他认识几个推销酒的小姑娘，她们没有问他的年龄和学历，也不管他是经理还是打工仔，她们热情地招待他，陪他喝酒跳舞。江超很放松，身体轻飘飘的，在舒缓的音乐里，他想起来 12 楼的总经理套房，那里有沙发、有红酒，还有一位个子高挑的女人。

　　两天后，几名警察带走了江超，指认他的是那个瘦高个儿保安。

刘大头

赵长春

刘大头在街上卖肉。

刘大头卖肉的时候，是一道好风景。生肉、熟肉，都卖。李家的肉架子、王家的熟肉摊，到谁家，谁家的肉卖得快。驴肉、牛肉、羊肉，客人要哪里，要多少，他一刀下去，特别准，倏忽之间，肉切下，差不上一毛两毛钱。这些还不算，关键是他刀工好，人们买肉，为的是看他耍刀。刀长，刃薄，锋利。刀在手，如手中的手。剥、切、割、剔、片、斜片、交叉切，讲究功夫。粒、花、丝、块、条、丁、段、球、茸、片、马耳、兔耳、象眼，讲究肉形。他片出的肉，薄如纸，如铜钱，一片、两片、三片……装盘，或者油纸包好，还可以夹火烧。

刘大头到哪家去卖肉，火烧摊子也跟着，卖得也快，跟着刘大头这个手艺沾光。肉卖完，主家会给他事先留下的肉，给他三二两酒，后来可以给两三瓶啤酒。他不推辞，也不嫌多少，高高兴兴地回去。洗罢，仔仔细细地吃，惬意得很。

刘大头基本上一天两顿饭，早晨不吃饭，睡觉。中午随便吃一顿，多是一大碗杂粮粥，熬在铁锅里。主要靠晚上这顿，应该说很丰盛，有肉有酒，还有火烧。他不要烧饼。火烧不是烧饼，火烧的味道比烧饼更纯正，一层一层的，裹着油、盐、葱花、五香料粉，特别香、焦、脆；配上他切出的肉，更有味道。所以，慢慢地，那些烧饼铺都学着打火烧，以免刘大头不要他们的烧饼。刘大头精瘦，他的刀很配他的身形。人们说，他得瘦，不瘦的话，就与他的刀不配。也是，他晚上吃得晚，还多，却不胖，叫人羡慕。

刘大头是从外面回来的。回来的时候，他家的宅基地早已经被占了。他上不了户口，就没有分地的资格。刘大头就借宿村口的炕烟房，或者是戏台子，或者是罗汉山、丰山的庙里。后来，他不去庙里了。人家说他天天动刀，身上有凶器，不能进庙。他就不去了，就借宿戏台。袁店河上下，好戏。戏台闲不住，隔三岔五唱戏。一唱戏，人就多，人来人往，就有人卖吃喝、卤肉、火烧。王屠户的肉摊子生意好，有一天喊刘大头搭帮手儿："我看你今儿个又睡戏台脚了，饿狠了吧，来，搭个帮手，一会儿管你吃顿好饭。"

刘大头说："那你先让我吃块肉。"

王屠户一笑，就指了个羊头："这能吃完吗?"

刘大头一笑，十香菜蒜汁浇羊头。欻欻欻，扒脸，抠腮，破骨，吸脑，也就三两分钟，干掉了一个羊头！看得王屠户一愣一愣的，很心疼。不过，刘大头一上手，王屠户反而清闲了，并且肉出得快。

台上唱戏，台下卖肉。刘大头耍出了自己的好刀法。片、剁、剐、旋，刀子在他手上如花。左手，右手，高举起来从头顶落下，看似左肩抽出，却在右肋露出，肉在案头，已经被片好……人们叫好。很快，王屠户就收摊儿了，还能认真地看会儿戏，高高兴兴地站在戏台口，看自己喜欢的那个小姐，走八字、舞扇子、甩辫子……看着看着，咽喉一动，咽了一口口水。

刘大头说："别想了，人家戏班子明儿个都要走了。"

王屠户就嘿嘿一笑："你知道怪多哩。"继续看戏，戏完，回家。

刘大头就这样有了营生，卖肉。袁店古镇屠户多。羊肉、狗肉、兔肉、猪肉、驴肉，刘大头都能上手。他不宰杀牲口，就帮人切肉、分肉。一扇肉摆在案上，很快就能切割出各种各样的肉块儿来，分类摆好。再去下一家肉架。

刘大头更喜欢傍晚，卖卤肉，夹火烧，看着朦胧的舞台，夜戏好看。刘大头觉得演小姐的那个女演员，真好看，就是好看，美。

隔一年，那个戏班子又来了，那个小姐还是动人，王屠户特别喜欢。那个晚上，小姐去解手，就是戏台后高粱箔子临时圈的地方，王屠户就跟了过去。刚要拨开箔缝儿去看，没承想被人拍了一下，捂了嘴。一扭脸儿，一把尖刀正对着眼睛！他看见刘大头的目光特别狠，特别凶。

再后来，袁店镇上就传开了，说刘大头当年在外面被人欺负了，就用一把刀解决了恩怨，住监，然后又回来了……还有人说刘大头干过"蹬大轮儿"，就是在火车上偷东西。后来他就跑回来了，带着一把刀。刀本来比较厚，敦实，他晚上睡不着，就在河边磨，硬是磨出来一把细细的刀。说法很多，真假不知道。反正刘大头的故事，就这么传了下来。刘大头呢，不解释，睡觉、干活儿、吃肉、喝酒。不过，不再给王屠户搭帮手。

刘大头帮人卖肉不收钱。他说，钱多了没好处，有吃有喝就行了。雨雪天唱不成戏时，他会割些肉来，送给戏班子，还有说书的、打鼓的。他说，谁都有难处……

后来，刘大头走了。走的时候，肉架子、饭馆、卤肉铺等行户，兑钱给他买了口棺材，埋在袁店河畔，把那把刀也放在了他手边。他的故事就一并被埋了。

后来，袁店古镇的春会上，有家戏班子的一位演员打听刘大头的事儿。人们给她指了他的坟头。那演员哗地红了眼睛，在坟头前跪了下来，哭得肩膀一抽一抽的。从身形、眉眼上看，一些上岁数的人说，像当年演小姐的那个女演员。

可像。

越看越像。

画　虎

王东梅

　　我以为我可以成为一个画家，可是没有。

　　是妈妈的离开吗？

　　应该是吧。

　　我趴在课桌上画一张画。画妈妈柔顺的长发，和她慈爱的目光。我还想画她温暖的臂弯，还有我躲进臂弯里滚烫的泪水。可是一只手突然伸过来，抢走了我的画。

　　是张三。

　　画在张三手里，像妈妈高坐在云端。

　　张三的巴掌很大很厚，张三的巴掌落在我的后脑勺上，我的脑袋就开始嗡嗡嗡地响。可是我不敢还手。张三的个头儿比我高，张三的劲头儿比我大，他不屑和我打一架，他只要用他的巴掌扇我几下，我瘦小的身子就能散了架。从来，都只有张三欺负我的份儿。

　　我趴在课桌上嗡嗡嗡地哭，我只会哭。云端太遥远，妈妈也遥远。

　　妈妈说过，每个人的心里都有一间黑房子，黑房子里住着一只虎。我也有吗？我问。妈妈说，有。

　　我很好奇，会是怎样的一只虎呢？妈妈说，一只能赐予你力量的虎。我想见见我的虎。真的。

是我的呼唤感召了它吗？

当我抬起头，它已经端坐在了我面前，驯良的目光像一汪清水把我包围。我游弋在这汪清水之中，奔突、跳跃，像回到了母亲温暖的子宫。它漂亮的花纹迷醉了我，在这迷醉里我竟然迷迷糊糊地睡着了。当我醒来，它果然已经不见了。即便不见，我也确信了它真的存在。它的存在，让我感觉到莫名地强大。

张三大概也意识到了虎的存在，没再打我，而是丢给我一个鸡腿。张三说，只要我听话，我就是他的小弟，我就天天有鸡腿吃。鸡腿是整只鸡的味道，我的虎有鸡腿吃吗？

我继续趴在课桌上画我的画，我要画一把剑——锋利的剑锋可以刺穿万物。我觉着我的手腕被注入了神奇的力量，每一笔都锐利无比。

张三远远地望着我。

我觉着我不需要再怕他，虽然他是出了名的小霸王，可我现在有属于我的虎了。我的虎，会给我注入力量。

我继续画我的剑，每一笔都被注入了新的能量。我相信这是一把能把张三削落马下的剑，我甚至已经预见了张三屁滚尿流的可笑模样。

张三仍旧远远地望着我。

老师说，这是一把力量之剑，来自心灵的力量。

张三的手又伸了过来，把画拿到面前，端详了好一会儿，然后，开始撕。一下，画，变成了两截。两下，画，变成四片。三下，画，成了一堆碎片。四下，画，成了张三手里纷纷扬扬的花瓣。

我听到一声低沉的怒吼，一股激流开始在我的身体里奔突、跳跃。

我强迫自己趴在课桌上，画画。画一只虎。画一只瞪大眼睛，与我对视的虎。我问，你的力量呢？你的力量呢？！

张三带着他的小弟在操场上狂奔，新栽下的花草，刚铺好的草坪，才摆好的桌椅，所到之处一片狼藉。张三的身体里像是装了一台发动机。发动机突突突地运转着，张三就被发动机带动着，旋风一样横冲直撞。突然，旋风冲向了一个个头儿矮小的小男孩，张三的厚巴掌又抡了起来。呀！我闭紧双眼。

突然，有什么东西从我的怀里冲了出去——我又听到了风声——带着速度的风声。睁开眼睛——虎已经冲到了张三的面前。锋利的虎爪按在张三的臂膀上，粗大的虎尾抽打着张三的身体，漂亮的花纹在我眼前迷幻成一片五彩斑斓。我仿佛看见张三的身体像被撕碎的纸片，在天空里飞呀飞。

我画的虎，不见了。

我吓呆了。我的虎，它巨大的力量令我骇然。

我在空白的纸上画——画张三，画张三惊恐的双眼，画张三滚落的冷汗，画张三咧开的嘴巴，画张三扭曲的身体，画张三无处安放的号叫。画面清晰，像真实的情景就在眼前。

老师说，我应该是一个天才的画家。

人人都以为，我一定会成为一个画家。但是，我却成了一名人民教师。因为，我的虎。

——每个孩子的内心都有一间黑房子，从来没有人带他们去过那里。那里，关着一只虎。孩子们以为，自己没有猛虎的能量，他们需要有人引领，带他们去点亮房间里的灯，找到自己的虎。然后，去驯化洪荒的能量，用到自己的身上。

我愿意，是那个人。

年　肉

伍中正

　　茶盐老街菜市场的年猪肉一斤只卖十四块钱，可张德武家的年猪肉一斤要卖二十块钱。张德武家杀年猪那天，陈长竹为难了。

　　"一起喝杯酒，一起吃杀猪饭，年肉给你留四十斤！"杀猪的前一天，张德武特意叮嘱。

　　"好！好！"陈长竹满口答应。

　　不用去吃杀猪饭，也不用去喝酒，更不用去买年肉。第二天，陈长竹变卦。他装作忘记张德武的话，早早地到了茶盐老街，在王屠夫的肉铺前买了八块年肉，用扁担挑回来。

　　"要怪只怪张德武家的年肉卖贵了！卖得太贵了！"陈长竹回来的路上，一边走一边埋怨。

　　张德武家的猪是本地土猪，用他的话来说，猪从小到大，没有吃一口饲料，都是吃米糠、菜叶和红薯。

　　陈长竹每次去张德武家，都要去看猪。一来看猪长大没有，二来看猪是不是在吃饲料。陈长竹看猪在栏里吃菜叶时，才发现张德武的话一点儿不假。

　　"杀猪后，买四十斤猪肉，就按二十块钱一斤的价格给钱。"陈长竹走时对张德武说。

"给你面子，就是腊月里猪肉价格涨到三十块钱一斤了，我也只按二十块钱一斤算。"张德武说。

"要得。"陈长竹满口答应。

晚稻收割后，张德武赶紧打了两担米。他要用米糠壮猪膘。他把米糠添加到潲水里，猪吃了米糠，长膘快。

张德武赶紧去了地里，挖来一担红薯。他把红薯倒在猪圈里，让猪敞开肚子吃。

眼看着猪肥起来了，张德武见了很高兴。陈长竹见了，高兴着张德武的高兴。

茶盐老街的猪肉价却跌了。猪肉价是一块一块往下跌的，从二十块跌到十四块，连续跌了六天。猪肉跌价，张德武没当回事。

陈长竹从老街打听到准确的肉价后，他没有把猪肉跌价的事告诉张德武，他怕张德武听了心里不好受。

张德武继续把从地里挖来的红薯倒进猪圈，倒在摇头摆尾的猪面前。猪一口一口地吃着红薯，吃得津津有味。喂猪那么多年，张德武深深懂得喂肥年猪的套路。

一到腊月，猪价稳定在十四块钱一斤。张德武喊了屠夫胡冬旺。他特意叮嘱，天一亮就杀年猪，杀了年猪就吃早饭。

胡冬旺是当地小有名气的屠夫，胆子大，杀猪也快。杀了张德武的猪后，他没有喝酒，也没有吃杀猪饭，急着赶往下一家杀猪。

送走胡冬旺，张德武去了陈长竹家。半路上，张德武看见陈长竹挑着肉回家，扁担两头，一头四块肉，晃晃荡荡。

张德武赶紧往回走，他想狠狠地骂陈长竹一句。

张德武觉得陈长竹言而无信、不可深交，再也不跟他来往了。

三年后的秋天，张德武在医院做过一次检查。医生说他的病情很严重，要么手术，要么保守治疗。

张德武坚持出院，不愿在医院里耗费时间和金钱，他拿着医生开的药回家了。

陈长竹知道张德武的病情后，赶紧去看他。

张德武明显地瘦了很多。火塘里，火苗跳跃。坐在火塘旁，张德武跟陈长竹聊天。

"三年前，你先答应买我家猪肉的，后来，你跑到铺子里买了肉，这事做得不地道。"张德武说。

"是不地道。"陈长竹附和了一句。

"你要买我的肉，人家十四块，我不会多要你的，也就十四块，好处自然给你。"张德武说。

陈长竹一听，心里不是滋味。

"好好养病。"陈长竹走之前对张德武说。

回来的路上，陈长竹后悔了。当年，他应该买张德武家的猪肉。

冬至那天，张德武特别想见陈长竹一面，他的家人把这个想法告诉了陈长竹。

陈长竹没有犹豫，赶紧过来。

"长竹！我不记恨你。当年，你不买我的猪肉，你有你的想法，你没有错。那一篇早翻过去了！"床前，张德武冰冷的手拉着陈长竹的手说。

陈长竹点点头，不说话。

张德武说话很吃力，一口气没上来，走了。

办丧事时，张德武的家人请来画匠，给他扎了一幢灵屋。陈长竹建议画匠给他扎一头年猪，画匠同意了。

出殡前，烧掉灵屋。那头纸扎的年猪，顷刻间灰飞烟灭。

腊月廿四，农历小年。张德武的坟前，陈长竹跪在地上，叩了三个响头。起身时，他听见远处的鞭炮声响起。他知道，有的人家在吃年饭。

"不陪了，张德武！"陈长竹擦着眼里的泪说完后，高一脚低一脚地走回来。

找活儿

邢东洋

　　我爸是齿轮厂的，效益不好，买断工龄之前早就不怎么上班了。有时候去一趟厂子，也没活儿，就闲扯淡，看工会办的板报，回来就叨咕："这帮人字写得还没我的好看呢。"

　　下岗之后也没闲着，找活儿干呗，九路香江家具城，牵驴对缝蹬三轮，后来落脚八一库，算是个据点。钱比上班挣得多，但也确实辛苦，人被嚯嚯得不像样儿。我还记得，高中的时候，学校组织到九路红光电影院看电影，正好看见我爸蹬着倒骑驴，大老远跟我打招呼。我哥们儿都在旁边，还有漂亮女同学，给我整得老不好意思了。

　　后来我大学毕业考上研究生，入学前跟他一块干过两年活儿，送瓷砖，包括装车卸车啥的，也上楼。后来，我跟别人说我干过力工，相信的人不多，但其实是真的。我光膀子后背会有一条条的棱子，摸上去像搓衣板，明白的都知道那是怎么留下来的。

　　记得是 2008 年左右，沈阳到处盖了不少新房，装修行业非常红火，活儿多。活儿多，但钱也是力气换的，还要溜须售货员、送货司机、小区保安——本是一条绳上的蚂蚱，还得互相踩鼓，相当生动。

　　有次跟我爸还有另一个人去干活儿，没跟司机整明白，最后送货，活儿干完特别晚，留我爸跟业主算账，我和另外那人先下楼等着。那地方当时刚下钥匙，无人入住，整个园区，四处残土，十分狼藉。那人就在背静的墙根处撒了泡尿。这下可好，晚上十点多，被保安发现，非要罚我们款。七八个保安，都是二十来岁，大半夜，衣衫不整，就像剧里的匪军士兵一样把我们围住，对讲机通知了各个出口，不拿五百块钱不让走人。

他们当然没有任何规章制度，这种所谓罚款，跟明抢差不多。但我没勇气跟他们干一架，人多，下手没轻没重，周一我还得上课呢，为这点儿钱犯不上。我爸试图砍个价，但他们油盐不进，恨不得再多讹你一下。眼看着这场闹剧有愈演愈烈的趋势，我们只能趁早乖乖交钱走人。

大冬天，一身汗，刚到手的钱，还没焐热乎就被半路"劫"走，这种失落和屈辱，像被一万匹脱缰的马踏过，无以复加。我甚至想象用炸药炸掉那帮狗娘养的，哪怕同归于尽、大厦崩塌。

当时的我情绪真的就是这样，但我不至于真去报复，不是胸襟大度，就是简单的成本计算而已，划不来。只能慢慢消化，积累多了，就成为埋在体内的一颗古怪的结石。

当然不全是残酷物语，也碰到过比较温情的事情。那时候，总能碰见一个给装修公司看堆的老头儿，打扮挺正，爱吹牛皮。从商业上讲，他可以算我们下游行业从业人员，所以慢慢就熟了。他对我印象挺好，对我说："小伙看你白白净净的，也不像干这活儿的啊。"

我说："爷们儿好眼力啊，我业余的，但活儿干得没毛病吧？"

他说："没毛病。"

我指着我爸说："你就放心吧，这老头儿专业，保证给你瓷砖摆得齐齐整整，跟家乐福似的。"

那老头儿嘿嘿乐，问我："你俩是亲戚吧？"

我爸说："是，挺近，没出五服。"

聊着聊着，他知道了我们是爷儿俩，挺兴奋，对我说："你这小伙儿行，孝。有对象没？我给你介绍一个啊，俺家半拉一个饭店服务员，十八九岁四川小姑娘，人老实。"

当时我正和我媳妇热恋中，她也等研究生入学，正觉得前途光明、未来无限好。但我还是跟他扯："行啊，哪天爷们儿给联系下，见见呗。"

我爸没听出来我开玩笑，说："见个鬼见，你不正处着呢吗？"

可能这老头儿真觉得我这小伙儿不错，便宜卖我一套回迁房。我毕业后卖了，涨了 15 万，结婚买新房借了不少力。这是另一个故事了。

我跟我爸一块干的时候，他比我有劲儿，干起来我看着都吓人。虽然我年轻，锻炼锻炼体力上来了，不过直到最后不干了也比不过他。

但毕竟岁数在那儿呢，怎么也不行。前几年，正月里身体出了点儿问题，手指头麻，去医院检查，腔梗，打了一个礼拜针。他自己也被吓坏了，存折密码都告诉我了。但好了之后又出去，说那毛病就是春节闲出来的，出点儿汗感觉贼通透，比打针管用。

我刚上大学那会儿他也想过自己干买卖，就卖瓷砖，觉得自己懂行了，看完门脸，定金都交了。后来告诉我怎么合计怎么觉着不对劲儿，到底没整起来，定钱也没要回来。这事之后就踏实儿干活儿了，再没起过别的念头。

我爸虽然胆小，但是韧，要强，这些年自己交保险，都是最高档。去年终于退休，自己去劳动局办手续，算出来工资四千多，开始都没敢信，回来乐了好几天。

他对我说："一下午那么多办退休的，我工资排第二。你大姑当官的不算，现在全家就你老舅和你大姨父比我赚得多。"然后喝口啤酒，又说，"这回太累的活儿可以不干了。"

我说："要不你彻底不干，不然咋挑活儿啊。谁给你找活儿都得留点儿缝，瘦的不干，下回人家肥的也不给你。"

他合计合计："也是。不过没事，不行我接了再往外兑呗。"

我说："我瞧着咱爷儿俩是有点儿熬出头的感觉了。"

他说："心有灵犀，我也正想说这句。"

那时候我已经上班好几年，毕业在农村当村干部，没找过人，干到副镇长，他觉得可好了。我也觉得挺好，虽然，挣得不多责任还大，夏天防汛冬天防火，中间还得花大量精力维稳抓生产，累得跟狗似的。但他说："不管咋的这算国家干部啊。"

我说："对，国家干部。"

他说："我今天去一个新小区，看见个小伙儿，比你小点儿，说是自己创业，给人家新房测甲醛。"

我说："都骗人的。"

他说："是吗？那我不懂。我就问他收入咋样，他说这大冷天没人装修，不好找活儿。他一说'找活儿'，我心里就想啊，我儿子这工作我挺满意，得知足啊。挣多挣少不提，至少，再也不用自己出去找活儿了啊。"

我哈哈乐，说："这嗑儿唠的。"

然后，想起很多事，没忍住，哭了。

碎日子

徐均生

子君给我发微信，说中午时段的外卖送完了，想回家喝杯茶，问我有没有时间去。我当即答应。到达时，子君泡好了茶。

子君说他现在过的生活是碎日子，这说法真新鲜。

"你想想看，我工作又多又杂，虽有些忙碌，但是，一天，或者两天三天当中，肯定要留出喝茶的时间。我会独坐在阳台上，看茶芽在热水中翻滚，最后停在杯底，安静地躺着。虽然安静地躺着，但茶芽把自己最好的味道释放出来，讨我喜欢。"

"这碎日子，还是很有联想的。"

子君送外卖、跑滴滴、做水电工，每天的时间是碎片化的。

"那当然！"子君接着说，"什么叫碎日子？就是碎了的时间，或者说零零碎碎的时间，组合成美好的碎日子。"

"美好的碎日子。"我说，"你这说法妙不可言，我很欣赏。"

子君现在独身，年轻时结过婚。那时他在医院药房工作，妻子是他的同事。当有一天发现妻子与领导有染时，他断然离婚并辞职。从此，他的工作很不稳定，大多是打打零工，或者帮朋友做点儿事。

"今天上午，物业又来电话，说物业费需要尽快缴了。想想也是，他们给我服务了大半年时间，该付报酬了。"

子君送完中午时段的外卖回来，便去缴了物业费。

"其实，也不是想拖着不缴，主要还是地主家碎银子也不多。"

他手里的碎银子确实不多。对，碎银子对碎日子，正好！

"银行的房贷，再过一星期必须得缴了。"

子君的这套两居室房子，是他结婚前买的。那时候，他父母还在，首付是父母出的，但贷款要他自己还。父母几年前相继去世了，他现在一个人生活，看上去逍遥自在，但内心的苦楚和孤独只有他自己知道。我当然知道一些，毕竟做了二十年朋友。当年，他妻子出轨，对他打击实在是太大了。他离婚以后，再也没有勇气跟别的女人交往。

我很想对他说，需要碎银子的话，我这里有。但我今天没有说这话，以前曾说过，被子君断然谢绝了。

他的理由是："如果我这一生只需要交一个朋友，那就是你。既然想跟你成为一生的朋友，那绝对不能有经济上的往来。"

我说："君子之交淡如水。"

子君没有回应我的话，我也没有继续这个话题。

这是几年前的事了。

子君告诉我："小区要重新选举业主委员会，我准备报名。"

"你有这个时间吗？"我说，"据说很费时间精力的，又是无偿服务。干好了是应该的；干不好，就要被邻居'踢馆'了。"

子君说："我现在是小区志愿者，在我们这批中老年志愿者中，我是做得最好的一个，还上过报纸电视呢！"

这个我知道，我们信安市倡导有礼有德，志愿者的贡献是非常大的，值得每一个人尊敬。子君每个月都要抽一天时间去养老院做义工。

我感叹道："这样，你的时间真正变成碎时间了。"

"碎时间也好啊，起码现在做的，都是我想做的。志愿者也好，业委会也好，都是服务性质的，很合我的心意。"

"这样也好，需要的话，我也可以来你们小区帮你。"

子君挥挥手说："算啦，你又不是我们小区的，别自作多情了。"

我想也是，那回去以后，我也报个小区志愿者吧，有碎时间了，可以做做志愿者。再跟子君喝茶，可以聊聊志愿者，就多了一个共同话题。

子君喝完杯里的茶，看了一下手机，便说："我得去干活儿了，你安心喝茶，等我回来。"

我望着他走进客厅，拿了车钥匙，开了门，又"砰"的一声关门下楼了。我端着茶杯看窗外，子君走到他的车旁边，开了车门，发动车子，缓缓地驶出了小区。车后阳光铺地，一片灿烂。

我知道，他接单了，晚饭时段跑滴滴，生意特好。

我没有回家，继续坐在阳台上喝茶，重泡了龙游黄茶。喝了三泡后，我放下茶杯，走进餐厅，打开冰箱，看了看，便从口袋里掏出手机，发了微信："老兄，晚上早点儿收工，我准备做大餐，喝点儿小酒。"

几分钟以后，手机"嘟"的一声："好啊，我想吃西施豆腐！"

西施豆腐是我拿手的家常菜，但在好心情下做，才会有好味道。哦，那今天的西施豆腐，应该有碎日子的味道了。

写　字

颜士富

　　不知什么时候，小城刮起一股风，人们习惯性地练习写字。老师说，字是门面，不可随便。

　　然而，在机关里，他们不把写字说成写字，硬说是书法。看明白的人说，这是附庸风雅。

　　李魁、王富贵、宋春归，还有吴宁宁，他们聚到一起的时候，谈论最多的就是写字。

　　李魁说，写字应从楷书练起，横平竖直，就像做人，要端端正正的，不得马虎。

　　那是。王富贵说，中国人的脸，就像汉字一样，生来就是一副"国"字形的。

　　写字嘛，也是修身养性的。宋春归说，心情好与不好，在写出的字上表现得淋漓尽致。

　　吴宁宁听了他们的高论，一时没有插话。吴宁宁出身书香门第，他家几代从教，特别是他的父亲，是县中的老校长。他从小就接受传统的国学教育，博大精深的中国文化深入骨髓。不要说书法，谈到哪一块儿他都不陌生。吴宁宁从五岁开始临帖，楷书取法欧阳询、张猛龙，行书以颜真卿、米芾为宗，兼习史晨、肥致、乙瑛等汉隶，书法四体兼修。书风追求冲淡静穆，内敛笃实。吴宁宁的字已达炉火纯青的境地。此时，吴宁宁看了看他们，说，写字是写字，书法是书法，书法有道，道法自然。字写到自然的地步，算自成一体了。

吴宁宁说的话，他们似懂非懂。

吴宁宁在艺术上的追求已达到一定的造诣，在工作上也是如鱼得水，最近组织上考察他为副处职人选。

父亲听到这个消息，心里不禁产生一丝慰藉。一天，晚饭后来到儿子家，吴宁宁正在书房写字。

看到父亲进来，吴宁宁立即起身让座。

父亲看到案上一本字帖，随手拿了起来，翻了翻说，米芾是七八岁时开始学习书法，启蒙老师是襄阳书家罗让。他十岁写碑刻，临周越、苏轼字帖，人谓有李邕笔法。

是的。吴宁宁接着父亲的话说，米芾平生书法用功最深，成就以行书为大。南宋以来的著名汇帖中，多数刻其法书，流播之广泛、影响之深远，在北宋四大书家中，实可首屈一指。康有为曾说，"唐言结构，宋尚意趣"，意为宋代书法家讲求意趣和个性，而米芾在这方面尤其突出。

父亲说，米芾对书法的笔法、结体和章法，有着他独到的体会。要求稳不俗、险不怪、老不枯、润不肥，在变化中达到统一，把裹与藏、肥与瘦、疏与密、简与繁等对立因素融合起来，就是骨筋、皮肉、脂泽、风神俱全，犹如一佳士也。章法上，重视整体气韵，兼顾细节的完美，成竹在胸，书写过程中随遇而变，独出机巧。父亲说到这里，叹了口气，说，可惜，有人写了一辈子字，却写不好一个"人"字。

吴宁宁听到此，感觉父亲话中有话，谦恭地说，我一直以来不敢忘记您的教诲，儿子有做人做事不得体的地方，请父亲明示。

宁宁，你多虑了，你有今天的成绩，为父感到欣慰，我们还是聊写字吧。父亲说，米芾不仅有艺术成就，为官也清廉。据史载，米芾为官是用文雅为治，尚礼教，祛淫祠。北宋绍圣四年，米芾出任江苏安东（今涟水）知县，主政两年，多有惠政。期满离任时，乡绅百姓略备薄礼为他送行以示感念。米芾一一婉拒，再三叮嘱家人：凡公之物，不论贵贱，一律留下，不得带走。还亲自逐一检点行李，生怕家人暗自夹带。米芾发现自己常用的一支毛笔上有公家的墨汁，便让家人把砚台、毛笔洗干净后，方离开县衙。米芾临池洗墨，不带走安东的一点点墨汁。父亲说到此，竖起大拇指说，米芾堪称一代廉吏也。

父亲，我懂了。吴宁宁说，字为表，我们在临帖时，往往忽略了对人的研究，难怪有人嘲讽我们写字是附庸风雅。

听了吴宁宁的话，父亲说，该能睡个踏实觉喽。

送走了父亲，吴宁宁却怎么也睡不着，父亲的一席话一直萦绕在他的脑海，明天工作正式履新，他想了很多很多⋯⋯

有风的夜晚

张志明

　　那悦耳的丁零声是晚上十一点刚过听到的。她不敢确定那是第一声，也许是她自己或是外边弄出的什么声响，让她错过了第一声。

　　那是一种特别悦耳的金属丁零声。最初听到时，她还没反应过来，只是潜意识里觉得有点儿熟悉。

　　当丁零声又有了第二声第三声后，她才突然想起来，那是他腰带上挂的铃铛发出的声音。

　　下午跟他一起去分公司办事，她看到他腰带上拴了一个铃铛，走几步那铃铛就会"丁零"响一声。他说他的狗丢了，找了几天也没找到。那是狗项圈上的铃铛，他把它拴在身上，说不定狗听到了丁零声，就会从附近什么地方跑出来。

　　他是她的同事，也是她的追求者，两人若即若离已经很久。她还在犹豫，那层窗户纸只有她才能捅破。

　　门外的丁零声不是一直响的，而是隔一会儿响一下，隔一会儿响一下。间隔的时间也没准。

　　当又一声丁零响过，她立刻确定，是他在门外。

　　白天去分公司时，她跟他说，爸爸这两天出差了，她后边那栋楼里有个变态，老是站在阳台上朝她屋里看，看见她就故意咳嗽。昨天夜里那咳嗽声居然在她门外响了好几次。

父母离婚，她跟爸爸两个人住。他出主意让她叫个闺蜜晚上陪她。她说没事，那变态应该不敢再过分。

所以，肯定是他偷偷在门外。

当丁零又一次响起时，她忽然暗自又气又笑，既然做无名英雄，你丁零丁零干吗？掩耳盗铃！小儿科！搞笑！门外蚊子多，咬死你！

可是，又一声丁零后，她就心疼了。夜里蚊子真的太多了，她这些天晚上散步都取消了。

她给他发微信，小心蚊子吃了你！

大概十秒钟，他回，啥？

回去吧，我知道了。没事的。

嗯？

傻啊你？到不了天亮蚊子都吃了你了！

我咋了！哪儿有蚊子？

你傻我也傻？你以为我聋了？

到底怎么了？

谢谢你了，无名英雄！

深更半夜，你睡迷糊了吧？

我没事，赶快回去！

回哪儿？我回哪儿？

不回去拉倒，咬死你！

我回哪儿呀？我在床上，被你微信吵醒了！

懒得理你，不承认拉倒。

她坐起，套了一件大T恤，轻轻下床来到门后，准备丁零再响时突然开门。

等了好一会儿，丁零声却再也不响了。

于是她拨他的语音，门外没有铃声响起，他却接了，干吗？

哟，还知道静音呀？

我没静音，刚才就是被你的微信吵醒的。

他说话声不小，但并不在门外，肯定是在回去的路上。

那就一路丁零回家吧。回去数数咬了几个包，明天照价赔偿。她说。

什么丁零——哦，你说铃铛呀！我不用丁零了，你儿子大概被女朋友甩了，傍晚回来了。

切，你儿子，你亲儿子！她关了语音。

知道他回家，她就放心上了床。

她最喜欢他的就是，永远在背后默默地做又永远不说。不像有的人，给你买一个冰棍就觉得给你捐了个肾似的，隔几天不拿出来晒晒就要憋死了一样。

第二天早晨，她给他发微信：一会儿去乡下看妈妈和姥姥，想不想去？

他秒回一个举手报名的表情。

等他在她车里落了座，她就朝他脸上手上一遍遍找，笑着说，我看看咬了多少包。

他白她一眼，还没醒？这是白天！

行了，谦虚太过也不好。

啥谦虚？我真不知道你昨晚发啥神经！

你才神经，那就烂肚里吧！

你到底啥意思？我去哪儿让蚊子咬了？点点傍晚就回家了，昨晚我没出去。

她举手制止，好，好，到此为止。你哪儿都没去，真在家睡觉了。

我去哪儿了？哪儿都没去呀！

你聋啊！我不说了你哪儿都没去吗？

等会儿回来带你去交警叔叔那儿查个酒精，看昨晚喝了多少！

她抓起前面一个公仔朝他摔去，滚！

在乡下吃了一顿饭，妈妈和姥姥都偷偷对她表达了对他的喜欢。

从乡下回到城里，他下车后绕到她这边跟她告辞准备走。她又笑着说，晚上还去喂蚊子吗？

他突然想起来，哎，忘了，走，现在去找交警叔叔。

她伸出脚去踢他，没踢到，就稍稍收了笑，嘱咐道，今晚安心睡觉吧，我爸今晚回来。

你到底啥意思啊？他瞅住她不放。

没意思。她盯着他眼睛，笑吟吟款款道，你是一个好同志。

城里起了小风。回到家，爸爸还没回来。她开门时，身边突然丁零一声响，让她一激灵。

急忙扭头看，原来是她小时候玩过的一个小狗风铃，一根红绳拴着一个小狗样的不锈钢片，挂在屋门旁边的墙上。

当年爸妈离婚后，六岁的她独自睡，有一天爸爸买了这个风铃挂在她的床头。爸爸说，你害怕的时候，只要摇响这个风铃，我马上就会出现在你身边。

慢慢长大，也慢慢忘了这个风铃。原来爸爸一直收藏着，他是什么时候挂在门口墙壁的钉子上的？

一阵风过，不锈钢小狗便碰了墙，发出一声悦耳的丁零。

她忘了开门，怔在那里。昨天夜里，难道是风？

诗 人

丛 桦

你的语文是体育老师教的吗？

如果真有人这么问，梁栋定会点头称是，且一脸诚恳。

每个人在学生时代都会遇见属于自己的好老师，那种"好"是唯一的、排他的。有时就是一种单纯的感受，就算能说出来，别人也很难理解。

韩老师就是梁栋心目中的好老师。直到现在梁栋仍想不通，韩老师怎么会是体育老师呢？他可以教语文的；再不济，教音乐和美术也行啊。教体育的韩老师看上去弱不禁风，一脸稚气，分明就是个大孩子嘛。事实上，他比梁栋他们也大不了几岁，据说大学念了一半就不念了，也不知因为什么，来他们初中代课，但明显压不住课。他的体育课以游戏为主，动不动就把体育组的各种球全放出来，让大伙儿在操场上可劲撒欢儿。同学们玩着高兴，他在旁边看着高兴，就是校长和主任不高兴，时常会当着学生的面敲打他几句。他会挠挠头，龇牙一笑，牙齿很白。

值得一提的是，韩老师是城里人，住单身宿舍。梁栋去过他的宿舍，一溜瓦房把头那间，以前是仓库。墙上挂着一把木吉他，还贴着几张素描，画上的女子很好看。梁栋认出来了，是医务室的小赵老师。除了一张单人床和简易炉灶，房间里只剩下书了，堆得到处都是。梁栋过去就是为了看书，借书，都是些课外书，诗词歌赋世界名著什么的。

那是从什么时候开始的呢……

韩老师眼睛一亮，像是梁栋身上有什么在闪光，被他及时捕捉到了。

梁栋其貌不扬，学习成绩中下，做数学题和背英语单词最让他头疼。语文还好，他学得挺起劲儿，就是语文老师年老昏聩，照本宣科，不光很少提问他，还常给他的作文判低分。他不服气，曾把作文本拿给韩老师看，问，你看是跑题了吗？韩老师沉吟片刻，一拍大腿："好！写得好啊！别管他给多少分，就这么写，准没错！"

一开始梁栋不相信，谁知韩老师点评起来头头是道，目光炯炯，不容置疑。时间一长，竟发觉两人很谈得来，梁栋有事没事都爱过去坐坐，看看书，或是听韩老师弹琴唱歌。韩老师唱歌很好听，而且那些歌都是他自己写的。韩老师还会写诗，常饱含深情地读给梁栋听，有的地方能听懂，有的地方就朦朦胧胧的，直听得梁栋脸红耳热，隐隐觉得那是写给女生的。在韩老师的感召下，梁栋也迷恋上了这种逶逶迤迤的文体，长长短短写了不少，拿给韩老师看，就会收获他赞许的目光，还会一如既往地啧啧着，不错，真不错呵！也是从那时开始，梁栋暗自篡改了自己的理想，将来他要成为一名作家，不，是诗人……

后来，梁栋没能考上高中，也是偏科太厉害了。再后来，韩老师回城了，据说当初他就是奔着小赵老师过来的。小赵老师是在城里念的中学，两人曾是同学，念书时就好上了。小赵老师先考上的卫校，他后来上了一所很像样的大学，但是没念完。两人的恋情终于大白于天下，还是被校长抓了现行的——是的，这所初中的校长也姓赵。所以，韩老师走的时候有些声名狼藉……

梁栋一直没走出去，如今人们都叫他"梁三"，还会在前面添个"杀猪的"。杀猪的梁三，小镇只此一号，一提都知道。长久以来，梁栋很配合人们给他的定位，一脸横肉，粗声大气，身上总是油脂麻花的。近年中学同学时常聚会，叫上班主任，还有那个已经很老很老的语文老师，梁栋也会晃着膀子到场。多是些衣锦还乡的同学，免不了要动情地回忆一下学生时代，说这个老师好，那个老师也好，就是没听见谁提起过韩老师，好像都集体失忆了一般，忘记了那个给大家代过一年半体育课的大孩子。

没人知道，梁栋始终跟韩老师有联系。逢年过节，梁栋会特意进城，带些上好的里脊肉过去。韩老师过得很不好，还住着小瓦房，不比原先的单身宿舍大多少。他没孩子，倒是有一个粗俗的老婆，面目凶恶，跟他说话从没好气儿。韩老师身体不济，像是提前步入了老年，一度给某大院看门。梁栋没再见过他弹琴唱歌，也没再听过他朗诵情诗。他面对梁栋时甚至已无话可说，偶尔龇牙一笑，牙齿很白。

又是一次同学会，开席没多久梁栋就喝多了。在一片笑语喧哗中，梁栋趴在酒桌上呜呜起来，很大声，把所有人都看蒙了。没人知道，几天前梁栋刚去看过韩老师，其时韩老师已是弥留之际，单薄如纸，嘴唇翕动，似有话要说。梁栋将耳朵贴近，听见韩老师在问他："写吗？现在还写吗？"在得到肯定的答复后，韩老师使劲皱皱面皮，说："那就好，那就好哇……"

梁栋没有撒谎，他一直在写，偷偷地写，有时只能在心里默念给自己听。现在他要大声朗读出来，在众目睽睽之下，他平复了一下心情，从口袋里掏出一张皱皱巴巴的纸，缓缓展平，颤声道："这是一首诗，是我写给韩老师的……"

为了谁

李军民

六百米深的矿井，黑乎乎的煤层，想到自己头上顶着这么厚的地壳，王俊就发毛，这个毛病从十几年前到煤矿当了工人就落下了。

今天几号？"五一"？他已经两个多月没有回两百公里外县城城郊的那个家了。贤惠能干的老婆，调皮捣蛋的儿子，他心里时不时想起他们。

王俊安全帽上头灯的光束上上下下扫射一遍，没有发现什么异常。今年过了年，队长把他和另外一个工友从采煤生产班组抽出来，指定他俩为安全员，每天的任务就是巡查当班的安全情况，发现隐患及时汇报，发现违章马上制止。队长非常看好王俊，说他靠得住，矿上安监处的《安全动态》也几次表扬他敢抓敢管。

马上就要下班了，王俊去往工作面，两个班交接时候人员多比较乱，他得去盯着点儿。

与老婆孩子聚少离多，人们开玩笑：矿工和老婆孩子在家里待的时间，都赶不上和队友们在一起的零头多。儿子今年已经十岁，十年里他陪伴孩子的时间加起来总共不到半年。

儿子性格叛逆，与他有隔阂。幼儿园大班的时候，王俊回家探亲，儿子只顾玩电脑游戏，他想逗儿子玩一会儿都置之不理，不免唠叨了儿子几句。

儿子反而发起小脾气，仰起脖子反驳他："你凭什么管我！一年我才见你几面？还不如外人。你除了给我和妈妈钱，还能给我们什么?!"

儿子一番话说得他面红耳赤，孩子说的是事实，长年累月工作在煤矿，他真的缺少对儿子的陪伴。

在工作面交了班，王俊和下班的工友一起坐上人行车出井。对了，今天"五一"劳动节，按常规，井口一定有矿工会、宣传部、安监处、女工委组织的安全活动吧！

再过几天，他就可以轮休，一定回去看看老婆和儿子，他太想他们了。

儿子今年上三年级，成绩倒是不赖，就是太淘气。那次回家，他正巧遇到儿子同学的家长领着满手缠着绷带的孩子找到家来告状。他气不打一处来，不分青红皂白，狠狠踢了儿子几脚。安抚那个同学和家长走了以后，他原本想给儿子语重心长讲讲为人处世的道理。

儿子受了夹板气，愤愤不平，不理睬他。被他逼急了，儿子扯着嗓子大声说："你光讲道理有什么用！我们同学笑话你就是一个下煤窑的，能有什么出息！我长大了才不要像你！"

妻子急着去捂儿子的嘴，被急眼的儿子咬了一口。

他拖过不懂事的儿子，抬起胳膊想狠狠抽臭小子一顿。但是，当他看到儿子稚嫩的脸上挂满受屈的泪珠的时候，他的心一下子软了，手掌"啪、啪、啪"一边落在自己脸上，一边自责："是我没出息，是我没能耐，我只是一个下煤窑的……"

妻子赶忙拉住他的手，"呜呜呜"地哭了。

儿子物质上他都能满足，但是长时间不在一起的裂痕无法弥补。

他还得在井下工作二十年才退休。二十年，那时候儿子应该考上大学、找到工作、娶妻生子、远走高飞了吧？他不敢往远里想。

井口车场，随大家下了电车，沿着出井巷往外走。

一出井口，两边墙上是火红的安全标语，人行道两边人潮涌动。矿领导身披写着安全寄语的绶带，和宣传部、安监处的人给每一位出井的矿工发放宣传单；女工委的家属们端着茶水、绿豆米汤，让他们喝；工会的人今天特殊，竟组织了一帮八九岁的小孩子，给他们送苹果、递毛巾。

王俊跟着人流，一边往外走，一边傻呵呵地享受着这一切。突然，从侧面跑过来一个男孩儿，一上来就拽住他的胳膊，也不管他衣服脏不脏，一头埋在他怀里，"哇"的一声哭了起来。顿时，两边好多从那些满脸乌黑，只露着眼白、红唇、皓齿的人里头好不容易辨认出自己父亲的男孩女孩们，也纷纷扑到各自父亲怀里大声哭了起来。

王俊莫名其妙，低下头仔细看时，鼻子一酸，顿时两行泪在黑乎乎的脸上画出两道壕沟。

"儿子！儿子！你小子怎么来了？"意外惊喜，他连做梦都想不到。

儿子的脸上蹭了一层王俊衣服上的黑煤灰，被泪水冲刷得小老虎似的。他抬起头抽噎着告诉王俊："爸，我们学校和你们矿上一起搞亲子安全活动，不让告诉你们。你看——"儿子向不远处一指，"妈妈也来了。"王俊看到妻子混杂在家属群里，手上端着碗，忙着给矿工递送米汤。

从家里坐车要四五个小时才能到矿上，以前交通不方便，老婆和儿子从没来过。今天矿上专门派了班车，把他们与好多家属子女接到矿上来了。

王俊俯下身，看着哭花脸的儿子，心疼地从自己脖子上搂下毛巾，给儿子擦去脸上的泪渍。

儿子两只小手，摸摸父亲蹭满了煤灰的工作服，又摸摸父亲落满煤黑的面孔，"呜呜呜"又伤心地哭了起来。

王俊蹲下身摸着儿子的脑袋问："儿子，见到爸爸应该高兴才对，怎么又哭了？"

儿子哽咽着一字一顿地说："爸，刚才我们在矿上参观，没想到你们这么辛苦、这么危险。以后我再也不淘气了，再也不叫你下煤窑的了！"

王俊呵呵笑着说："下煤窑怎么了？我就是煤矿井下工人，靠劳动挣钱养活老婆孩子，不丢人！"

儿子问："那你不生我的气了？"

"我什么时候生过你的气？你是我儿子，我亲你还嫌不够呢！"王俊一边说，一边把儿子双手抱起来举过头顶。

他没有和任何人说起过自己为什么当安全员，有的人认为他是想图清闲，有的人认为他是想往上爬，只有他自己心里最清楚为了谁。

喧闹声中，他环视一下温馨而热闹的亲子互动场面，抬头看看可爱的儿子，扭头看看贤惠的老婆，想想一家三口未来幸福的日子，心里比吃了蜜还甜……

重岗红心鸭蛋

墨中白

泗州城北顺山集，五天一个大集，两天一个小集。逢大集，人最多。街上人不欺生，做生意货真价实。顺山集"井"字形街道，沿街商铺，常见清江浦、桃源、宿迁、彭城，还有洛阳、南京等地的商人过往经营。

王迁巷东西长，两旁门面全是卖吃的，生意最好的还数俞家疙瘩面馆。普通的两把白面外加一碗清水，再放上三五片青菜叶，就这么简单的一碗面疙瘩，大家排着队等着吃。特别是那些外地人路过顺山集，总要找到俞家疙瘩面馆，喝上一碗面疙瘩。生意人经营到这个份儿上，绝了。

有人说，俞家疙瘩面馆之所以生意好，是因为老板俞生为人和气，一脸笑，如佛；俞生像是人肚里的蛔虫，客人喜欢什么，他就谈什么。也有人说，这不是关键，最重要的是俞生见人做面，看似一碗清水面疙瘩，里面学问可大了。比方说吧，那些扛大锨的、拉车的、卖艺的人，到店里，他做的面疙瘩就粗，面蛋多，汤稠，还洒有香油；而吟诗作画、遛狗、拎着鸟笼的人来吃面，他会把面疙瘩用手搓得贼细，面筋道，汤清，并配几片青菜、红薯叶等。甚至有聪明人说，俞家疙瘩面馆生意好，是因为店里的红心鸭蛋。红心鸭蛋，十字法，切两刀，分四块，进店吃面疙瘩的顾客，免费送一块。蛋是红心的，向外淌着油，看着馋人。渐渐地，大家都知道了，这俞家疙瘩面馆，不仅仅面疙瘩做得好，而且店里的红心鸭蛋腌制更是讲究着哩。

一提到俞家疙瘩面馆的红心鸭蛋，吃过的人都夸香，没吃过的人好奇，就寻着找来。俞家疙瘩面馆的红心鸭蛋，只送不卖，想吃，对不起，得喝碗疙瘩面汤。在俞家疙瘩面馆，穷富也好，官民也罢，只要进来是个人，一碗面疙瘩配四分之一个红心鸭蛋，多了没有。

一次，新来知府在顺山集醉仙楼喝酒，有人就谈到俞家疙瘩面馆的红心鸭蛋。知府想尝尝，师爷让酒楼老板派人去买。老板的长脸因为犯难都变短了，赔着笑，实话相告："买不到呢。"

师爷不相信，亲自找到俞家疙瘩面馆，结果和酒楼老板说的一样，给再多钱，不卖，这是店里定的规矩。师爷咬着牙，回来，只能骗知府说："卖完了，改天去俞家疙瘩面馆吃吧。"

回府衙，知府忘了这事，师爷却刻在了脑子里。他想，如何去破了俞家疙瘩面馆的规矩呢？

再到顺山集，师爷领着知府直奔俞家疙瘩面馆。清汤面疙瘩，送一块红心鸭蛋。吃一点儿咸鸭蛋，喝几口面疙瘩汤，得味儿。俞家疙瘩面馆红心鸭蛋香哟！知府好奇店里的规矩，也好奇这红心鸭蛋是怎么做的。知府没问。路上，师爷对知府说："京城的大人不爱金银，要是把这么香美的红心鸭蛋送进京，大人一高兴，准会想着泗州哩。"知府听了，白胖脸笑着点头，叮嘱师爷办好。

听说京城里最牛的大人要吃红心鸭蛋，俞生闭上了眼睛。难道这次真要破规矩了？他对师爷说，两天后回话。师爷嘴角露出一丝笑，吹了吹左手背上长长的五根汗毛，抖两抖衣袖，说："我在帮俞家哩，京城的大人吃中了这红心鸭蛋，俞家疙瘩面馆可就出名喽。"俞生看着师爷皮笑肉不笑的脸，心中嘀咕，师爷的话这么说，没毛病，可他听起来，甚是刺耳。

师爷再次来到俞家疙瘩面馆。一见面，俞生就告诉他，同意了；不过，有个条件，他请师爷把顺山集饮食一条街的商家全叫来，说要把腌制红心鸭蛋的秘方公之于众。这一点，师爷做梦也没想到，王迁巷的商户更是惊喜得张大了嘴巴。

大家不请自来。只见俞生拿出半篮鸭蛋，清洗干净，准备一斤八两凉白开、八两食用盐、四两双沟大曲酒。这才拿出一桶捣碎如面的红土，从中抓起适量，混合拌成稀泥，将鸭蛋一个个裹严实，放进一个坛子中，封好口。俞生这才告诉众人："放阴凉处腌二十五天即可食用，蛋黄酥、沙、油、香……"

大家没有想到俞家的红心鸭蛋秘方就是南边不远处重岗山上的红土，有人怀疑，也有人按照俞生传授的方法，回去腌制了一坛鸭蛋。

快一个月了，师爷赶到俞家疙瘩面馆拿红心鸭蛋，这才发现面馆门牌已换成淮南牛肉汤了。店家告诉师爷，俞生把面馆盘给他，就带着一家人回洛阳老家了。店家和伙计抬出一个大坛子，说："临走，俞老板叮嘱，这坛红心鸭蛋是答应送给师爷的，就等您来取哩。"

准时拿到红心鸭蛋，师爷心里是有底的。一坛鸭蛋，不收钱就等于没有破规矩嘛。可俞生太倔了，怎么舍得丢下经营红火的俞家疙瘩面馆呢？

知府回味着流油的香酥味儿对师爷说："你呀，格局小了。我第一眼，就知那俞生非凡人。顺山集人传言他曾干过尚膳，你不信嘛。"

师爷脸一红，低下头，不敢直视知府的眼睛。后来，他又去了顺山集，满街都能买到重岗红心鸭蛋，可那香味，总觉得少了点儿什么。

将军的绿壳车

周耘芳

起风了，将军双腿关节似刀在割，头上冒着冷汗。

风吹得山上枫树林哗哗地响。将军想，老天爷一滴雨不下，山上茅草、小松树，遇到火星就会燃起来，得盯紧些，否则会出大事。

将军，绿壳车呢？细声细气的，是一个身材瘦小的男孩。他边用手在衣袖上擦着鼻涕，边偏着头问。旁边站着几个和他差不多大的小男孩。

臭小子，只记得绿壳车，不好好读书。将军回答。

这群娃娃，每天上学要走二十几里山路，天没亮，就得集中一起去上学。

人高马大的将军，是从这山沟沟走出去的将军。十几岁参军，后来成为一名机枪手，扛着机枪，从华北平原赶走日寇到辽沈战役到天津，再一路打到海南岛。西南剿匪时，他是师长，横扫千里，直到把土匪全部剿灭。他的大腿被射穿了，一块弹片至今还留在里面。他的左臂膀也有伤。

转业那年，老首长找他谈话，你是将军，身上落下病根儿，想选择什么工作，照直说。面对老首长，他拿出一份申请书说，我申请回老家工作。

很快，申请得到批准，组织同意他回老家九峰县担任县人武部部长。

收拾行李，准备出发。嘀嘀，门口响起汽车喇叭声。一辆八成新的吉普车停在门口，开车的是司令部机关的司机小高，车上坐着老首长。老首长说，人武部工作特殊，你腿部伤未痊愈，按规定可配备工作用车。这辆吉普车是组织配给你的，小高与你一起去九峰县工作。

将军拒绝。

老首长说，这是命令。你年纪不小了，腿脚不灵活。再说，这是单位工作车，车是属于单位的，只是派给你使用。

回到九峰县，刚刚落脚。地方领导迎过来说，将军，回老家工作，干点儿轻松的工作吧。

不行，我早就想好了，分管林业工作，配合林业局管好山上树木。将军话说出口，大家都傻了眼，分管什么工作不好，九峰县境内九座山峰，十八条山沟，除了树，还是树。栽树、防虫、灭火、管树，都是令人头痛的事情。

将军说，我喜欢青山绿水，战争年代没好好看看这好山好水，现在建设年代，我得好好守护它们。

早春时节，山上树木一排排挺拔站立着，一群群花喜鹊、红嘴巴斑鸠在枝头叫闹。吉普车冒着粗气，在山路上爬行。吉普车在五峰山下刺树沟一块空地上停下。

绿壳车！绿壳车来了！一群小娃娃围上来，把车子围得严严实实。摸摸轮胎，拍拍门窗。一个叫小林子的男孩，踮起脚，摇晃着反光镜。去，去，都别淘气了！小高驱赶着孩子们。跑开几丈远，孩子们还是不走，有的爬上大树，有的趴在草丛上，眼睛盯着吉普车。

关好车门，背着干粮和水壶，小高陪着将军去山上查看植树情况。转了一天，回到刺树沟，太阳贴近西边山峰，山沟慢慢暗淡下来。坏了，谁把倒车镜上的螺丝卸走了？小高大声说，凑过去一看，左边倒车镜也歪斜着。

走，回家把车刷了，再补上螺丝。将军笑着说。小高知道将军在部队的习惯，所有车辆归队之前，车要洗干净，一颗螺丝也不能少，得随时保持战备状态。每次从山上下来，将军总是和自己一起，提着水桶，拿着抹布，把吉普车洗得干干净净。

一天下午，车子刚到刺树沟，村前草坪上，一群人在忙碌着，绑门板、拿杆子、搬行李。将军上前问才知道，是老李家的儿媳妇要生娃，大家准备把产妇往医院里抬。小高，赶快开车把他们送到医院！将军发话，小高和大家一起把孕妇扶上吉普车，发动车，开出山去。晚上十点多钟，小高说，吉普车的前轮胎好像有些瘪了，不维修，开不了几天，怎么办？

去修理，明天我走路去五峰山。将军回答。

天蒙蒙亮，将军起床来到刺树沟，就碰到小林子这群娃娃。嘀嘀！话音刚落，小高开着吉普车来了。绿壳车！绿壳车来了！几个小孩蹦起来喊。吼啥，今天考试，再不走，会迟到呢。小林子提着酸菜罐子，带着小孩往山外跑。

小林子，绿壳车送你们上学，可以不？将军对娃娃们喊。跑了好远一段路，小林子回过头来，摸了摸后脑壳问，绿壳车送我们上学？

是的，送你们上学。

听到将军吩咐，小高将吉普车开到小林子身边，把他们一个个抱上车。

站在山头上，将军微笑着，看着吉普车消失在远去的路口，然后转身，拄着拐棍一步一步往山林里走去。

郝先生

王培静

郝先生什么时候开始来山头村教学的，现在的山头村人没几个记得了。大部分人会对孙子辈说，反正你爷爷和我都是他的学生。

山头村是县里最偏远的一个村庄，只有北面一条走出去的路，长年坑坑洼洼，一下雨就泥泞难行。村里人全是土里刨食，靠天吃饭。

郝先生来村里小学时就很瘦，从来没有胖过。郝先生有姓，他全名叫廉郝，但没几个人记得全。村里人虽没文化，却都认为喊他郝先生是对他最大的尊敬。

他是校长，也是班主任，还是语文、数学、体育课的老师。

晚上或休息日，只要不回家，就去家访。他对全村二十几名学生每家的情况了如指掌。

农村穷，该交学杂费时交不上，他就用自己那点儿工资顶上，全村谁家都欠过他账。

那是多年前的事。第二天就是腊月二十九了，许多人家早贴上了春联，石头在家急得团团转，他对媳妇说："你去学校找郝先生写写春联。"

"我不去，去年过年来亲戚，让你请郝先生来陪客，你不去，现在想起人家来了。你把郝先生得罪了，你自己去。"

"嗨，我没脸去哪！要不今年，咱门上贴红纸吧。"

"那更让人笑话，还不如不贴。"媳妇回道。

三年前，石头的老母亲去世了，石头请来郝先生给在东北的大哥、三舅和在部队上的儿子分别写了信。因家里没有空信封，他走路到公社邮电局买了信封，找人家工作人员帮写了地址。他本想儿子刚去部队才半年，不给他打信了。但又一想，奶奶最疼他，不告诉他，将来他还不抱怨自己？没想到最后装错了信封。

儿子打电报来：我娘去世为什么不给我打个电报？我现在回去也晚了。石头觉得对不住儿子，给儿子打电报说：是你奶奶去世了。

石头怪郝先生没嘱咐他，让他办错了事。老人走了，反正三年不用贴春联，所以见了郝先生，他都是躲着走。

细想想，这事怎怪人家郝先生。

媳妇做了饭，都放凉了，两人都没心情吃。熬到晚上八点，石头刚去关了外门，就听到有人敲门。

他不耐烦地问："谁呀？"

没人回话，但敲门声一直在响。

他气呼呼地去打开了外门，一个声音从黑暗中传来："石头兄弟，是我。我怕刚才答应，你不给我开门。我可以进去吗？"竟然是郝先生。

进了屋，郝先生说："老太太走了三年了吧，今年该贴春联了。我怕你不好意思去找我，所以写好给你送来了。"

石头媳妇走到郝先生面前，哽咽着说："郝先生，谢谢您了。"

石头说："郝先生，我混蛋，我不是人，我对不起您。"

"快，快起来。那都是过去的事了，也赖我，没给你每封信上做个记号。"

"郝先生，您要是能原谅我，今天就在我家喝酒。媳妇，快去热下菜，再煎盘鸡蛋。"

"好，今天就在你家提前喝过年酒。"

在山头村，谁家有红白事，最先想到的就是郝先生。人去世了，让他来给记账、写挽联。娶媳妇，也让他来记账、写喜联。谁家来了贵客，特别是新女婿上门，能请郝先生来陪客人，那是最有面子的事。上谁家吃饭，郝先生从不空着手，要不提一块肉，要不提两瓶酒。除了上课，他总是笑呵呵的，好像没有什么烦心事。

郝先生自己做饭吃，所以在学校的一角种了一片菜园。秋天种些大白菜，从冬天能吃到春天。

也不知道是种子不好，还是什么原因，这年的白菜长得不好，不包心。收了白菜，郝先生正为下半年的吃菜发愁呢。

这天早晨，全体学生齐刷刷地站成了一排，每人脸上都带着童真的笑意，他们每人怀里，都抱着两棵大白菜。郝先生扭脸抹泪，多好的乡亲，多好的孩子们呀！

几天后，石头又偷偷拉来了一车白菜。好像传染似的，没人号召，学校里的白菜，竟慢慢堆成了一座小山。

多年以后，村史上这样记载：郝先生父母早亡，他结婚没一年，媳妇难产去世了，之后再没成家，他把学校当成了自己的家。他虽是校长，真实身份只是一名民办老师，教书育人的这份工作，他在山头村干了一辈子。

冷　枪

徐向林

　　海生潜伏在海滩上的一丛茅草窝里，已经两天一夜了。

　　晌午的时候，风刮累了，彻底罢了工。一直在风中摇头晃脑的茅草也安静了下来，一动不动地肃立着。

　　茅草不动，海生也不敢动。这下他可遭大罪了，不说苍蝇大的蚊子叮得他浑身难受，就说那长了翅膀的飞蚁，从他的裤管、衣袖纷纷钻进来，在他黑黝黝的皮肤上到处乱窜乱咬。海生浑身上下犹如乱针扎心般疼痛，但他只能咬牙忍着。因为伏击的目标快要到了，他只要稍一动弹，就会前功尽弃。

　　海生是被海匪顾三豹派来打冷枪的。顾三豹告诉海生，新四军有个大官要从这里经过，只要开枪打死了这个大官，海生家欠顾三豹的债将一笔勾销，顾三豹还会赏他五块大洋。

　　海生的家在海堤边上，可是海堤年久失修，两年前发大潮，他的全部家当都被海潮冲走。无奈之下，海生的父亲上了海匪顾三豹的海船做水手，但半年前，父亲却莫名其妙地死了，且死不见尸。顾三豹非但不说死因，还带人上门索债，愣说海生的父亲欠他一笔巨债。海生家还不起，海生就被顾三豹拉到海船上替父还债。

　　海生眼神好，为人机敏，顾三豹有意识地教他打枪。有一次，海上刮大风，帆绳被桅杆绞住，眼看大船就要倾覆，危急中，海生一枪射中几米开外的帆绳，解救了一船人。事后，顾三豹想让海生做个小头目，海生却拒绝了，说他不想在海上漂，就想着岸上的娘。

顾三豹拉长了脸冒出一句："不识抬举，跟你老子一样。"

那一瞬间，空气凝固了。海生隐隐猜出父亲的死因。

顾三豹情知失言，他眼珠一转，换上笑脸对海生说："我这人一向开明，你再帮我完成一个任务，我就放你上岸。"

可是，接下来很长一段时间，顾三豹不给海生派任务，海生的上岸梦也变得遥遥无期。

直到这次，顾三豹终于派了任务，海生很珍惜这个机会。两年多没见到娘了，他怎能不日思夜想！

海生正想着心思，突然感觉后背一凉，一个软乎乎的东西爬上他的后背。海生情知不妙，他慢慢调整观察镜的位置，将观察镜聚焦到后背上。正如他的猜想，一条蝮蛇蜷伏在他的后背上，三角形的蛇头高高扬起，蛇信子"咝咝"吐个不停，似正寻找猎物准备随时下口。

这种蝮蛇毒性很大。几年前，海生亲眼见到自己的爷爷被日本兵逼着捉这蝮蛇取乐，结果爷爷被蝮蛇咬了，只一会儿工夫，爷爷就抽搐而死。

海生知道，这时他如果稍动一下，蝮蛇保准会对他下口。

而恰在此时，他守候的目标出现了——三个身着新四军军装的年轻人出现在海生的视野。海生看得出来，走在中间的正是顾三豹所说的"大官"，另两个年轻人是他的警卫员。

他们越走越近，还在距海生几米远的地方停了下来。开不开枪？海生犹豫了。如果开枪，自己的身体稍一抖动，受惊的蝮蛇肯定会对他下口。如果不开枪，顾三豹交办的任务就完不成。

咋办？海生被烈日烤干的额头，急出了冷汗。

就在海生犹豫不决时，随着"砰"的一声枪响，一枚子弹准确无误地击中海生后背上的蝮蛇。蝮蛇被弹射到几米开外的地方，一动不动，成了一条死蛇。

海生还没回过神儿来，一名警卫员就冲到他潜伏的地方，将黑洞洞的枪口顶到他脑袋上。原来刚才的那一枪，就是这警卫员开的。

"大官"走到海生面前，示意警卫员收起枪。另一名警卫员将海生搀扶起来。

"大官"上下打量了海生一阵，和颜悦色地说："哟，腿都打晃了，看来趴这儿很久了。"

海生不吱声。

"大官"解开身上的军用水壶，递给海生："喝口水吧，瞧你这嘴唇干的，快成老树皮了。"

海生没客气，接过水壶，拧开盖子，"咕咚咕咚"猛灌一气。

"谁指使你的？""大官"依然和颜悦色地问。

海生想说，但想到曾有一个多嘴多舌的海匪被顾三豹割掉舌头的惨状，又不敢说了。

"大官"见海生沉默不语，没再为难海生，吩咐两名警卫员："咱们走吧，秋汛快来了，得抓紧查看海堤修筑的进度。"

一名警卫员缴下海生的枪，背到自己身上。"大官"走了几步又停下来，对警卫员说："把枪还给他。"

那警卫员着起急来："团长，这小子在这儿伏击，十有八九是想对你下手的。这枪不能还！"

另一名警卫员也帮腔道："就是，要不是他这观察镜的反光暴露了位置，还真不知道这儿有人潜伏呢。团长，我本想一枪崩了他，为啥你暗示我帮他解危？"

团长哈哈一笑道："事实证明，人家没开枪打咱们呀！咱们可不能见死不救、见危不帮。来，把枪给我。"

团长从警卫员手中要过海生的枪，郑重其事地还给海生，并拍着海生的肩头说："小伙子，咱们的枪口是对着鬼子的，不会对着打鬼子的自己人，你说是吧？"

海生默默地接过枪，一时不知如何作答。直到他们走远了，海生才猛然生出勇气，喊道："等等我，我跟你们走！"团长停下脚步，充满期待地望向海生。

海生向他们奔跑过去，跑成了一道光。

平凡日子

柴亚娟

村外南岗子有三十亩地，种的是苞米。男人的身子半隐在苞米地里，只能看见他的上半截身子在动，酥白的叫天子在他头顶一个劲儿地叫，而云朵也似乎长在了天上一动不动。

他铆足劲一口气锄到地头。他闺女田田的小房子已经盖完，那个叫大龙的小子正在听闺女训话。她说，你只要把外边的活儿干好了，家里有我呢。大龙看着田田连连点头，看得出这个小男人很听媳妇的话。这立马让男人想到了自己的女人，田田说的这番话正是女人跟他说过的。

男人侍弄三十亩地闲暇时间多，特别是到了挂锄季节和猫冬的时候，别人家的男人都去镇上或者更远一点儿打工挣外快，他哪儿也不去只待在家里。他觉得这样挺好，有吃有穿的啥也不缺，该干的活儿也干了，还能守着自己的女人和孩子。

女人自己侍弄一个菜园子，从栽苗到施肥浇水，再到锄草，最后把菜运到镇上卖掉，这个过程是很漫长的。还有家里养了两头猪，也得定期出去薅猪菜，还得洗衣做饭，她基本是天还不亮就起床，而天黑了很久也不见歇息。他觉得这些都是零星的小活儿，她一个女人完全应付得了，更主要的是他一个男人也干不惯这些活儿，再说他也懒得干。

男人扛着锄想到自己的女人，似乎从女人身上就看到了闺女田田的未来。不知为什么他心里有些酸楚。他抽了一支烟，又坐在地上想了一会儿，觉得农村人的生活大概也只能是这个样子——他爷爷是这样过来的，他爹是这样过来的，轮到他了也不会有什么改变。晚上收工回到家，女人已经把饭做好了，他吃一碗女人盛一碗，他吃得快，等他吃完了，女人的饭还没扒拉几口。这时有人招呼他去玩牌，他就着急忙慌地走了。

月色特别明亮，他回来的时候女人正在洗衣服，他坐在女人对面抽烟。女人拧着衣服说，回屋睡吧，我也快洗完了。两人躺在炕上，他本来想和女人亲热一下，可女人头一挨枕头立马扯起了鼾声。

男人把锄杠坐在屁股底下，看着闺女田田新盖的小房子不住地笑。说是房子，其实就是把一绺一绺的青蒿摞在一起，摞成一个四方形，两人坐在房子中间玩儿过家家。但大龙在房子里的时间不是很长，他是男人，必须到田里干活儿。大龙的脑袋跟田田比起来有些迟钝，他经常躺在小房子里赖着不走，田田便往外推他。男人觉得挺有意思，想起小时候他也这么玩过，接下来他便想起那些跟他玩过家家的小闺女们现在都嫁人了。他有些惆怅，觉得时间真是过得太快了，好像一闭眼再睁开这一切都似曾相识，可也面目全非了。

田田每天都跟男人到大地里玩过家家，小房子上的青蒿越摞越高，打老远就能闻到一股青蒿味儿。男人歇气的时候也到小房子跟前坐坐，抽根烟，看两个孩子玩儿。

都是因为那场旋风，要不然他们的小房子也不会被毁了。在旋风到来之前田田正在给她的男人准备午饭，黑色的旋风扯天连地很快把太阳都遮住了。田田没命地喊着大龙，可大龙却被吓得跑出了几百米，尽管田田想用身子护住他们的小房子，但小房子还是被旋风刮走了。

男人赶紧跑到地头安慰闺女，田田伤心地一个劲儿哭。这时大龙凑到田田跟前想给她擦泪。田田一把推开大龙的手，说，刚才旋风来了你跑啥？我不跟你玩了！大龙辩解说，我不是在外边干活儿吗？田田说，你干活儿谁闲着了？我又是做饭又是喂猪，还得给你洗衣服，哪样比你少干了？

男人第一次提前收工，给菜园子浇了一遍水。女人卖菜回来看男人在园子里干活儿很意外，说，干了一天活儿也不嫌累。

男人说，你天天干不也没嫌累吗？女人忽然觉得委屈，就用手去抹眼睛。

青蛙的歌唱

张学鹏

河东是稻田，河西是藕田。

绿油油的稻田，一望无际，"稻花香里说丰年，听取蛙声一片"。藕田荷叶田田，莲花朵朵。岸上开满野花，形态各异，五彩缤纷，好像给河镶了两道花边，美丽如画。

河边绿树成荫，是人们休闲娱乐的好去处。这里最令人心动的，还是蛙鸣，"水满有时观下鹭，草深无处不鸣蛙""黄梅时节家家雨，青草池塘处处蛙"。青蛙在稻田里捉虫、嬉戏，在藕田里跳水、歌唱。有了青蛙，这里充满欢乐，生机盎然。

三间红瓦屋，一间小厨房，老人就住在河边。村里年轻人越来越少，剩下的多是老人和儿童。老人坐在河边，听青蛙歌唱，赏白云悠悠，闻青青稻香，如痴如醉。

中午，阳光明媚，天蓝云白，老人坐在河边听青蛙唱歌。

一个孩子走过来，孩子有十来岁，长长的头发，大大的眼睛，戴着一顶遮阳小花帽。孩子来到老人面前，问："爷爷，你一个人坐在这里干什么？"

老人说："人老了，走不动，坐在这里听青蛙唱歌，与青蛙说说话。"

孩子乐了，说："爷爷，我来扶你，咱们到河边走一走吧。"

老人很高兴，努力站起来。老人一只手牵着孩子，一只手拄着拐杖，两人沿着河岸散步。

昨天下了一场雨，稻田里、藕田里，蛙声如鼓。

孩子指着趴在藕秆上的一只青蛙，问："爷爷，那个是什么青蛙？怎么是绿色的？"

老人说："这个叫树蛙，它喜欢趴在树上吃蚊子，有时在草丛里捉虫子，有时在稻田里捉害虫。"

孩子又问："那个青蛙叫什么？看着有点儿吓人呀。"

老人说："这个叫蟾蜍，人们都叫它癞蛤蟆。它看着吓人，但是它最爱吃害虫了，是庄稼的好朋友。"

风儿轻轻地吹，太阳柔柔地照，岸边开满野花，红的、黄的、蓝的、白的花朵开成片，如七彩的锦缎。

孩子指着岸边的花朵，问花的名字。

老人说："这是蒲公英，这叫太阳花，这个叫小金菊，这个大一点儿的花叫秋葵……"

听着老人一朵一朵地数花名，孩子快乐得手舞足蹈。

突然，孩子指着一个洼坑，说："爷爷，这些小蝌蚪快干死了，它们找不到妈妈了，它们好可怜。"

老人看见一群蝌蚪与藕田断了联系，正在浅水里挣扎。

老人说："你去我的窗台上拿一把铲子来，我们把小蝌蚪放回深水，让它们回家找妈妈。"

孩子像一只蝴蝶，飞舞而去。孩子拿来铲子，交给老人。老人在浅水边挖个沟，沟与藕田挖通后，蝌蚪顺着水沟，一个一个游回藕田深处。

看着蝌蚪游回藕田，孩子拍着手，说："蝌蚪找到妈妈了，蝌蚪找到妈妈了。"

老人捋着胡须，望着藕田笑。

一阵风吹来，藕田荷花随风起舞，青蛙的歌声愈发嘹亮。

美好的事物总会被人打扰。一个下午，天阴着，老人和孩子坐在河边，听青蛙唱歌。河边来了一个人，他手拿竹竿，提着蛇皮袋，站在藕田边。

老人说："不好了，坏人来了，咱们去看看。"

老人很着急，向坏人跑去。孩子紧跟着老人。

果然，一个光头正在钓青蛙，手里的蛇皮袋子一动一动的，是青蛙在里面跳。

老人一把夺过袋子，将青蛙倒进藕田。

光头一看，火了，说："老头儿，你干什么？为什么放跑我的青蛙？"

老人说："这是我的藕田，我养的青蛙。青蛙是国家保护动物，偷捉青蛙，违法犯罪。我已经报警了，警察一会儿就来，你跑不掉了。"

光头自知理亏，瞪了老人一眼，拿起竹竿，提着空袋子，灰头土脸地跑掉了。

孩子问："这个人为什么捉青蛙呀？"

老人说："他是坏人，坏人爱干坏事。青蛙吃害虫，保护庄稼，是人类的好朋友。捉青蛙的人都是坏人，我赶走好几个坏人了。"

孩子紧紧拉着老人的手，说："爷爷真厉害，我替青蛙谢谢你。"

老人说："孩子，你要记住，我们身边不仅仅只有喜羊羊，也有灰太狼。灰太狼专干坏事，我们要时刻警惕它，小心它，阻止它们干坏事。"

孩子点了点头。

"薄暮蛙声连晓闹，今年田稻十分秋。"老人和孩子坐在河边，有风吹来，稻浪起伏，荷花起舞，蛙声此起彼伏。

老人闭着眼睛，打着节拍，听蛙鸣。

孩子问："爷爷，你在干什么？"

老人说："我在听青蛙唱歌。"

孩子问："青蛙在唱什么？"

老人说："青蛙在唱，'这里风景如画，住在这里真好'。"

孩子问："什么人才能听懂青蛙唱歌？"

老人说："善良的人。"

"青蛙唱歌真好听，我也听到了。"孩子说。

万千能

张爱国

　　李峤虽到庐州任别驾已有两个月，但还没有出过门。刺史大人很关心他，当初一见面就说："李大人年岁高、身体弱，且由秦岭到淮南、由京城到鄙地，冷热不适、贵体不适、人事也不适，府衙的事就不用你费心劳神了，宅子里歇着吧。"刺史大人昂首走出几步，又道："李大人没事不要出门，遭了寒，本刺史不好交代。"

　　李峤嘴上感谢，心里却在冷笑："我李巨山行走京城中枢数十年，三度拜相，区区别驾府之事，也能劳我心神？你小小庐州刺史，若是数月前也能见我？也敢于我面前说话？罢了，明嘲暗讽，逢迎机变，钩心斗角数十年，没兴趣啦。"

　　李峤两个月没出门，并不是听刺史大人的话，而是他确实年老体衰，喝了两个月的汤药，就差卧床不起了。

　　这天午后，李峤觉得身体通透许多，叫车夫驾车，到蜀山湖。

　　出庐州城西门三四里，就到蜀山湖。湖上，碧波荡漾，鸟翔鱼跃；岸边，竹树葱郁，清幽雅致。李峤老了，不想见到人，叫车夫把车停在一片无人的港汊区。

　　季节已秋，落叶纷纷，湖面动荡。岸边修竹翠得发黑，沙沙作响，波涛一样向湖面倾斜起伏。李峤静静地看上好一会儿，说："老伍，我偶得一诗，也算是一谜，你猜猜谜底为何物。"

"老爷你说，我猜。"车夫老伍蹲到李峤面前，竖起耳朵听。

李峤捋着稀疏的胡须，一字一顿："解落三秋叶，能开二月花。过江千尺浪，入竹万竿斜。"

老伍抓耳挠腮想了半天，摇摇头说："老爷的诗，我哪里能懂？老爷的谜，我更是猜不到。"

"老伍啊老伍，跟着老爷几十年，这脑瓜子如何才能开窍？"李峤用手指轻轻敲击老伍的脑壳，得意地一笑，"也不怪你，老爷的诗谜又岂是一般人能解？"

"好诗好谜，诗巧谜妙！"随着声音，一个老叟从竹丛里钻出来，肩上扛着一捆柴，"这位老爷，为何要作诗损人？"

李峤乜一眼老叟，呵呵一笑："说说，我何来损人？"

老叟放下柴："先说尾句，'入竹万竿斜'。你看这细竹，自得一方天地，不招谁也不惹谁，一个个亭亭玉立，不争不闹，互谦互让，和谐共安。可是，某物非得卷入其中，肆意横行，使它们折腰屈膝，使它们断于水中，不管一竿竿呻吟呜咽，它自高歌低吟，不亦乐乎。"

"嗯！如此解读，未尝不可。"李峤颔首微笑。

"老朽就倒着说吧。第三句，'过江千尺浪'。你看，这蜀山湖原本水清透底，平静如镜，倒映云山竹树，嬉戏落叶游鱼。可此物一到就无事生非，作浪作妖，搅得湖面天翻地覆，浊浪排空，几日也不得安静、清静。"

"敢问老先生何许人？"李峤面色一冷。

"庐州樵夫。"

"樵夫？"李峤上下打量一番老叟，一笑，"如此解读，老先生不觉得牵强附会，或是曲意偏见？"

"别急，请听'解落三秋叶'。秋意萧萧，万木悲怜，叶衰、叶枯教人生发无限怜惜。草木如人，每一片叶都留恋母枝和雨露曦月，哪怕多待上一时片刻，也不愿就此落土成泥。可是，还是此物，极尽乘人之危、落井下石之能事，日日时时地卷来，呼啸咆哮，生拉硬拽，硬生生将人家骨肉母子撕裂。"

"老先生雄辩讨巧！然老夫以为，老先生定是别有用心。"李峤收起微笑，不无讥讽道，"若不然，老先生何故唯独将次句'能开二月花'丢下不解？莫非老先生绞尽脑汁，机关算尽，也不能使此句、此物为非作歹，祸害人间？"

"此物恋花，尤恋高贵之花。但凡是花，此物一旦遇上就左右不离，甜言蜜语，摧眉折腰，讨巧卖巧，极尽攀附依附之术。"老叟顿了顿，似是给李峤思考的时间，"美人如花，花即美人……"

"住口！"李峤大声喝道，旋即又低声道，"老先生究竟何许人？"

"庐州樵夫。"

"老先生既然不愿通报姓名，想必已知老夫为谁。"

"昔日文章四友之首，今日文章宿老唯一。别驾大人，幸会！"老叟向李峤抱拳致意，"别驾大人文名天下尽知，然到我庐州已两月有余，可曾有一二文人墨客前去拜访、讨教？"

"听老先生之言，李峤方知此身早已污名在外，早已令天下文人不屑为伍。"李峤起身，恭恭敬敬地向老叟深鞠躬，老泪纵横，"五十年来，李峤历五帝，讨巧侍奉皇后一人、公主二人。想当初，李峤不择手段，无所不用，无所不能，如今孤苦衰老病于他乡，实乃天道报应，悔之晚矣。"

风，终于停下。

不多天，李峤病死于庐州别驾府。几日后，车夫老伍驾车送李峤棺柩回乡时，偌大的庐州城只有一名老叟相送。

战地恋歌

王 哲

枪声越来越稀了，随着一声乌鸦叫，枪声终于停了。

班长石春雷看了一眼卫生员海平，把枪靠在树上坐了下来。

海平说，不知琼华他们怎么样了？石春雷没吱声，拧开水壶盖儿用手晃荡一下，递给海平。海平举起水壶把几滴水倒进嘴里，吧嗒一下嘴说，哎，你说我们还能活着出去吗？

石春雷把枪抱在怀里闭上眼睛。海平说我看这里的景色挺好，要真埋骨荒山也不错。这时一只黄鸟儿落在树上，在头顶没完没了地叫。海平歪着脑袋看着树上的黄鸟，其实树叶太密实了她啥也没看见。但她还是说，班长，这鸟叫啥名？真好看！

石春雷说，不知死！

海平说，你说谁不知死？

石春雷说，你能眯一会儿吗？小鬼子一会儿就开始搜山了。

海平不吱声了。可也就几分钟，她又从地上拔起一根草，悄悄凑到石春雷跟前准备挠他耳朵。石春雷忽然睁开眼睛说，走！赶紧走！

两人刚离开那个山头不久，一队小鬼子便端着枪围了上去。

海平说，石班长，你行啊！

石春雷在前拽着海平的胳膊，海平几乎是被他拖着走。海平说，你能不能轻点儿使劲儿？我都被你弄疼了。石春雷说，你想死吗？

海平背着药箱怎么也走不快。药箱有时候滑到胸前晃晃悠悠的，会发出咣啷咣啷的声音，海平只好用双手抱住药箱。石春雷心里有气但又没办法，这次转移政委特意交代过，就是他们班都打光了也一定要保护海平安全。

鬼子这次大扫荡动用了两个师团兵力，所有的部队都化整为零了，石春雷所属的连队在转移途中遭遇了鬼子袭击，所在的连现在也不知还剩下几个人。琼华是否还活着？这些他都不知道。

后边已经传来枪声，敌人显然已经发现目标。石春雷赶紧背上海平没命地跑。海平只觉得有树枝和荆棘不断地刮擦自己的脸，于是她一使劲儿从石春雷的后背上出溜下来，倔强地说，我又不是没脚。

她连滚带爬地跟在石春雷身后，模样十分狼狈。所幸石春雷熟悉地形，七拐八绕的，最后还是甩开了敌人。当石春雷坐在地上刚想喘口气的时候，海平忽然发现自己的药箱不见了。

石春雷说，现在我们是和小鬼子拼命，顾不了那么多了。

海平说，你要是把枪丢了怎么办？

石春雷说，我是一名战士，怎么会把枪丢了？

太累了，石春雷靠在树上就迷糊过去了，等醒来已经不见海平，自己的步枪也不见了。他只好原路返回，只见满地星光，远处的山坳传来了狼嚎。他又不敢喊，只有干着急。

石春雷来回地折腾半宿，眼看天亮了，一回头发现海平正在那儿抱着药箱笑呢。他本来是要发火的，可不知为什么一见海平火反而没了。

接下来，两人躲躲藏藏，仗着山高林密和熟悉地形，几次都化险为夷了。可最后还是被几个小鬼子堵在一个山洞里。海平一看活着出去已不可能了，就求石春雷给她一枪。

石春雷说，我倒是想给你一枪，可我也得有子弹啊！

海平忽然目光炽热地看着他说，我要是琼华多好，临死了也能和自己心爱的男人在一起。说完这句话她居然一把抱住石春雷，坚决地说，要不你把我掐死吧！省得我落在小鬼子手里。

两人都绝望了。想不到这是一个连环洞，石春雷发现这个秘密后赶紧拖着海平进入里洞。敌人没有搜着人，最后往山洞里扔了一颗手雷撤走了。石春雷和海平一直在山洞里待了三天，身上带的干粮早已经吃没了。直到确定敌人真的走了，石春雷才背着海平脚步踉跄地离开山洞。

半个月以后，石春雷和海平回到部队，政委当着全团战士表扬了石春雷，琼华也替石春雷高兴。可不知为什么，石春雷见到琼华好像突然没话说了。

琼华只好问石春雷究竟是怎么了。

石春雷说，能怎么？就当是死过了一次。琼华发现石春雷经常去找海平，两人肆无忌惮的笑声，即使在窗外隔老远也听得见。

后来部队又转移，途中忽然中了鬼子的埋伏，石春雷为救琼华死在了山里。

几年以后战争结束，琼华和海平相约来到山上。两人绕了一天也没找到石春雷的墓碑，眼看晚霞冒着血把大山染红了，她们忽然不约而同地搂住一方大石，大声喊了起来。

竹升面

黄超鹏

潮州人林子在羊城西关开了家面馆。

林子的老丈人鲁老丈只有一个女儿。鲁老丈身子骨硬朗，闲着没事，就从潮州乡下过来帮忙。林子的面馆生意不温不火，得知女婿店里用的面条都是从别人那里进货，鲁老丈便建议用自家生产的面条，自产自销。

林子嫌和面压面条麻烦且费时，鲁老丈拍着胸口打包票，说："一定不会耽误你做生意。"

第二天，鲁老丈起了个大早，在店铺一角架好桌子，开始和面。鲁老丈用的是高筋面粉，不加一滴水，只加入鸭蛋液，混成面团。他找来一根碗口粗的竹竿，一头用纱布垫高、绑好，用重物固定住，将面团置于竹竿中段下面。鲁老丈骑坐在竹竿另一头，双脚悬空，身子上下晃动，一下弹起一下下压，反复弹跳，有规律地移动压面，面团被不停地展开翻起。如此反复，最后再切成云吞皮或制成面条。林子将面条煮好一尝，韧性十足，爽滑弹牙，还有股淡淡的蛋香味儿。

竹竿在鲁老丈身下，如同轻盈挑拨的琴弦，流淌出悦耳的节奏声。好奇的食客，试着骑上竹竿，想学鲁老丈的法子压面，不是压不好，就是压不准，力道没把握好还容易把竹竿压断。众人佩服鲁老丈的身手和功力。

更令食客们称奇的是，鲁老丈老当益壮，一天能压上几百斤面条。鲁老丈压的"竹竿面"成了面馆的活广告，食客们可以一边吃面，一边欣赏鲁老丈压面，新鲜有趣。他压出来的面条和云吞皮做成的云吞面，渐渐成了林子面馆的招牌。食客们嫌"竹竿面"不好听，取步步高升之寓意，将鲁老丈压的面唤作"竹升面"。

生意好了，麻烦接踵而至。

中午时分，正是面馆生意最旺的时刻。鲁老丈埋头压面，女婿煮面，女儿收拾桌子招呼客人。五个彪形大汉坐到面馆门口的桌子上，不吃面，却拍起桌子，乱扔碗筷，呵斥店内的食客。食客们被吓坏了，见势头不对，赶紧起身走人。

林子从后厨出来，认出了闹事之人，知道他们是附近几条街的地痞，一直打着收保护费的名义，勒索开店的商家。林子之前已经交过钱，可他们认为面馆的生意火爆，狮子大开口，要求林子上缴三倍的保护费。林子自然不答应。

"哥儿几个，有事好商量，别吓到客人。"林子拱手说道，"我们是小本生意，要三倍的钱，实在付不起。"

"不愿意给，就是没商量。"地痞们一把将桌椅全部掀翻。林子想上前阻止，砂煲一般大的拳头瞬间招呼到他的下巴上。林子惨叫一声倒地。地痞们还想上前踩林子几脚，忽然，一片粉末扬起，直扑地痞脸面。只听到噼里啪啦的响声，一眨眼的工夫，闹事的那帮人都躺在地上不断呻吟。没人看到鲁老丈是怎么出手的，只见他扶着那根压面的竹竿站在店门口，气定神闲。

地痞明白这是遇到了练家子，灰溜溜地跑了。

附近的商家们得知后，拍手叫好。年轻人纷纷跑来，要拜鲁老丈为师。为了让众人不再受地痞欺辱，团结起来，鲁老丈同意了他们的请求。

"我使的其实是棍法，称为南枝棍。"鲁老丈倾囊相授。没多久，徒弟们都学到一身功夫，有三个天资聪颖的年轻人，棍法更是出类拔萃。没承想，学到功夫的徒弟心态发生转变，打跑了地痞，自己摇身一变，也暗中收起保护费来。

时间一长，他们的劣迹传到鲁老丈耳中。借着给自己过生日的由头，鲁老丈将三个高徒请到家中。徒弟们兴高采烈，拎着贵重的礼物前来给师傅祝寿，贺礼一个比一个贵重。

酒过三巡，鲁老丈对徒弟们说："为师还有一招后手没有教与你们，今日我们师徒几人比试一番，我把最后一点儿心得也告诉你们。"

　　徒弟们听了，都喜出望外。

　　"你们三个一起上吧，全力使出所学，不用保留。"鲁老丈说。

　　徒弟们持着棍棒，一拥而上。鲁老丈毫不留情，噼里啪啦一顿招呼。尘埃落定，三个徒弟的双手都被打断，棍棒亦断。打断的手骨，就算接好医好，以后也不能再耍枪弄棒，功夫算是废了。

　　"不是为师心狠，是你们忘了初心。"鲁老丈说，"这便是我教你们的最后一招！"

　　一年后，鲁老丈收拾行囊回了潮州。女婿林子虽然尽得鲁老丈真传，但严格遵守和鲁老丈的约定：此后收徒，需先考察三年人品，三年之内不教任何武功，只能在面馆里用竹竿压面。

江万福

刘永飞

如果不是换了送水工，或许我真的就把老江淡忘了。

我至今都不知道老江叫什么，只知道他是水站的老板兼送水工。老江的水站在我居住的这条街上，逼仄的一个店面，无论什么时候经过，里面不是满满的桶装水，就是满满的空桶。

老江的水站是一家夫妻店。和高高大大的老江相比，他的妻子实在矮小消瘦，给人的感觉一桶水都搬不动。也许真的是这样，反正每次订水，接电话的永远是他老婆，送水的则永远是老江。

大约是四年前，送水的忽然换成了他的妻子。见她双手拎着一桶水气喘吁吁地往楼上提，我问她老板呢，她用衣袖揩了揩额头上的汗说："送水时摔倒了，在家躺着呢。"我问她严重吗，她犹豫了一下说："还可以吧。"

一个月后，老江开始送水了。不知道是肿着，还是吃胖了，他的脸似乎有点儿变形，说话有些卡顿。也许是有意掩饰额头上的伤疤，他送水时戴着棒球帽。后来，大概是习惯了，伤疤不见了，帽子也没见他摘下来过。

有一次，我对他大热天戴帽子实在不解。他嘿嘿地笑着，摘下湿漉漉的帽子，指了指自己的脑袋。我被吓了一跳，只见他的头顶右侧凹进去一个大坑。问他怎么了，啥时候搞的，他又嘿嘿地笑笑说："上个月送水，电动车轧了一块西瓜皮，头抢了地。"

　　看着他那像被削去了一半的脑袋，我不知道该说什么好了。但我还是由衷地为他感到庆幸。我说你的命真大，摔得这么厉害，不但捡回来一条命，腿脚还如此利索，你真够幸运的！他听后向我眨眨眼睛，想说什么，结果还是嘿嘿地笑了两声。

　　这时，我突然想起看到过的一则新闻。说是西安的一家医院，可以通过3D打印，给类似头骨缺失的人定做骨头，已经进入临床应用。我把这件事情跟他讲了，他似乎很感兴趣。我说我有时间帮你找找这家医院，到时候你也去打印一个，就不用每天戴着帽子了。

　　自那天后，我们的距离拉近了不少。每次送水，他不会马上离去，会跟我或者我的家人短短地聊几句。比如今天的天气不错、我家的孩子很乖等。我也问及过他的孩子，他说两个呢，在老家跟着爷爷奶奶读书。

　　大约两年前吧，天气异常炎热。新闻里说，这个城市的高温和高温天数双双突破了有气象记录以来的历史极值。可就在这几天里，我订的水迟迟未送，给水站打电话催，老板娘说好的好的，就不见送水上门。直到三天后，我再次打通老板娘的电话，说再不送水就去总站投诉。她才支支吾吾地说他们在老家处理一些事情，第二天就回来了。我说，你早说呀，我去超市买几瓶就可以了，你也不说，水也不送，让我们等，这大热天的谁受得了？老板娘在电话里一个劲儿地说对不起，说回来马上就送。

　　后来水送来了，是老板娘送的。看她厚厚的工装被汗水湿透，我打趣说老板呢，这家伙真知道享福。老板娘苦笑了一下，没说话，拎着空桶走了。

　　时间又过了两个多月，已是秋天，每次还是老板娘送水。有一次实在忍不住了，我问老江呢，他咋不送，老板娘说："他走了！""走了？去哪里了？"看到老板娘瞬间红了眼眶，我立刻意识到什么，连忙向她道歉。我问她是什么时候的事情，她说两个月前。我问老江得的什么病，这么急。老板娘指指自己的脑袋。

　　"脑梗？"我问。

　　老板娘点点头，弯腰拎起空桶下楼去了。

　　我想，大概也只有这个病才能让一个人猝不及防地离世吧！想想老江也够倒霉的，人说大难不死必有后福，可见并不准确，谁能想到他逃得了意外却逃不过脑梗呢？

此刻，老江那戴着黑棒球帽的脑袋在我面前晃动。我想起了对老江的承诺——帮他打听那个能 3D 打印头骨的医院。说实话，我并没有认真去打听过，我感到深深地内疚。

此后一直是老板娘一个人送水，有时候晚上 10 点多了，还见她吃力地往楼上拎水。我说你找个人帮帮忙吧，她说："怎么雇得起哟！"

碰到老板娘吃力地往楼上送水，我产生过写写老江的冲动。但是随着时间推移，我还是渐渐地把这事给忘了。如果不是换了送水工，或许我真的就慢慢地把老江给淡忘了。

就在半个月前的一天晚上，一个人高马大的年轻人来送水。我问他是不是老板娘雇的人，他吞吞吐吐半天，才说老板娘是他婶子，他是老江的侄子。

我这才知道他婶子回乡下了。他说两个孩子一个要高考，一个要中考，离不开人了。我说你叔叔真是个好人呀！他说是的，全村人都这么说。

我说："当初他要是早去拍个 CT 啥的，也不至于得脑梗。"

年轻人说："他得的不是脑梗。"

"那是啥？"我问。

"他的头之前受过伤，里面有一个东西没取出来。医生说那是个定时炸弹，让他手术，手术费要 100 多万，关键是手术不能保证成功。"

我问他老江是突然发的病吗。他说不是的，他经常头疼、头晕，有时候一下子会晕死过去。疼了，他用拳头击打脑袋；缓过来，就继续送水。家里人都劝他手术，他说医生不能保证治好，就不浪费那个钱了！没想到，后来的一次发病，再也没有醒来。

大概是所有的水都送完了，年轻人没有急着离去。他递给我一支烟，我说不会，他自己点着。烟雾迷蒙之中，我家门口仿佛又出现了那个戴着黑色棒球帽的晃动着的大脑袋。

我说："老江老江喊了这么多年，还不知道他叫什么呢。"

他深深地吸了一口烟，片刻又快速吐出来说："江万福。"

念　头

王春迪

　　那天，娘把烙好的抹饼端上桌，从碗橱里把腌黄瓜、腌辣椒和中午吃剩的土豆条端了出来，喊我们吃饭。

　　邻居家的小子二江屁颠屁颠地跑来，门里门外地吆喝，弄得鸡舍里的鸡上蹿下跳。"表舅在家吗？有你电话！"

　　那时候，一个村没有几家有电话，二江家有。爹在外头，留的都是二江家的电话。二江这小子最喜欢喊人接电话，大声吆喝，脸上有光。到谁家，也不白跑，给点儿稀罕的零嘴，人情就在里头。

　　二江喊的表舅，就是我爹。爹正在院子里修排水沟，撂下手上的活儿，小跑着过去。

　　爹回来时，我一碗稀饭都要喝完了。爹在井口边的盆里捧了一捧水，洗了洗手，发出哗啦哗啦的脆响，甩了甩，坐下吃饭。

　　娘问："谁打来的？"

　　爹说："是大哥。"说着，爹从竹箅子上揭了一块抹饼。

　　"他找你啥事？"娘把这个"你"字咬得有些重。

　　爹顺着盘沿，往抹饼里拨了点儿土豆条、辣椒，两手一裹，筷子就搁着了。筷子后面几乎不用，爹吃饭不大夹菜。

"大哥买了套新房子，明天搬家，让我过去帮忙。"

娘没接话，脸一阴。半晌，忽然说了我一句："你瞅瞅，连个饼都捏不住，菜撒了一桌！"娘眼睛鼓了起来。娘一不高兴两眼就往外鼓，跟金鱼似的。

爹也不看我，一个饼，三两口就续到嘴里。然后喝粥，喉结一上一下，再一上一下，碗就空了。

爹吃饭就是这么快。我喜欢看爹吃饭，爹手大筋粗，筷子拿得很高，一筷子上来，米饭能有一指高。看他吃饭，比自己张嘴吃还过瘾。

我当时小，但我知道，娘那天为啥气呼呼的。

我爷退休前在粮管所上班，那年月，有一阵子可以让子女顶班。我爷退休后，他的班让大伯顶了。大伯顶班时，我爹才十几岁。顶了班的大伯，找了在供销社上班的大娘。后来，大伯进了粮食局，大娘调到了城里的农机公司。大娘我见过两次，她不大言语，头发是卷的，很黑。

没能顶班的爹，就在家学木匠，找了个"金鱼眼"媳妇，生了个捏不住抹饼的我。

"他们家住新房，让你去帮忙搬家，你自己家墙皮都要掉了！"娘没好气道。

爹斜了娘一眼，娘不吱声了。

爹一般不发火，发火也不嚷嚷，火气都走眼里。

我娘碎嘴。碎嘴的娘东家长西家短的，免不了会和人掰扯，爹从不掺和。我见过娘这边和村里的女人掰扯，爹那边还和人家男人脸对脸拉呱。

但有一次，娘和人掰扯，对家的男人蹿了出来，一巴掌把娘扇倒在地。娘捂着脸哭了一下午，见爹回来，更是咧开了嗓门儿哭。爹问我，我一五一十地说了。爹只说先吃饭。吃完，爹披着衣服出了门，到了门口还把倒下的大扫帚给扶了起来。娘赶忙让我跟着。

爹到了村西，把那家人的草垛点了，点完就在草垛边守着，不让火星往其他人家跑。

一把火，把半村人引来了。那家人急吼吼地过来，离爹几步远，女人一屁股坐在了地上，骂骂咧咧地哭。那家的男人蹿上来，却被爹一把摁倒在地；再起来，又被摁倒在地。爹用他蒲扇一样的大手抓着那家的男人说："娘儿们扯架，是娘儿们的事。手要是痒痒，有种来找我！再有一次，烧的就不是草垛了!"

爹这么做，对与不对，我到现在也说不准。村里有村里的路数，爹有爹做事的法子。

后来，我爹拢了几个同村人到城里上工，当了小工头，常听说老板欠人工钱，但很少有欠我爹的。我爹也不欠别人的钱，村里的男人都愿意随我爹出去。其中，就有被我爹烧了草垛的那家男人。

第二天，爹去城里帮大伯搬家。去时，爹还背了一口袋花生，把娘心疼得两眼出火。

回来后，爹衣服上全是灰，手上还蹭出点儿血。爹带回一篮子苹果和几包糕点——当地人搬家会买些糕点。爹还提了个半人高的蛇皮口袋，里面是一包旧衣服，是大娘、大伯和他家儿子淘汰下来的。娘嘴里嘟囔着："他们搬新家，给我们旧衣服。"但转脸还是在镜子前比画了半天。

爹掏出一个小玩意儿给我，说这玩意儿叫魔方，是大伯家儿子玩的。

我左右扳了几下，不知道怎么玩，随手一丢，只顾着往嘴里塞糕点了。

现在回想起来，兴许，爹有别的意思。

我一直没去过大伯家的新房，即便长大后我去城里上学，学校离他家就一站远。

娘告诉我，爹有一回竟然跟她嘀咕："想给俺家大春到城里弄套房子，就像大哥家的那样。"

说不准，爹后来就是累倒在这个念头上的。

爹去世之前，我请假回来看他。进门看到他用勺子颤巍巍地喝汤，我的眼圈立马就红了。

我爹，石塔一样的男人，走时，瘦得像个剪影。

影　子

杨剑文

　　"花虎啊！那天晚上，我看到她回到了家里。二十多年过去了，她还是那么瘦。她的影子落在墙上，就像是一把枯树枝钉在了墙上。"胡三树给儿子花虎打电话的时候，这样说。

　　"葡叶呀！那天晚上，我起夜的时候，看见她好像刚刚穿过一场暴风雨回到了家里，瘦弱的身骨和湿淋淋的长发投影在院墙上，看着就让人心疼……可是，任凭我怎么叫她进屋，她都站着不动，像是一根腐朽的长钉子，牢牢地扎在了院子里的地砖上。"胡三树给女儿葡叶打电话的时候，详细叙述了那天晚上的事情。

　　接连几天，胡三树都没有出门。胡三树在等着她再次回来，可是接连几天，她都没有出现在院子里。

　　连着好几天，胡三树都没有去位于村子中心的老磨盘那里闲逛。这天下午，村子里的高老头不放心，拄着拐棍来找了胡三树。

　　"嘿嘿！你在家啊！还以为你死了，这会儿应该尸体发臭了，蛆虫爬了一地呢。"

　　"死在这样热的天气里，炕上摆上三天，肯定就臭了啊。"

　　高老头是开玩笑的语气，胡三树却是一本正经的模样。

"开玩笑嘛！看你说的，现在都有冰棺了嘛。尸体放进去，插销一插，电流一通，冻得比羊肉猪肉都硬，放上三年都臭不了……"

"那得有人往冰棺里放啊！"

高老头猛地一怔，他在胡三树的眼睛里看到一种冷冷的瞬息黯淡的光芒。

"没人放，我放。"

胡三树咧着嘴笑了笑，像村里那些顽皮的小孩子们一样，顺手揪了揪高老头翘起的长胡子。

"这杆绿玉烟锅给你了。"

高老头摆着手没接胡三树送过来的绿玉烟锅。

"拿上！真等我臭在炕上了，还不知道会落在谁手里呢！"

高老头只好接过了绿玉烟锅。

"前几天，我看到她回来了。"胡三树的眼睛里放着光，紧紧盯着高老头的眼睛。

"谁?"高老头又是猛地一怔，感觉脊背一阵发冷。

"她就是她。"胡三树摆摆手，不再说什么了。

这天下午，胡三树跟着高老头走出了家门。只是，胡三树没有去村中心老磨盘那里，而是去村西头找了来村里采风的那个作家。

用了大半个晚上的时间，胡三树把他的人生故事给作家讲了一遍。

"没有什么传奇性。"听完胡三树的故事，作家淡淡地说。

看着胡三树失望的模样，作家又安慰地对胡三树说，不过有些情节还是可以作为素材糅进别人的故事里。

胡三树默默地离开了。

这天夜里，对着头顶的月亮，对着院子里的老枣树，胡三树又把自己一生的故事讲了一遍。而且这一次的讲述里，还有了他与她的故事的更多细节。

"我的故事就是我的故事，怎么能写到人家的故事里嘛！"胡三树说完这句话，沉重地叹了一晚上的气。

第二天早上，胡三树举着电话，对女儿葡叶说："葡叶呀！天热了，出门记得带把伞，不要晒黑了，要不然你家男人嫌弃你呀……嗯！我都好，吃得好，睡得好。她呀？再没有回来，估计还在埋怨我呢。二十多年了，她还是那么瘦，瘦得只剩下一把骨头了。骨头一样瘦的影子，淡淡地落在墙上……"

第三天下午，胡三树举着电话，对儿子花虎说："花虎啊！饭桌上一定要少喝酒，多吃菜……钱是赚不完的，自己的命比钱重要啊！现在村子里好多人家都修起了别墅，我想明年或者后年，也把这座老房子推倒，修建一院气派的别墅……哎呀，不用寄钱，我存的有……哦，你现在忙？那你先忙，完了聊。对了，晚上让孙子和我通通电话。"

接连几天，胡三树都打电话和儿女们聊上一会儿。

第七天中午，胡三树坐在院子里，举着手机不知道是在给儿子还是女儿打电话。要过上好半天的时间，他才会发出简短的"嗯，嗯，啊，啊"的声音，像是在认真听着电话那头的人在说着什么事情。

后来，手机从胡三树耳边滑落下来，掉在了地上。

手机是黑屏状态。

胡三树的电话并没有拨打出去，先前那些"嗯，嗯，啊，啊"的声音，其实是他一个人在自言自语。

胡三树死了。

这天下午，高老头发现胡三树死了。

胡三树无儿无女，儿子花虎和女儿葡叶都是他对着电话想象出来的。

在村里人的印象中，胡三树始终是一个人居住在村头的一个小土坡上。只有村里老一点的人才知道那个小土坡叫虎翅坡。只有村里更老一点的人才知道胡三树曾经带回来过一个外地女人，几年后那个女人离开了，像一个影子一样轻轻地落在了墙上，又悄悄地消失不见了。

胡三树与这个女人的故事，他只告诉过那个来采风的作家。

女人走了，作家走了，胡三树死了。在这个村子里，在这片土地上，应该没有人再知道他们的故事了。

"活了一辈子，什么都没留下。"

"人都瞎活了。"

高老头和村里的许多人都哀叹胡三树的人生。

高老头指挥着村里人，把胡三树埋在了村外的野猫岭。

野猫岭上全是一个个低矮的孤坟，没有墓碑，没有供桌，里面埋着的都是周围几个村子里无儿无女的孤寡之人。清明、冬至、寒衣节都不会有人前来烧纸祭奠的孤坟，只能在每年春末领受一些从老榆树上飘落下来的榆钱当作祭奠的纸钱——野猫岭上长满了老榆树。

这年冬至的时候，高老头拄着拐棍，拎着纸钱来到野猫岭。

"胡三树，来领纸钱了。"

一把纸钱烧起来，很快就变成了灰烬，最后随风飘散开来。

高老头离开的时候，忍不住又回头望了一眼野猫岭。他远远地看见那些老榆树干枯的树影落在大大小小的孤坟上，就像是谁把这些孤坟里枯黑的尸骨从泥土里挖了出来，晾晒在这片土地上。

心里的人

张碧岩

修顾修科长，大高个儿，人长得标致，是个妥妥的帅男；还知疼知热，是个标准的暖男。

那时，记录气象数据，无论寒暑，莫说雨雪，都得深一脚浅一脚地去现场。

每逢刮风下雨，或者女人那些特殊日子，修顾都自觉放下领导架子，主动去观察记录。这可让小李姑娘和小王妹妹打心眼里激动。

可她们就是不明白，只有自己才知道的那点儿事，这个修顾是咋知道的呢？

遇上这么好的男人，哪个女孩能不动心？

于是，小李姑娘和小王妹妹，就八仙过海——各显其能，等十八般武艺都用过以后，才发现，这个修顾怎么就像个不开化的傻小子似的傻呵呵地瞅着她们无动于衷呢？

一晃，修顾就过了三十岁大关。

莫非这修顾也要成为不买车、不买房、不结婚、不生娃的"四不"人士？

韦伟副局长既是修顾的领导，又是他的好友。有一个周末，修顾在家做了炖鲇鱼、酱泥鳅、煎白鱼和鲫鱼汤，请韦伟小聚。吃着可口的美食，喝着爽口的啤酒，韦伟对修颀说，小修，不，应该叫老修了——你也是个挺靠谱的人，咋在成家这个事儿上不着调呢？赶紧找个差不多的娶了吧，别让你的优良基因浪费了，怪可惜的！

修颀给韦伟倒了一杯酒，抓起来就跟自己的杯子碰了一下，说，领导，我敬你了！

过了一会儿，韦伟又要劝他找女朋友，修颀又给韦伟倒了一杯酒……

光说不行，就做点儿啥。

韦伟不止一次撺掇相亲局，想方设法让修颀与女孩见面，有教师、有医生、有机关干部。这个修颀倒是来者不拒，韦伟一请就扭搭扭搭地来了，该吃就吃，该喝就喝……酒足饭饱后该谈正经事儿了，这家伙不是有这事就是有那事，跑得比谁都快。

气得韦伟大骂修颀，并发誓再也不给他介绍对象了……韦伟说话算话，真的挺长时间没再给修颀张罗相亲了。

一天，韦伟跟修颀说，明天，青山农场腾飞家庭科技园要到咱这儿学习，你负责接待一下。

修颀说，农场的人来咱这儿学习？你没搞错吧？人家搞的可是现代化大农业！

尺有所短，寸有所长。来学习有什么好惊讶的？让你接待你接待就是了。

第二天，修颀接待的是一对夫妇，男的叫李超，白白脸上透着重重胡茬，一瞅就是个稳重负责的人；那女的叫胡平，微胖的脸洋溢着掩饰不住的笑……

那天，修颀领着他们参观完，还请他们到市里最豪华的饭店吃了一顿大餐。修颀没少喝，喝多了，是眼含泪水乐着喝多的……

在一个清风徐徐的周末，修颀又做了一桌子鱼，请韦伟到家里吃饭。

酒喝得差不多了，修颀对韦伟说，是时候找个伴儿了。有了伴儿，你来时，好有人给你做饭啊！

呸！那时，韦伟看着修颀，就像看着一个妖精……

饭后，韦伟去了大姐韦杰家。

韦杰是退休教师，李超夫妇来参观，就是韦杰找的韦伟。

韦伟告诉大姐，修顾这个死脑瓜骨不知咋开窍了，知道谈对象了。

韦杰说，我当过修顾的老师，知道修顾的脑瓜很灵光，要不，高中咋就知道找对象呢！

大姐，你说啥？这家伙谈过对象？

对喽。这小子上高中时，就近乎疯狂地追一个女孩子，最终，他没耽误考大学，倒是把姑娘给耽误了。高考结束后，姑娘怕连累修顾，再加上他父母竭力反对这门亲事，她就毅然去了一个修顾不知道也想不到的地方……

你是说，修顾一直没找女朋友，是在等待那个女孩？

韦杰说，修顾是个负责任的人。

那么，为啥修顾又想找对象了？

因为他知道那个姑娘过得很好，这就让他放心了。

韦伟瞪起了疑惑的眼睛。

韦杰好像看明白了韦伟的心思，说，那天，修顾接待的胡平，就是他的前女友。只是那天与胡平一起来的，不是她的丈夫；她的丈夫患有脑血栓，走起路来直甩手……

和

子 羊

年前，兄弟俩商量着走亲戚，到姨舅家坐坐，给长辈们拜年。这不，大年初三，兄弟俩各自携带妻儿，开着车，一前一后进了村。他们下了车，手提礼品，笑盈盈地朝前走。表哥早已站在村口等候。往里走，见大姨也拄着拐杖，站在巷口翘望。

兄弟俩有两个姨一个舅，虽然都住在邻村，但在他俩印象里，亲戚之间走动不多。小时候，他们家最穷，母亲姊妹几个常常为陈谷子烂芝麻的事吵吵闹闹。父亲每次进城，为省几块钱车费，总要骑着自行车，骑上几里路，把自行车搁在小姨家，走到村口再搭车。小姨见姐夫来了，脸拉得跟驴脸似的。时间久了，她没好声气地说，你的车以后不要往我家搁了。后来，父亲只好将自行车搁在一个老乡家里。

老大十二岁生日那天，父母给两家姊妹和老人都说了。那天，天降大雨，村里道路泥泞。外婆不想上礼，让小妗子替她上，小妗子不愿意。本来婆媳关系就紧张，一吵一闹，两个人扭打成一团，哭天抢地，没有赴宴。小姨和舅舅也因各种奇葩理由没来，只有大姨拿着两尺布来了。

亲戚们全都翻盖了新房，看上去清新而不落俗套。他们家的老房几十年未变，依然那么简陋，房里除了一张宽大的床外，唯一值钱的就是那台破旧的电视机。亲戚们避而远之，更不愿到他们家来了。

老大到外地求学，老二进了高中。夜里，宿舍熄灯后，老二还躺在床上，打开手电筒做题。同学们说他是"拼命三郎"，但只有他知道，只有知识才能改变命运。后来，老二考上了大学，他除了用功读书，闲暇之余还要在外兼职赚生活费。老大一直对亲戚们抱有成见，老二却觉得矛盾的根源在于穷，是穷让亲人不亲，穷在人心里扎了根儿。

兄弟俩大学毕业后，双双考上公务员，进入政府工作。亲戚们因不重视教育，孩子长大后大都在外打工。他们眼红了，主动跟兄弟俩攀亲戚。那天，老大在外忙碌，大姨提着两只老母鸡上门了。妻子给他打电话说，有个女人上门了，说是他大姨。他脸色突变，随即给父母打电话说，以后不要让他们到我家来，小时候没人管我，现在倒来跟我攀亲戚了！

去年，大姨父不在了，舅舅全家人都没来。听说，大姨的几个儿女提着礼品上门，求舅舅去参加葬礼，被拒绝了。这事儿给老二敲响了警钟。前一段，父亲住院，父母的姊妹们倒是来了，还亲手将做完手术的父亲抬入病房。但是，他的侄子、外甥一个都没来。母亲叨咕，你爸是他们的亲姑夫、亲姨父、亲舅舅，他们都不来！没有一点儿人情味！老二突然说，这么多年，我们也没去看过他们的父母啊！母亲不吭声了。

老大心里过不去这道坎，对亲戚们置之不理。今年去看望姨舅是老二提出的，老大开始很抗拒。老二说，小时候，咱们受尽了亲戚们的白眼，我知道你心里难受。我刚出满月时，咱妈抱着我还到小姨家住了一个月。亲戚之间没什么过不去的坎，多大点儿事儿啊，至于搞到那么大仇恨吗？春节期间，咱们一起到姨舅家看看。老大若有所思地点了点头。

画面转到巷口，大姨热泪盈眶，抚摸着小孩儿们的脸，亲热得不得了。她指着三个小孩问，这是你的娃？那是他的娃？走进屋后，表哥表嫂把装满零食的果盘端到桌上，又忙着端茶倒水。大姨坐中间，兄弟俩围着她，嘘寒问暖。大姨拿出三百元钱，执意要给每个孩子一百元红包。兄弟俩不要，说，你给钱，我们就走。说着起身就走。大姨拉住他们的衣角，说，不给了，我不给了，你们不要走，坐下，再坐坐。这么多年都没见了。说着，泪水又涌出眼眶。

小妗子在城里的医院住院了，他俩一起去看望。舅舅的热情就像一把火，老二啊，村霸强占我宅基地的事还是你出面解决的。你的这份情，我记着呢。老二说,舅,咱一家人不说两家话。以后,我们每年都来看你。老二,你就一个孩子?你再要个娃,我给你带!说着,大家都笑了。

回去时,老二给老大说,后天中午,我请你们全家到金枝饭店吃饭。老大说,找个实惠的吧,那家饭店太贵了。老二说,我不嫌贵!我娃就只有你一个亲大伯!他俩之前因家庭琐事,也有过嫌隙。说着,老大也动了情,眼圈都红了。

暴雨骤停

段淑芳

　　黄章和刘丽从高铁站出来时，只见出站口到处都是大大小小的积水滩。两个小时而已，从火炉似的叶城一脚踏入暴雨骤停后湿漉漉的柳城，有点儿像坐过山车，失重，继而短暂失真。

　　刘丽小心翼翼地迈着步子，鞋子和长裙的裙角还是弄湿了。旅行总会有这样那样的东西要带，换洗的衣服，当地的土特产，还有杂七杂八的东西把旅行包塞得满满当当，让人觉得出行就是蜗牛负重前行。此时，背着重重背包的他们急需一辆的士。黄章要刘丽在一边歇着，他排在长长的候车队伍后面。暴雨过后，的士有点儿难等。好在有交警在旁边维持秩序，长蛇似的队伍慢慢地挪动着，前面的人一个个地减少，后面的人慢慢地又多起来。听说这场暴雨导致来高铁站的立交桥下积水过多，淹了好几台车，的士司机望而却步。好在雨来得急去得也快，在交警、城管以及路人的齐心协力下，积水的道路已疏通。的士鱼贯而入，渐渐多了起来。

　　黄章、刘丽住的丽水小区有点儿偏僻，人口密度不高，的士司机隔着车窗一听说去丽水小区就摇摇头，根本就不让上车。他们可不想回来时放空，不划算。今天幸好交警就在旁边盯着，大家都在有序排队，就像命中注定一样，轮到谁就是谁。又好比抽签，你抽到什么就是什么，司机和乘客都有点儿认命的意思。

把行李往后备厢一丢，上得车来，黄章和刘丽都轻松地吐了一口气。说出目的地后，司机果然叹了口气，有种相亲没对上眼的失落感。司机说，丑话说在前，暴雨刚停，前面的道路如果积水太深就会掉头，这是公司的车，损坏了要赔偿。黄章和刘丽点点头，表示理解。司机又说，这个路线大家都不太愿意跑，是不是前面的司机都不愿意载你们，才留给了我？黄章说，怎么会呢？你没看到大家都在依次排队，还有交警在指挥。如果可以选择，我们也不想坐你的车。司机听黄章这么说，知道说的是气话。为了缓和气氛，司机解释说，公平就好，我是新入行的。最看不惯那些老司机挑客，把路途远一点儿的、人流量大的目的地的客人带走，一些路程短、地段偏僻的乘客就留给我们。所以，高铁站这边我一般都不来。丽水小区跑一趟不划算。既然是按排队的先后顺序上车，那也是可以理解和接受的，公平就好。

看到司机可怜巴巴的样子，刘丽有点儿内疚自己居然住得那么偏僻，让司机这么为难。她有几次下高铁打的士，司机一听她住丽水小区就一溜烟儿跑了。有一次，她还看到两台的士司机为了争一个远途旅客而大打出手。她说道，你也不要这么悲观，老天爷会保佑你待会儿返程时有客，还是远程客！司机说，借你吉言！尽管这种概率很小。我们跑通班，上了白班又要上晚班，每个月按规定要给公司上缴四五千元，剩下的才是自己的。时间对我们来说就是金钱，多跑几趟，每一趟都无缝衔接不放空，才能多赚一点儿。刘丽说，我明白，赚点儿钱不容易。

很幸运，一路上都是畅通的，暴雨带来的积水早已疏通。快到丽水小区大门口时，司机的接单器果然响起来了，不仅有客人，客人去的目的地还是繁华的市中心。司机紧皱的眉毛终于舒展了，刘丽也松了一口气。

司机试探着问，你们进小区后还有多远呀？刘丽知道司机的心思已经在下一单客人身上了，看看车窗外的雨似乎停了，便对黄章说，要不，我们就在小区门口下车，走几分钟进去就当散散步？黄章不情愿地嗯了一声。司机感激涕零地说，那太谢谢你们了。刘丽说，没关系，赶紧去接下个顾客吧，别让对方等太久了。

刚下车，雨又飘起来了，背着行李走在雨中，所有的浪漫都会被雨水冲刷得一干二净。虽然雨不大，就那么飘飘洒洒地落在发尖上、鼻翼上，居然有点儿爱抚的意思。黄章一句话都不说，大步流星地走在前面，刘丽怎么追都追不上。等刘丽气喘吁吁地跑回家后，看到脸色有点儿不太好的黄章便问：你不高兴？黄章说，你以为呢？提前下的士冒雨回家，你觉得很好玩？刘丽说，又没走几步路，不就想让司机多跑一单多赚点儿吗？

刘丽走过去给了黄章一个大大的拥抱。黄章原本僵硬的身体，在刘丽的拥抱下，慢慢变得柔软。放眼窗外，雨停了，暴雨骤停的城市格外清爽。

日头是个好东西

徐国平

那天黄昏，我下班后在农贸市场买了一把刚上市的嫩香椿。忽然想到母亲好吃香椿炒鸡蛋，便又买了一把，顺路给母亲送去。

摁了半天门铃，没有反应。我开门进去，就见母亲一个人站在阳台上，正盯着窗外，连我进屋都没察觉。

我走进厨房，想看一下母亲做的什么晚饭，却见灶上的锅不见了，蓝火苗开眉展眼地往上蹿。我大惊失色，慌忙关火，拧死炉灶，然后转身大声训斥母亲："你在干啥？开着炉灶，多危险啊！"

母亲一愣神，慌忙端起脚下的锅，像个做错事的孩子一样对我可怜巴巴地说："俺在看日头。"

我没好气地说："外面阴天，哪儿来的日头？"

母亲有些失望地说："都这么些天了，日头叫天狗给吃了吗？"

一听母亲说的话，我气不打一处来。

去年旧房改造，我家分了两套楼房。大的那套给了我，小的那套给了母亲。起初，我跟大姐商量，母亲现在身体健康，生活尚能自理，再说三代人在一起也不方便，分开住为好。母亲也同意。谁知，母亲搬进新楼没多少日子，就开始接二连三地做些糊涂事。

为了方便联系，我教会了母亲使用老年手机。那天上午，我正跟一个客户谈着生意，母亲打来电话，说她下楼晒了一会儿日头，回来用钥匙打不开家门了。我连忙赶过去，见母亲正固执地拿着钥匙一遍遍地开门。我感到奇怪，跟母亲要过钥匙一瞧，当时就气乐了。原来，是老家院门的那把旧钥匙。

过去，母亲有个习惯，上街串门或下地干活儿腰里总是随身挂着那把钥匙。我忍不住埋怨母亲："咱家老房子都拆了，还拿着那把门钥匙。赶紧扔了吧！"

我立马把母亲家的锁换成了指纹锁。

入冬后，天气寒冷，又持续雾霾。我再三劝告母亲，外面空气不好，尽量不要下楼。

母亲明显不适应。我一去看她，她就唠叨不停，说，快憋死了，啥时露日头啊？我只好哄她，看天气预报，快了。

一天下午，我给母亲打电话，半天没人接听。我急忙赶回去打开母亲的房门，空无一人，手机放在茶几上。母亲肯定是憋不住下楼了。按说，母亲这把年纪，应该不会走远的。我在小区内寻找了一遍，却不见她的踪影。我开始焦急，万一母亲犯糊涂，走失了咋办？我一直找到天黑，终于在离小区不远的广场上找到了母亲，悬着的心总算落地。

母亲像是走累了，正坐在路边的花坛上歇息着。一见我阴沉的脸色，她像个做错事的小孩子一样，检讨说："俺想出来晒一会儿日头，可是下了楼，到处灰沉沉的，走了大半天也没瞅着日头。这旮旯的楼都一个模样，俺就犯迷糊了。"

我压住怒气，搀扶起母亲后，埋怨说："住楼跟住平房不一样，万一你丢失了，我咋跟大姐交代啊。"

不行，这样下去太危险了。当即，我把母亲接到了我家。

也巧，第二天，城市上空难得晴朗。母亲兴奋地大呼小叫起来："老天爷啊，终于出日头了！"

那天，母亲显得格外亢奋。她坐在阳台上，仰起头，手搭凉棚，眯着两眼看日头。我中午下班后，见母亲依旧是这个动作，觉得既好玩又好笑，便凑到她跟前问，日头到底有啥好看的？母亲睁开眼，只说，日头是个好东西。头也不回，像是被那绚烂的日光迷住了一样，满脸皱纹都流淌着笑意。

可惜，半个多月，城市的天空就出了这么一次太阳。第二天雾霾依旧。

母亲变得无精打采起来，每日饭食很少，日渐憔悴。

一天过午，母亲突然开口央求我，让把她送到大姐那儿去住一阵子，要不，她就快死在这里了。

母亲的话让我感到几分惶恐，忙联系大姐，把母亲的情况详细讲明。大姐说，当时只顾拆旧房换新楼房了，咱们都忘了一件大事，看日头是母亲的习惯，如今都快八十的人了，仍然如此。母亲身体健康，百病不侵，在村子里很有名。诀窍是什么？有人说就是因为她爱晒日头。

大姐家的老房子还没有拆迁。大姐说你大姐夫在城里给人家打工，她一个人在家也嫌闷，让母亲去她家住些日子吧。

我便把母亲送到了大姐家。

隔了几日，大姐发来微信说，母亲一来她家，就跟八辈子没捞着见日头似的，一出日头，人就不着家。

随即，大姐又发来一段视频。视频里，乡下的阳光清新明媚，温暖和煦；院门口，母亲一脸红润，袖揣着双手，微微眯缝着眼睛，舒服地坐在一个大马扎上。

我忙给大姐回复，看来日头真是个好东西！

石板街趣话

安晓斯

老城叫木栾店，老城的中心有条街叫石板街。石板街弯弯绕绕，青石板铺成的路面很狭窄，高高低低、上坡下坡，加上路两旁都是砖木结构的四合院，古色古香、清静雅致，与熙熙攘攘、吵吵闹闹的商业街相比，倒是多了点儿诗意与静谧。

王婶的家就在石板街中间，老式双开红色木街门，门下是半尺高的门限，晚上从里面插上木门闩。白天出门了，套上铁门扣，挂上一把大铜锁，就是老城居民日常生活的一道小风景了。

木街门，防狗不防人。拔了门限，人能从下面钻进去。用刀尖从外面轻拨门闩，就能从外面把门打开。王婶的老式木街门，拦得住君子，挡不住小人。

40岁那年，王婶离婚，石板街南头的刘三军就操上了心。喝点儿酒，壮着胆去敲王婶的街门。铁门叩得震天响，王婶就是不开门。

刘三军就坐在门外抽烟，抽得天昏地暗也不走。刘三军离婚了，媒人给他介绍过不少女人，不是人家相不中他，就是他看不上人家。可刘三军相中了王婶，说王婶干净利索、贤惠大气、人品端庄、性情温柔。刘三军开了家小印刷厂，就在他家的小院里。王婶和七八个女人在他那里打工，负责装订和包装。刘三军任命王婶为小组长，工资也开得高。

可王婶就是不答应他，干活儿是计件制，我干活儿多，得工资多，不欠你啥。刘三军就私下里塞红包给王婶。王婶是个直脾气，抓起来一把就扔到了院里。把刘三军弄得哭笑不得，心想，这女人真不识好歹，钱多了还会咬手？要是跟了我，堂堂正正做老板娘，吃香的喝辣的多风光。

王婶心里有主意。人对脾气儿，狗对毛尾儿。不是一窝的，咋都吃不了一锅饭。那天，一批活儿干完了，王婶结了账走人，再也没去过。

那年八月十五的晚上，月亮圆溜溜儿。刘三军酒喝得有点儿多，摇摇晃晃又来到王婶的街门前，喊了半天没动静，就从腰里摸出把裁纸用的薄片小刀，轻轻地从外面拨里面的木门闩。这当儿，门呼的一下开了，只见王婶手里拿着把明晃晃的切菜刀。刘三军的酒劲儿刹那间醒了，吓得出了一身冷汗，心急火燎地消失在黑暗中。

时光若水，王婶的生活从此平静无波。老城人，也有引以为豪的话语。咱是老木栾店人。说这话的，都是祖上留有产业的，最值钱的就是门面房。老木栾店人，看似生活平淡，可也过得悠闲自在。王婶祖上在老城商业街留有十间门面，常年有人租赁，生活不愁，滋润阔绰。

就靠这十间门面房，王婶把一对双胞胎儿女送进了大学。儿女都争气，大学毕业后留在了大城市工作，生儿育女，成家立业，都不用王婶操心。没事的时候，王婶就到自家门面房里转悠。商户里，有经营服装的，有卖特色小吃的，还有电器专卖、美容美发、修锁配钥匙、寿衣专卖铺、五金杂货店，啥都有。

转悠转悠，看看玩玩，王婶的一天就过去了。

那天晚饭后，王婶转到了石板街北头老四合院改建的群众艺术馆。群艺馆里彩灯闪烁，人来人往，书法班、绘画班、戏剧班、舞蹈班，热热闹闹。

正东张西望着，王婶遇到了高中同学李佩林。李佩林是群艺馆里专业搞书画创作的，退休后在家没事，租了馆里三间房办起了绘画培训班，老城有好多人都参加了。李佩林就动员王婶，老了得找个事做，晚上来学绘画，娱乐生活，还不寂寞。

王婶年轻时跟娘学过刺绣，有些绘画功底。这些年，王婶绣的花门帘、鸳鸯枕、婴孩兜儿、虎头鞋等，在商业街很招人待见，在老城木栾店有相当的名气。

见李佩林说起学画画的事儿，王婶心里热乎乎的，想想就爽快地答应了。趁热打铁，李佩林就说，正缺个人帮我管理培训班。

　　不到一月，王婶就画出了牡丹扇面，李佩林看了看，直点头。到底有刺绣功底，可不瓢，可不瓢。半年过去，王婶的绘画水平大有长进。这时，王婶才知道，李佩林早就离婚了。李佩林痴迷艺术，绘画水平高，情商却不高。王婶揣摩着，看人看品性，他是个好人。

　　寒来暑往，春风秋雨，王婶帮李佩林把绘画班管理得井然有序，自己的绘画技艺也提高不少。那年冬至，王婶在家包了饺子，用饭盒提到李佩林的画室，把多年形单影只的李佩林感动得热泪盈眶。

　　平静的日子总会起波澜。那天晚上，王婶突然发现，久不见面的刘三军也坐在了画室里。要说，刘三军也不算坏人，只不过他痴迷过王婶。愣怔了半天，王婶想让李佩林把刘三军撵走，可到底没说出口。心有不甘的刘三军，坐在绘画班的教室里，面前也支了个画架，手里拿着碳素铅笔学习素描，两眼却时不时地瞟瞟王婶，心里不知道啥滋味。

　　没几天，王婶又看见离婚多年的前夫张大胜，也坐在绘画班的教室里。这么多年过去，张大胜那双眼睛她依然熟悉。只是，60 岁的张大胜满头白发，脸上爬满皱纹，沧桑了许多。毕竟一起生活过，养育过一双儿女，王婶心里有些酸楚。

　　转眼到了大雪节气，天降瑞雪，老城木栾店银装素裹，自有一番独特的妖娆气息。那天晚上，雪越下越大，大街上的路灯静静地映照着密集落下的大片雪花。

　　绘画班的课结束很久了，没见王婶出来。夜很深了，群艺馆门前依然停着两辆轿车，车上堆满了厚厚的积雪。

　　那晚，李佩林的单身宿舍却一直亮着灯。

経典鉴赏
聆听获奖小说，进入文学世界。

作家往事
跟随纪录片，探寻作家的故乡。

文学发展
穿越时间长河，纵览文学的演变。

随心书摘
记录你的阅读感悟和写作灵感。

扫码探索
中国文学脉络
在文学的棱镜里，发现生活的千面。